连枝苑

叶杨莉 ◎ 著

上海文艺出版社

目 录

序：一间自己的房间　文/黄平 ...1

同舟 ...1

砾县 ...46

班达 ...69

连枝苑 ...110

折叠椅 ...146

不可一日无竹 ...176

门打了一个嗝 ...206

伸缩 ...232

搭伙 ...260

抽丝 ...286

后记 ...328

序：一间自己的房间

黄 平

2016年秋天，叶杨莉保送到华东师大中文系读研究生，我请读者朋友记住这个年份。

这一年，文学上有何大事发生？我印象模糊，或许不会比2015年更重要，也不会比2017年更重要。

2016年这一年，大家可能忙得没时间读小说。那一年暴涨的房价，朋友们是否记忆犹新？对于叶杨莉这代人，2016年注定是一个历史节点的年份，草蛇灰线，其后果将在未来的很多年逐渐显现。摆在大家面前的这本小说集，也是这场历史惊涛拍起的浪花之一。

作为导师，在2016年的秋天，给叶杨莉这一拨新生上课，其实有点心虚。第一节课，往往勉励大家要静心读书，但是合上圣贤书，抬起头，窗外的楼盘一天一个价。假设同学们问我，老师这房子这么涨下去，我们在学校里读书的时间越长，是不是越买不起房？这样算来，岂不是读书让我们贫穷？我应该如何作答，想起真令人踌躇。万幸，一年级的硕士同学们一个个懵懵懂懂，跟着教材按部就班地体会学术研究的精深微妙，没人问我这个直抵本质的问题，现在同学们甚至不习惯问问题。大学教育的好处之一，就是读书越长，越显得懵懂，减轻了我这个教授不少压力。

后来叶杨莉跟着我做当代文学史的研究，埋首在1980年代的故纸堆之中。她有时跟我说在试着写小说，苦恼于理性和感性的冲突。我不好意思说我也在写小说，我写的小说路子狂野，上海沉没后的深海巨兽，鲁迅遗稿中的国宝之谜，小说头两页不死一两个角色我是写不下去的，这些乌七八糟的构思，在学生面前只能秘而不宣。当时好像敷衍地回答做研究不一定就是理性，写小说不一样就是感性。叶杨莉的感性似乎最终战胜了她的理性，或者今天看来，她毅然决然地选择写小说，其实更为理性。她在论文上写得不多，但在小说上写得不少。她也从来不托我们这些老师代为投稿，沉静而执着，天女散花一般，一篇篇地在各大期刊上发表。叶杨莉于是选择走文学之路，2019年华东师大创意写作专业正式招生，缺一位老师打理日常工作，她申请这个岗位留校，成为我们创意写作专业最年轻的同事。

其实我一直以为，走文学之路，不一定做文学相关的工作。叶杨莉笔下的人物，我最喜欢后记这篇散文中的道士，主业超度副业萨克斯，我觉得这是一位真正的文学工作者。当然我如果劝即将毕业的研究生何妨试试去当道士，有些语出惊人，领导也难免找我谈话。杨莉和这位道士，也是擦肩而过。她小说不写道士，写的是如她一样的城市化时代的青年。在我看来，这类青年的万千思绪，用一句话来概括，就是：

"一间自己的房间"。

文艺青年看到这句话就会讲给我听，《一间自己的房间》，系一代文豪伍尔芙1928年面向剑桥女学生的演讲，主题"女性与小说"。一间自己的房间，是女性写作的前提，以此隔绝喧嚣俗世，优雅独立，自由做自己。这些雅致的道理，自然是对的，但我疑心读得有点快。细读的话，伍尔芙这篇演讲中的点睛之句，有点鲁迅风，她原话是：

"必须有钱，再加一间自己的房间。"

我觉得当下青年作家朋友，不限男女，写作上的一大难题就在这里：怎么把握房间内外的冲突？你大可以写房间内的格调，但这个房间，却是要拿钱买的，而且要掏空"六个钱包"；你大可以写房间外的风云，但没有这间房间静一静，写作就沦为十字街头的新闻，文学要变身"非虚构"和自媒体竞争。这个平衡，非常考验作家的功夫。

由此回到叶杨莉这本小说集中的小说，高频词汇是"小区"，或者换成"房间"也无不可。但这"房间"是小区里的，是商品楼，是城市化时代的青年男女要精心争夺的，甚至于争夺得咬牙切齿用尽气力（《连枝苑》）。楼盘在荒山上开疆辟土（《砾县》），商场从废墟中长出来（《抽丝》），但找到一间自己的房间，何其难哉。这房间已经不是有形之物,而是城市化时代的图腾信仰,所以才会有《同舟》结尾,"我说,我们没有掉队,我们不是在越过越好吗?"我为什么说道士才是真正的文学工作者,道士琢磨的,就是怎么努力掉队。当然,叶杨莉写完这个道士后,也有泄气的一句:"可是,最终他还是选择来了上海。"

如果你也是城市化浪潮中的一员,来到北上广深或者各个省会打拼,我推荐大家读叶杨莉笔下的故事,因为这就是大家的故事。同时,叶杨莉——无论写作风格还是性情禀赋——并不想将文学降为社会速写,她在每一篇,都在探索不同的写法来走进这间房间。文学的伟大之处,我觉得就在这里,经由文学的变形,同样的素材,文学比新闻更真实。

最后,我呼吁叶杨莉这样的青年作家(可见导师腔是如何难以摆脱),写大地上的事情,要试试飞起来。叶杨莉有一篇散文《自动门》,结尾引毛泽东诗词:"背负青天朝下看,都是人间城郭。"这个感觉是对的,就像我最喜欢的小说《大师和玛格丽特》的结尾,几匹骏马飞驰在莫斯科一片屋顶的上空。

飞起来,和自己的房间一起飞起来。

2022 年 9 月

同舟

有人在屋外敲门,先是细密的鼓点,接着便雷声阵阵。屋里灯是亮着的,我那时刚醒来不久,正躺着玩手机。敲门声激得我鲤鱼打挺,匆忙套上床边黄色的罩衫,踉跄走到门边。门外是几个身穿制服的人。他们说,请出来,昨晚有群众反映丢东西了,我们要排查。说完作势就要进来。我的屋子很小,只容得下两三个人。我无处可站,只好捏着手机,先走出去。

出了门我只能任人差遣。门外有人让我下楼,态度蛮横。我和邻居们排着队走下去。楼下已有十多人,和我一样,只穿着拖鞋和睡衣。我们睡眼惺忪,蓬头垢面。吕家营临近午后的阳光晃得我有点眼晕。我们一直退到了街道上，一双手伸了出来，将这排公寓楼下的铁门锁紧。我们茫然地看着彼此，一头雾水。有人开始敲打铁门，冲着楼上大喊，铁门被震得晃动起来，声音也被弹了回来。我开始寻找认识的面孔，移动脚步，靠近了同楼的王师傅。我们本来并不熟悉，仅仅聊过几次而已，他夜里在这路上卖狼牙土豆，每一支都像一个金黄色的螺旋钢叉。有段时间，我疯狂迷恋油炸的味道，举着王师傅的狼牙土豆招摇过市。他看我一人住在这地方，偶尔也和我闲聊几句。他早已成家，老婆孩子都在老家。他的收入不低，一个月能挣到万把块钱。可他还住在这里，把钱寄回了老家。他露出来橙黄色的牙齿，朝我笑。

假的协警。他说，这房子的房东欠了几十万钱，把我们都卖了，现在楼上是债主。

我全身的汗毛凛了起来。这一带的房子都是违章建筑，小偷经常出没。协警排查，我不意外。房子也不是不好，月租便宜，这就是最大的好处。另一个好处是蟑螂、蜘蛛多，抓虫子我能抓出一身汗，天要冷下来时，就刚好和没有空调这个问题抵消了。我没什么好偷的，也没什么好被偷的。身正不怕影子斜，我才让他们进了屋。

此刻，有人站着大喊，你们怎么回事啊？我的东西还在里面啊！楼上有人回应，你的东西，你的东西找你房东要去，房东把房子押给我了，这里都是我的。有人嚷着要报警。上头回应，报警吧，我还求你们了，让警察抓那个逃跑的人，让他赶快还钱，是房东坑了你们，不是我们，我们也是被骗的。

眼前只有一扇铁门。人群纷扰半天，只能四散开去。街对面的小卖部接纳了我和王师傅，老板娘给我们递了两张小板凳。我选了两袋面包，肉松沙拉酱挤成一团，油从塑料袋的缝隙里渗了出来。我掏出手机，扫了扫桌上的二维码，也替王师傅付了钱。啃着面包，我一瞬间想，干脆什么都不要了，直接坐到火车站，买张车票回家。有手机就够了。

你的身份证啊，身份证还在里面。王师傅提醒我。我的劲头就泄了一半。他安慰我，等吧，他们扣着我们的东西没有用处。

王师傅脚边有他唯一比我多的身家，一袋土豆，七零八落。他用衣角抹了抹脸上的汗，低头玩起了手机里的消消乐游戏。几个圆球一碰，手机发出欢呼的童音，他的时间在消除声中飞速流过。但我的时间停滞了，街边玻璃照出我这天的模样，我正装在橘黄色的睡衣里，就像一颗滚在路边的土豆。

夜幕一点一点挪来，铁门松动了，齐刷刷出来了好几人。他们拿着喇叭说话，让人们拿着租房的押金单子过来，凭单子来取行李。我两手空空，但也挤了进去。这次我一声不吭，把我的东西取了就走。我回头想找王师傅，但一直没瞧见他人。等了半天，才看到他空着手出来，向我招手。他问我，你走去哪呢？

我说，我去找我朋友，刘连峰。

他哎的一声，好像心领神会。赶紧搬走吧，租个贵点的，别再受罪了。

最后一句话揉到了我的心头，我拖着箱子往前走，回头看，王师傅冲我摆摆手。再回头，他的身影被路灯光簇着，好像一只飘着的小舟。

我的朋友刘连峰在电话那头说，卢大力，你现在才联系我？你这种情况，白天就应该告诉我，我早就可以替你想办法。这句话他一直念叨到我进门,像水果店门口放着的复读机喇叭。

刘连峰现在的新家估摸着有三十平米,电梯公寓,一开门,亮堂堂的吊灯就刺进双眼。玄关处很窄,他主动帮我抬行李,粗壮的手臂一伸,轻柔地提起,迈着小碎步往后退,也不知是怕碰了我的箱子,还是怕碰了柜子和墙。我们两人一前一后挪进屋子,我杵在房间中央,瞥见地毯和茶几,和一张看上去就柔软的床。我一时不知道自己的身体该怎么安放。

刘连峰说,卢大力,以后你早点告诉我,我给你想办法。我没吭声,只是打量他的房间。我承认我有些嫉妒,关键是他住这里,每月租金和我那破房子差不太多。还是他比较有一手。

你先住我这,住到你方便。他终于换了句实在话。

几个月前,他住的也是个正儿八经的小区。每个月比我稍贵一些,一千二一个月。押一付三。房东领他看房时,他手头比我还紧,软磨硬泡让房东通融他押一付一,还得找我借四百。那段时间,我身上还揣着卢玉琴给我的两千块钱,就大方给了他。

一个月后，我见他主动联系我，还以为要还我那四百。那天傍晚，他来到我那破房子楼下，提着行李箱，全身脏兮兮，像一个难民。我说，你怎么搞成这个样子？刘连峰有气无力，别说了。我再三追问，他才讲了事情经过。原来那房东是个狠人，第二月就逼他把押一付三剩下的二给补了，他当时工资还没拿到手呢，就想继续用拖延战术。

我老板还拖着我呢，我拖拖房东没啥吧？刘连峰反问我，我没说话。他便继续，结果这王八蛋说，没钱就滚出去吧，我装孙子一样客客气气给他说话，他居然骂我，我就和他对骂起来，在微信里，骂得爽了，我说老子可以搬，你把我押的那一月房租还给我。发出去才发现他把我微信给删了。

下班回去后，刘连峰看到自己的东西全部被丢到公用客厅里，散落一地。他去开房间的门，发现锁也被换了。他默默收拾了半小时行李，接着便走到厨房里洗手。洗完手，他从垃圾桶里翻出一个废弃的塑料瓶子，往瓶子里倒灶台上的酱油和醋，用剪刀在瓶身上戳了几个洞。他走到他曾住过的房间门口，用力朝着大门一踹，门竟然被踹开了。天助刘连峰也。

他讲到这里我就开始笑，他没搭理我，继续往下讲。

踹开门后，刘连峰开始朝着房间的墙上泼洒酱油。黑色的液体流了一地，沿着床板往下滴落。他还是气难消，就干脆踩上床，蹦到床板开裂。其间他好像听到了隔壁有动静，这时才如梦初醒，赶紧跑出门，拉着行李往外奔。往外奔的时候他似乎听到有人喊他，吓得他脚下生风。他没头没脑朝着小区外狂奔，心头只有一个念头，这会那王八蛋要是抓到他，他小命难保。一路冲进地铁里，如水滴掉回大海，他才松了口气。

地铁里，有人用异样的眼神看了他几眼。他不客气地反瞪回去，看什么看？老子刚刚和恶势力斗争了一番。他当然不敢把这话对陌生人说出口。之后，他便低头刷起手机，看到我的聊天窗口，食指一点，就来向我求助。

那天听完他的经历，我只能把四百块钱咽了下去。看他浑身狼狈，我一边笑他，一边撸起袖子。当晚我就收拾了屋子，在地上铺了条毯子，让他睡在地上。但那一晚，我俩都睡得不踏实，黑暗里，能听得到他翻来翻去，不到半个小时，他跳了起来，把我吓了一跳。他嚷嚷着一只蟑螂爬过他的枕边，我只好开灯，两人一起逮蟑螂。其间我还说，我俩性别应该反一反。第二天睡醒，他就开始找新房子了。等他找到新房子，收拾行李搬出去时，我也松了口气。

我那时候没有想到，风水轮流转我俩。

他欠我的那四百块钱，后来变成了几顿夜宵，似乎已经烟消云散。但他偶尔还会提起，说在北京，他最信任的人就是我，否则，为什么第一个联系的是我？听了这话，我也脑子一热，来者不拒。

刘连峰拖出了房间里的一张榻榻米，说床让给我睡，这当作他的床。榻榻米，这是以前我从来不会用的词语，听起来很时髦。他说，这榻榻米是从宜家买的，宜家你知道吗？我说我知道，也是一个很时髦的地方。

这榻榻米看上去像一张可以坐两人的沙发，我忍不住上手摸摸，手感滑滑的，价格应该不便宜。他左右一折腾，榻榻米乖乖地躺好铺平，就成了一块正方形的垫子。我站在一旁，啧啧称奇。那晚我连冲澡的力气也没有了，换了套长袖长裤睡衣，四仰八叉就躺上了他的床。他的枕头带着他的味道，腥腥的。这家伙睡觉一定还流口水。我把头往下挪了挪，味道就淡了一些。

等我俩都各自躺下，刘连峰好像还处于兴奋状态，没停下嘴。他说他早就料到有这么一天，那破房子住不久的，千万不能把那里当作落脚点。我说，其实没那么糟糕，邻居都挺好。他说，也就你敢住，换一般小姑娘，跑都来不及。我说，我不是一般小姑娘啊？他说，你不废话吗？没人敢用一般来形容你，你是一百般的大姑娘。

他这话，我一时分辨不出来，是损的含义多，还是损之余，带有那么一点夸奖。算起来，我和刘连峰也认识十来年了。初中我们一个班。他那时整个人猴猴的，活蹦乱跳，体积是现在的二分之一。我们本来不熟，就一次早读课前，门锁坏了，刘连峰正在使劲扒着那已经朽了的木质窗框。我当时将身子往门一撞，就把门撞开了，他像条泥鳅一样滑进教室，赶在早读课前把要交的作业抄好。但从此，我也多了一个名字，卢大力。很快，名字就传遍了年级，给我造成了不小的影响。有段时间我刚要坐下板凳，就有人一惊一乍，说这板凳要塌。当然很多时候，这一惊一乍的人就是刘连峰。

如果年纪再小一点，我能追着打他，可以把他追出了楼，追到校门口。但上了初中以后，我不知道怎么回事，反而不敢追着人跑了，胸部有点沉甸甸的，也跑不动了。因为这个绰号，初中一大半时间，我都恨他恨得牙痒痒。好在全班同学，待见他的也没几个。有一次他惹了祸，被人堵在一楼暗角处揍了一顿。那天我刚好经过，揍的人散去后，他的头还卡在铁门栏杆里。这真是很多年前的事情了，我们俩谁都没再提过，但我们俩也从来没有忘记，是我把他的脑袋从栏杆里拔了出来。大概脑袋被栏杆一挤，刘连峰突然开窍了，不再难为我，也开始用点功学习。

那时候流传着一句话："考进一中，人生就能活得对，考不进一中，这辈子都掉了队。"我至今也能脱口而出。不过中考我们都考得不大好，没有考上县里最好的高中，去了三中，不同班。刘连峰也在那时开始蹿个，像一棵春苗，拔地而起，既竖着蹿，也横着蹿。他身上有了一些变化，就像刚上初中，我开始觉得自己的身子沉了起来，他的身子也墩了许多，好像有些重量压在他身上，走起路来，一步一步，要往地里戳个洞。他的脸上冒了许多痘痘，话也少了一些。不过这种变化是悄悄累积的，平常没啥，偶尔走廊上遇到，才发现他又大了一圈。

高考我们考得还行，但也就比本科线高一点点。卢玉琴问我想不想复读，我犹豫了好久。我怎么也想不明白，就这么几分，我还得再花一年。我不想再读一年书了，怕一年后还掉下那条线。我看刘连峰屁颠屁颠去北京上学了，和卢玉琴吵了半天，我也就去读书了。

去年我一毕业到北京，刘连峰来给我接风洗尘。我俩发现，竟然还挺聊得来。也是在那一晚，他对我说了许多，掏心掏肺那种。我挺意外。他说他家里头还有一个姐姐，他是家里意料之外的惊喜，但也因为他这么个惊喜，家里开始走下坡路。小时候他不知道，家里人把他快宠上了天。但也是十几岁的某一天，他知道了一些事情。他一度对自己的存在产生怀疑。他想，我为啥要出生呢？左邻右舍都说，是他害父母丢了水泥厂的工作，害他们家这十几年境况都不行。他说这个问题特别折磨他，直到现在，偶尔他还会觉得，他的存在就给周围人增加了负担，没啥别的价值。

我就安慰他，你看你现在出息了，都敢跑来首都闯。当年我们那届敢来大城市的，要么成绩特别好，要么家里很有钱，如果不是你，我还不敢来。刘连峰听了这话，心里好像舒服了不少。那晚我也说了一整年最多的话，不知是安慰他，还是安慰自己。聊到最后，刘连峰打着哈欠问我，当年大家说的那句，到底什么是掉了队啊？我们掉队了吗？

你什么时候准备关灯？我问刘连峰。

等下，等我剪完脚趾甲。他坐在榻榻米中央，架着脚，也不知在扯着皮，还是翻着趾甲。我稍微抬点身体，看得到，他几只脚趾都血红血红的。太碍眼，我赶紧移开眼睛。

刘连峰问我，你现在还在那奶茶店打零工？没做别的活了？我说，是啊，还在啊。刚来北京时，我面试了几家公司，没有一家看得上我，只有一个什么网络公司有点戏。那网站的名字,我现在要仰着脑袋想半天,娱圈网还是星圈网,都想不起来是哪个。我来北京后,先在那家名字总想不起来的公司呆了两个月。这公司做的是啥?几个人往电脑桌前一坐,东拼西凑写出了一篇文章,传到一个平台上,再想个有趣的标题,怎么夸张,怎么反差,就怎么来。娱乐新闻,专攻那些流量明星。有人上来留言说平台抄袭,言语还挺难听。当然,留言里就没有好听的话,时常就有一堆粉丝上来谩骂。老板说,有人讲抄袭,不要和他闹,道个歉删了文章就好。没太大技术含量,但也需要动动脑子,这份工作我很快就上手了。

但一个月不到,老板觉得我的工作量不够饱和,额外给我增加工作。他把我拖进几个微信群,群里的成员都是公司附近大学城的大学生,美其名曰,资源群,线上新媒体传播。我所做的,就是每天要定时在群里发些广告,群生群,生得蛮快。做得最好的是一个水果店开的群。老板每天上午八点在群里发当天的水果菜单,一天分四五批专门往几个宿舍楼送水果,价格比线下店铺便宜。大学生爱吃水果,尤其女孩子,每天群里都有大量的消息。当然也有混进发广告的,我得第一时间把这些人踢出群。我有时候顾不过来,就把刘连峰也拉进了几个群。

两个月后,我离开了这个公司。我和刘连峰说,我看老板最擅长的事情,就是拉着员工当骡子使,恨不得把你二十四小时都安排好,啥都让你干,然后给你画张大饼。但刘连峰却说是我没有眼力见儿,不懂得职业规划。他说,你看,通过这些资源群,交到了多少朋友,都是资源啊,未来事业的资源。

我中间也换过一两家公司,都没做多久。这些明明都快破产的创业公司,看到我的学历也皱眉头。一开始打发我去做跑腿的活,看到我会写点东西,才给了我一个工位。看我不爱说话,断定我不会和人打交道,最后交给我的还是电脑上的杂活,没过多久,各种方式暗示我走人。

再后来?我就去奶茶店打零工了。那是我声音最嘹亮的时刻,我挺喜欢。大声而机械地喊出"欢迎光临",盯着五颜六色的食物,我心情蛮好。但刘连峰却说,拜托,你在一线城市,麻烦你用用这里的资源。你对着吃的东西，整得像个机器人，能学到什么啊？果不其然，我说不过他，也没想说过他。我对刘连峰说，那你那份未来事业，搞得怎么样了？我的话里有点嘲讽意味，不知道他听不听得出来。很好啊。他说，还故弄玄虚压低声音：新公司现在很不错，离时尚圈和文艺圈都很近。

现在我俩呆在一起，反差倒是分明，一个垂头丧气，一个意气风发。

他问我，和你妈说你又搬家了没？我说，说了，来的路上就说了，她又不搭理我，说要找我借钱，一张口三千块，她要组团去内蒙古，还包吃住。他说，你现在哪有钱啊？我说，是，所以没等她说完，我就挂了电话。

我没有和刘连峰说，那时，我刚和王师傅告别不久。挂了电话，我茫然看向四周。打这个电话的初衷，我一时不确定，是想找她借钱，还是给她机会较这一场劲。我拖着行李大踏步往这条街的尽头走，心里有种就义的快感，远离她，让她看不到我的狼狈。我睁着眼睛辨认方向，却看见离我几步远的灯光竟然闪了起来，那点光亮左摇摇，右晃晃，一会变得更大，一会缩成了小点。是我眼里涌出的液体改变了它的形状。

刘连峰按掉了灯。灯暗后,那一晚是我在他床上翻来翻去。临近清晨,我才迷迷糊糊进入梦乡。也怪刘连峰最后提到了卢玉琴,梦里,我还握着卢玉琴挂来的电话,她的声音正源源不断从那头传来。直到我被刘连峰的动静吵醒。我条件反射去摸手机,屏幕的光穿过我厚重的眼皮,眼睛发酸。

五点三刻,刘连峰已经换上一套整洁的衣服,人模狗样。这么早。我从喉咙里掏出沙哑的一句。不早了,你想想,我要从这边枣园出发,到北京南站,再到大望路,一共十几站。你知道四号线吧,一到上班时间,能把人挤成鼻涕虫。

累不死你。我举起手,刺眼的灯光在上头掀开我的被子。想起醒之前,卢玉琴的声音好像变得哽咽,我转头想再进入梦里,听清她到底在说什么,但已经续不上了。

再不出发就来不及了。见我醒了,刘连峰还想再教育我几句。你要看这个行业有没有前景,也不能只打零工,勤快点,要往上面走,不然你留这里干吗?

我的脑子没到午时，也没有开张，于是转过身，假装睡意蒙眬。压着左耳，声音进不来了，但也有几句话顺着右耳滑进来，一路钻进胸腔。

刘连峰下班回来，看到我和他出门前看到的没有分别，连连哀叹，像一个唠叨的女人，数落着自己不争气的孩子。我有些惭愧地从他床上爬起来，丢开发热的手机。他掏出一个打包盒，里面是披萨，已经凉了，上面青椒西红柿鸡块融在一起，形状怪异。即便如此，我的眼睛也朝着它放出光芒，唾液开始分泌。特地给你留的。刘连峰瞥了一眼垃圾桶，里面有几个零食袋，是我一天的进食。

你傻呀，连外卖也不点？

没胃口。其实是没钱，能省一点省一点。他看我一副没有志气的样子，倒也一句话没说，开始收拾屋子。昨晚我过来得急，他的房间不大像迎客的样子。我突然有点忐忑，高中三年，我只见过他发一次大火，据说是课代表为了找个他的作业，把他桌上的书全部弄乱。他这人也挺规整，东西该放哪放哪，不知道我有没有把他的东西弄乱。

这房子其实是我一朋友的。刘连峰一张口，一天在外头积攒的北京味就往外涌。他也够义气的，让我住这么一好的房子。他不定期会过来，咱也不能让他看到屋子一团乱吧。

咱。他这话已经默认我会在他这住一段时间了。或许也是瞧见我这状态，他默认了，我实在不会有动力再去找个新房子。

扫地的间隙，他抬头看了一眼我。有些工作，你可以试着做做，你不想出门，可以做些事情。像我朋友他们现在在创业，做内容，缺的也是内容，现在可是内容时代。你不是做过网站编辑，有经验吧？这行现在赚很多。

我一声不吭，只是起身，给他搭了把手。

刘连峰不知道，我还在投简历。即使在奶茶店，捧着铁杯，手摇奶茶，我也时常在想，在这段没有看手机的时间里，会不会有一个面试邀约进了我的手机。我的手隔着铁杯摸到冰块，皮肤里头有股劲头在蹿，神经跳动，心跳加快。在我下次拿起手机时，一个新的阶段到来了，这种可能就隐藏在下一刻。

当然，更多时候，手机里没有任何回音。闲下来时，我偶尔在手机的备忘录里写点东西，一天一段这种。纯粹当作记录心情，之前在某家公司，我还真的写过点东西。说是软文，讲一个故事，里头埋点线索，在结尾处一转，把那商品作个详细介绍。那篇软文点击率挺高，但底下总有人在骂，说前面看得眼泪汪汪，后面受到了欺骗。我被骂得怕了，看到"取关"两字就想起老板的脸，看到"新媒体运营"的招聘就有点怵。但我一不会画画，二不会编程，三还不善于忽悠人，哪家公司要我呢？

我还赖在北京，一部分原因在卢玉琴身上。

卢玉琴就在距离我三千公里的地方，暗暗窥视着我。我在北京的一举一动，她都了如指掌。白天，我从刘连峰的床上下来，脚趾撞到床脚，脚尖像被钝器一击。我一动不动，发出无声的呻吟，任着痛感越积越多，等它自动退散。整个房间静悄悄的，没有一点声音，时间终于带着那痛感退潮一样散去。卢玉琴就在房间的角落里看着我。疼吧，你活该。

卢玉琴有时也会对我细言细语。她会说,你不走不就可以了?像卢玉琴她爸对她说的那样,你不走不就可以了?

二十岁出头的卢玉琴,结识了来 X 城务工的周发文。许多人都说,年轻的周发文长得真像周润发,把卢玉琴迷得七荤八素,偏要和他处对象。那时,卢玉琴她爸看不上这个油头粉面的小伙子,一来不是 X 城人,二来也没正经工作,态度强硬,要棒打鸳鸯。卢玉琴不听劝,就和周发文离开 X 城,一路出走,在一个沿海小城筑了小家。

第二年,我就出生了。卢玉琴她爸惦记我,专程来小城看我。卢玉琴嘴还挺硬,说他俩过挺好。卢玉琴她爸说,对你好,能让你一个人带孩子?卢玉琴说,他时间少,得赚钱。卢玉琴她爸说,你整个人现在又黑又瘦,钱赚去哪?

我刚上小学,卢玉琴她妈得了骨癌,卢玉琴和周发文带我去 X 城看她。那是我第一次进大城市。卢玉琴她妈在弥留之际对我说,你阿公心疼你,你就留在这里读书吧。我说,阿嬷,我这里一个人也不认识。她说,没关系，有你阿公在。

卢玉琴她妈还是走了，刚走那几天，卢玉琴情绪不大好，非要拉我出门去找阿嬷，拉着我的手，突然哭了，说自己陪她的时间太少。三个男人轮番劝，她才慢慢平静下来。卢玉琴她爸提议要我在这里读小学，卢有财说，政策不大允许，卢玉琴就拉着我要回家。

回家后，卢玉琴的情绪才恢复正常。只是没过两年，周发文就跟着一位女老板远渡东洋去做生意，不再管我和卢玉琴。我从那时候开始就姓卢了。从周丽丽变成卢丽丽，名字还是卢玉琴她爸派卢有财过来，领着我去派出所改的。进派出所之前，卢有财问我，你再想想，要不要改？想一想，你的身份换掉了。我那时一点也不想姓周，卢玉琴每天都在骂姓周的，各种脏字轮流排。多可怕的姓，我毫不犹豫，一脚就踏进了派出所。卢有财的脚像黏在地上，拔了一会才拔起来。

卢玉琴她爸也来小城陪我们住了一段，他守着卢玉琴，卢玉琴守着我。那段时间，日子好像过得很慢，卢玉琴每天六点半喊我起床，我每天走路去上学，放学后，卢玉琴她爸骑着单车来接我，晚饭前，我俩在楼前空地上打羽毛球。做完作业后，他让我看半个小时电视。每次我都看超时，卢玉琴骂我时，她爸都会向着我。

放寒假了，卢玉琴她爸说要带我去北京旅行。他牵着我的手，带我逛了天安门。站在长城上，他戴着一顶雷锋帽和我拍了合影，照完相，他一把把帽子罩在我的头上，用手揉着我的脑袋。还冷吗？他问我。不冷了，我回答。帽子挡住了长城上的风，我的头藏在一个巨大无边的世界里。我的眼睛被绒毛遮住了。卢玉琴她爸发出了闷闷的笑声。不怕，我带你。卢玉琴她爸在黑暗外面拉着我，带我一节一节地往上爬。

那年冬天，他带着我逛完了整个北京城，北京的街道长得看不到尽头，车辆参差交错，建筑物多到数不清，高高矮矮像滑盖手机里的俄罗斯方块。我四处张望，有时头晕目眩，两耳轰鸣，卢玉琴她爸爽朗的笑声淹没在北风里。

从北京回来后，我的喉咙含着一座火山，脑子里有人在玩杂耍。倒立，扔球。我在床上躺了两天，身子忽冷忽热，发烧烧到说胡话。卢玉琴每天熬粥，一口一口递到我的嘴边。我的记忆里，第一次听到她轻声轻语地对我讲话。

卢玉琴把她爸狠狠骂了一顿。你这个老头子怎么这样？卢玉琴一开口，咸腥的海味就涌了出来。你以后不要管我了，也不要管她。我躺在床上，听着他们俩在为我吵架。我的脸在发烫，嘴角却不自觉扬了起来。那年春天，北京全城沦陷，我却只是一场提前的感冒，两周痊愈。反倒是卢玉琴她爸回到X城，又被抓去隔离。卢玉琴的脾气发得早，也发得好。仿佛她张牙舞爪，吓走了某些东西。

人归原人，物归原样。后来的卢玉琴还是那一个样。一点没多，一点没少。多的只有给我盛的米饭，一天更比一天多。少的是她的头发，一根根落，稀稀薄薄。她有时发脾气，偶尔也温柔，但总体来说，她的状态不错。这样的状态，终止在卢玉琴她爸病倒时。

有段时间，卢玉琴她爸没有打来电话。卢玉琴按捺不住，一个电话过去，接的却是卢有财。卢玉琴察觉他语气不对，一番拷问，卢有财才支支吾吾说出了一个字，癌。

你到底送他去医院没有?

出院了,医生说差不多了。

你们到底做了什么?我看到卢玉琴举着电话,连喊好几个"到底"。她挥舞着手臂,击打着一团空气,我知道她正把它当作卢有财,如有些年,她把它当作周发文一样。挂了电话,她决定离开这座沿海小城,到 X 城去找卢有财夫妇战斗去。那时我已经中学住校,不再是她战斗的拖油瓶。

卢玉琴她爸在 X 城有两套房子,一套是城中心的老房子,是他调到 X 城时单位分的,另一套是他支持卢有财买的。早些年,卢有财夫妇说是为儿子读书方便,三人住进了老房子。卢玉琴她爸怕吵他孙子功课,就搬进了新房子,电话也跟着迁过去。现在,生病的老人还留在新房子,屋里除了一张床,几乎没有多余的东西。卢玉琴看得火冒三丈,大骂卢有财王八蛋,骂到邻居探出了头。没人认得出卢玉琴是谁,只瞧得她粗糙通红,渔妇一样。

她凶唎唎地说,要死啦,这套房子冷冰冰的,你把他放在这里,是不是想冻死他?

大姐，有你这样做女儿，开口就说老爸死？卢有财老婆的嗓音也不比卢玉琴低。我们每天下班就过来，保温杯装着猪肚鸡，邻居们都知道。

你妈病了你这样待你妈？把老人赶到这个毛坯房，自己一家住好房子？

话也不是这样讲，这里不是更清净吗？

医院呢，你们就想占便宜省这笔钱，猪肚鸡？肚子里算盘啪啪响噢。

卢有财声音小一些，确实现在手里不够啊，还等他签字……

签什么字？不把房子过给你，他就得在这里等死了你意思？

我能这样嘛？卢玉琴你能不能不要讲话这么难听。

战斗的结果，是卢玉琴领着卢玉琴她爸，坐了几个小时的火车，还转了一次大巴，带回了我们的小城。几天后，卢有财也跑了回来，满脸惊慌。这边医疗不行啊，你不要这么荒唐。但卢玉琴不听，掏出所有积蓄，省出所有时间，每天在医院陪着卢玉琴她爸，端水端饭，清洁喂药。

是的，我也在。我都在。卢玉琴她爸，最后看到的人是我和卢玉琴。他是微笑着离开的，我敢保证。卢玉琴她爸把房子留了一套给我们，X城中心的那套，当时一平米三千，现在一平米十万。

出殡那天，卢玉琴她爸的战友来沿海小城送别他。卢有财老婆穿着一身黑，一来就对着亲戚讲。这边又热又闷，你说老人家哪里受得了？好像老人没有享受到X城最好的医疗条件，走得早，这全怪卢玉琴。

七嘴八舌，我的耳朵边都是大人细碎的谈话。她性子就是这样，年轻时任性，现在也任性。说完，那人还圆了场，有卢老风范。

卢有财想做和事佬，但脸上的笑，比哭还难看。他搭着卢玉琴的肩，轻轻拍，可我分明看出，情绪都堵在他手腕处，没有流下来。和事佬也不止他一个人。有人对着卢玉琴说，你看房子也拿了一套，你们一个不多一个不少，有财他们现在也不容易，你们两个家和万事兴，家和万事兴。所有人都在等着，等卢玉琴卸下执拗的性子，和卢有财夫妇握手言和。我却隐约嗅到了不祥的气息。

果然，当两家人平静下来要商讨，卢有财提出火葬结束后，卢玉琴她爸的骨灰要由儿子带走，骨灰放在这里不合适。到这里，卢玉琴突然爆发了，她请卢有财哪里来滚哪里去。卢有财老婆也站起来，说，真是够了啊，短命鬼。卢玉琴伸手一抓，被卢有财老婆挡了回去。我也站了起来，加入了这场战斗。

我没有破口大骂，而是用行动说明一切。卢有财老婆的力气大，我的力气更大，她的身子刚移过来，我就把她推倒在地。她的胳膊撞到了椅子边缘，战斗此刻才到达高潮。亲戚们包围了我们母女，卢有财老婆坐在地上号啕大哭，骂的却是卢有财，你，你怎么会有一个这么神经病的姐姐？报警啊，她抢完房子还打人，让她进监狱。

最终在亲戚们劝说下，卢有财老婆才罢休。卢玉琴说，行了，都走吧，房子全部留给你们，老头子骨灰留下。

两周后，卢有财老婆和和气气拿来了几份文件，她没有对我发怒，只是向着卢玉琴说，小孩子不懂事。压低音量处，她对着卢有财说，真担心，丽丽会被教育成什么样。她手臂上有一块红斑，是红药水涂过的痕迹。它在我眼前移动着，我也追着它看。卢玉琴签了字，一切画上了句号。

我那时真感激那张纸，它切断了我们和 X 城的关系，它让我能继续看到卢玉琴她爸。我和卢玉琴，此后在亲戚间臭名昭著。从此我只能和卢玉琴相依为命，卢玉琴找过新的一个男人，但我不同意，他们也没成。卢有财一直偷偷和我联系，他每年春节前后，还会给我一个红包，或大或小，一百块左右。我上大学后，他就加了我的微信，红包就变成了阿拉伯数字，也没有断。只是现在算起来，这笔红包全部加起来也抵不上那房子的一块砖。

我常想起那天。大手一伸，我一把就推倒了人，那一瞬间的感觉，好像真的可以为卢玉琴推倒全世界。卢玉琴一说到那天，表情都会变得温柔。她会夸我，夸得我鸡皮疙瘩起了一身。每到这时，我会在痛苦的情绪中拉出一丝自豪，缠绕着这一丝自豪，我维持着我们的柔情。但在许多时候，我也在怀疑，卢玉琴到底是在为谁好？

只有北京还让我有所向往。可那里,明明是一座远比 X 城更危险的城市,卢玉琴在我下决心去北京时,和我大吵了一架。北京太远了,两千公里,是地球半径的三分之一。充满着各色人群,充斥着各式病毒。太多人,人太多,太大了,大无边。总之,所有的理由都指着反对,指向不去。

但是我还是想走,再不走就来不及了。我回忆童年时最幸福的一个瞬间,也是北京带给我的。好像有一股力量将我推向了北京,推到一个卢玉琴管控不到的地方,那里明明一点也不危险,那里可以让我自由自在,漂哪算哪。我拉着箱子出门前,卢玉琴的房门还紧闭着,箱子的轱辘找不到确定的方向,将鞋柜撞出了一条痕迹。卢玉琴就冲了出来,我以为她要指着那条痕迹责怪我冒冒失失,但我只看到她哭红了的双眼。

你不去不就可以了?

我在北京所经历的一切,都可以用这句话来解释。这是卢玉琴的原话,她就躲在角落里,看着我所有没出息的瞬间。这也是卢玉琴她爸,曾经对她说过的话。她曾经拥有过一切,但现在,连女儿都想要离开她。她曾经也以为年轻就应该出去闯一闯,但闯一闯的结果就是一无所有。最初她没给我路费,在我来北京一个礼拜后,才给我打了两千块钱。再后来,她就开始让我给她打钱,我知道她的用意,她也明白我的反应,我们不过就是互相折磨,让彼此都把对方恨得牙痒痒,然后才能确定自己之于对方的意义。人活在世界上,不就是通过彼此折磨来确认自己的存在。

我把这篇东西用手机发给刘连峰时,刘连峰漫不经心,鼠标腾出了一个窗口,看都没有看,直接拖进了一个微信群里。那是我住在刘连峰家的第三天,刚好周末。我们一起坐在榻榻米上看综艺。中间点了暂停,做了这事。然后继续播放,刘连峰笑得四脚朝天。

过了几天,刘连峰在微信上发来一个名片:你加一下他,我们一个小老板,他要用这篇东西,他会给你稿费,不错哦,赚钱的机会来了。这篇东西。他和我一样,我们不过就这样称呼它。那位小老板语气很客气,他没有做自我介绍,就直接告诉我,我修改了你的稿子,排到了后天推送,可以吗?

可以，当然可以。他把我的这篇东西变成了稿子，我又读了一遍，说不出哪里不同，但确实好看了许多。我像看了一篇别人的故事，还看得鼻子发酸。我事先并不知道，一篇自白一样的东西居然会有这么多人看。小老板说，他召集了一群人在朋友圈里转发它，出乎意料，仅仅一夜，转发量和点击量就突然攀升，再后来，一个有影响力的公众号转载了，一发不可收拾。一整晚，刘连峰没有做别的事，只是在盯着手机，在等待数字的增加。越来越多的留言和粉丝涌进来了。他们说想认识我，想知道我最近过得好不好。有卢玉琴的照片吗？有人问。

小老板给我转了一笔钱，三千块。紧接着，他将我拉进了一个微信群。他说，欢迎我们的宝藏作者，卢大力。我到那时还有点不大清楚发生了什么事，所有人的反应令我惊讶，他们在发夸张而隆重的表情包。我差点认不出自己，也认不出自己身处何处。这是哪个资源群？我第一次在微信群里成为主角，我的头像沉在底部，好像蓄势待发，需要说几句话，让自己浮上来。

看到刘连峰也在，我才稍稍放了心，点开了刘连峰的聊天框。一个表情包跳出来。小人在揉脸，他竟然在卖萌。这个群里都是研究生，他说，这是一个小老板的作者群，都是小老板的朋友。刘连峰是他的朋友，我如今也是了。我麻利地搜了一下小老板的名字，竟跳出来好几篇专访。他已经写了三本书。

这是一个卢玉琴不会看到的世界，即使看到了，她也不会认出自己。她怎么认得出自己呢？我都认不出了。一群研究生说他们是我的粉丝，真是荒唐。我有点不自在。小老板在群里点我的名，一天一次。有一个影响力极大的公众号要转载那篇东西，紧接着是第二个，第三个，第十个，我看到那篇东西的标题改了又改，里面的内容也在变化。卢大力和小老板这两个名字开始一前一后出现。我反反复复拖着那篇东西看，手指一次比一次快。

小老板的窗口又跳了出来，他让我发一张照片给他。

我犹豫了，翻开手机相册，打开手机摄像头。能不发吗？

好的。他给了我一个利落的句号。

这已经是我住在刘连峰这里的第八天。刘连峰早出晚归,我见不到他几次人。三千零五十块的数字握在掌心,夜里睡得香了一些。只是他不肯收我的转账。

碍眼,给我钱干嘛?

赖在你窝里,怪不好意思的。

接着住呗,我白天也基本不在,反正没什么阻碍。

我瞧见他的态度,稍微安了心,打开冰箱,拿出一瓶可乐,拧开盖子往嘴里倒。一口一口咽下去,感觉气泡在腹中跳动。可乐喝光,晚饭也省了一顿。我的心情比前一天愉悦了一点点。

刘连峰回来,瞧见了地上的可乐瓶,又开始数落我。该吃饭不吃,你妈又要发脾气了吧。我抬头看了一眼他,他正低头脱皮鞋。我已经习惯了每天面对他的唠叨,可看他现在这样,我突然在想,再这样住下去,我俩会不会真有了亲人的感情?他唠叨的样子,不是就有点像卢玉琴了?这个联想让我感到惊奇,不是惊讶,而是惊奇。

他看我在看他,嘴角又往下瘪了。瞧,就你这样,不修边幅，土不拉几，你还想做网红啊？这话让我心里有点不舒服，刚刚浮上来的笑意就褪去了。但刘连峰看到我的反应，好像心头一松，袜子提起来，哼着歌洗澡去了。

这一晚他罕见地有点沉默，灯暗后，如往常，我们盯着天花板，看车辆的光线在天花板上扫出一个扇形。他突然开口，明天小老板的工作室成立一周年，要庆祝一下，他们让我邀请你一起去。

那一晚我翻腾了好久才睡着。梦里，我在翻我的箱子，我没有连衣裙，没有薄外套，没有一件像样的衣服。一件肥大的T恤，一条肥大的牛仔裤，我已经断断续续穿了四天。也只有这套衣服，让我稍微显得精神一点。一整晚，我都梦到我在翻衣服，翻得衣服堆满了房间，溢到了门口。刘连峰从衣服堆里探出头，却被我的脚踩到。

出门时，有阿姨对着刘连峰打招呼，这哪位啊？舌头卷得很高。我南方来的朋友，来我这借住，阿姨你没见过啊？刘连峰打着招呼，脚步始终踩在我侧前方，速度一点没慢。

什么意思呢你？还南方来的朋友，你怎么了，自称北方人了啊。我在他身后笑他。说实话吧，我就觉得我该是这里人，投错胎。切。我吹了吹门牙，不想和刘连峰多说。我们扶着扶梯向地下沉降，刘连峰只留了一个侧背给我，我看着他原本蓬松的脑袋变成了服服帖帖的菱角，但他的背，又渗出几道汗渍。他身上的气味被人潮冲淡，不像在屋里那么重。我这才察觉自己已经和这气味和平共处这么久，久到已经不大想得起它。

小老板的工作室比我想象得要小许多，小老板本人也是。他一身白，脖上有条灰色的围巾，着装四季不分。他走出来站在我面前打招呼时，似乎未料到我这样高大。卢大力。他在叫我，我们都在等你。话落，我才看到周围已经有好几道注视的目光。从电脑前半起身的，继续坐在沙发上聊天的，径直走到我身旁的，三三两两走近了好几人。办公间往里走，一条长桌上已经摆满了小食，中间一排是高高垒起的小蛋糕，前后堆满了零食，五光十色，我的视线被这一条长桌吸引。有点不合时宜，但我移不开眼睛。

小老板跟在我身旁，和我聊了几句。我一边说话，一边脚步轻轻地挪动，控制不住想往后退。看得出小老板擅长社交，他招呼着所有人，甚至刘连峰。来吧，刘师弟。师弟？我好奇地看了一眼刘连峰，刘连峰没回应我这一眼。一位女孩一身青衣，低着头，朝桌上的酒杯一一倒酒。她的头发长到侧腰，穿着打扮都像古人，手里却拿着一瓶葡萄酒。她抬头朝我温柔一笑，我心里也就平静了许多，但对比之下，更觉自己粗糙不堪。

我抬头看，左面是一墙的书，排得很满，几乎没有留缝隙。你过来吧，过来看看。墙边的一位男生开了口。原来一直有人在注意着我的视线。我不自在地点点头，唯有仔细地看，假装仔细地看。尽管我只认出了几本书，比如《红楼梦》，还是繁体字的版本，头再仰高一些看，全是英文书，还有认不出的符号字母。

全我们家出的书。墙边的男生说，手抚了抚最近的一排。因我是局外人，小老板开始向我介绍起周围的一切。他称墙边男生为罗博，罗博即将博士毕业，研究方向好像是什么古代的文学。多年前，就一直在出版社做编辑。他把自己珍藏多年的书都送给了工作室，但那些书，小老板说，除了他也没有人会看得懂。

你也不用细看了，你没有兴趣的，没有兴趣不要勉强自己，跟着自己内心来。说话的是一个微胖的男人，看不出年龄，既像二十多岁也像四十岁。别人称他是老俞，本名听起来很奇怪，两个说话都不大会用到的字。他说他是我的粉丝，我想他大约只是玩笑。

你知道吧？我们每天都在制造垃圾，现在这些网上的文章，我一个字都看不下去。他似乎要对着我长篇大论，被小老板制止了。老俞是个酸秀才，你别理他。

酸秀才，你这是在侮辱秀才，有这么有钱的酸秀才吗？一位女生语速很快，但她仅和我说了这句话，好像对我兴趣不大。她只是在嘲讽老俞。说我们在制造垃圾，回家收租吧你，别来了你。

气氛好像至此又活泼了一些，他们开始插科打诨。有那么几分钟，没有人再来找我讲话了，我松了口气。不久后，仿佛气氛发酵到合适时机，小老板示意每一个人举起手心的酒杯。感谢大家聚在一起，一年了，粉丝破十万。房间里站满了十多人，他们齐声笑，笑得我退到了角落里。我觉得自己格格不入，听他们说话，我相信这是一群热情的人，他们好像在追寻着什么。但我并不能参与其中。他们在聊天，从一个人名说到许多个人名，沿着这人名，他们又进入了下一个话题，我听不懂，只觉得自己融入不进去。我看得出，刘连峰与我一样。可他好像乐在其中，他在观察，在跟着活跃气氛，但更多时候，他只是在麻利地张罗。

但小老板好像没有放弃关注我，打量我。他说，如果可以，我们想再找你约稿，刘师弟说你在奶茶店打工，你可以写，写写奶茶店工作的事情。这个提议引起了周围好几人的认同，他们说这个好，真难得，这个题有意义。这种题，其实还是不能由我们写。我们怎么写得出，是吧？那位坐在沙发边沿的女生说。

其实还可以再想想，她可以讲一个话题，比如制造一种身份的反差，她是咱们学校的毕业生，她在做手摇奶茶。你要真找个奶茶店的人，他们写不出来的。

那么她就不能叫卢大力了，人设不符嘛。大家都知道她的学历。不过这种身份反差更引人深思，多少名校毕业生在北京过着苦日子。或许她可以试试换个名字？试试看，她说不定可以驾驭。这个题多有讨论价值，想想就兴奋啊。

为什么啊？我开口了，一开口就是这几个字。我听得出，他们似乎在努力赞扬我，可这赞扬里似乎还包含着一些其他什么东西。有那么两秒钟，没人回答我。

我们的意思是，欢迎拥抱北京，首都人民欢迎你，这里开放、包容，你会看到自己的舞台。小老板的语调很温柔。

对，我让她留下来，也是这么说的。刘连峰坐到了我的身旁，大腿挨到了我。他在一勺一勺挖着手中的蛋糕。

我想刘连峰应该向他们介绍过我，他们好像对我在北京的经历了如指掌。这些我都没有写下来过，也只对着刘连峰说过。可他们好像全部都知道。他们好像很惊奇，与他们同龄的有些人，在这座城市，正做着一些他们好奇，但从来不会去做的工作。

有那么一些瞬间，我几乎要被他们感动，他们对我说话时语调轻柔，我几乎要以为，我的确可以做许多很重要的事情，我的确很重要。我只是被安上了一个沉重的躯壳，我只是暂时做一个机器人，机械地喊出"欢迎光临"，一切都是暂时的。我几乎要飘起身子，浮在这座城市上空。但我意识到自己并没有浮起来，我站起身来，双腿还有点发麻。我僵硬地坐了太久。

我和刘连峰一起打车回来。原本小老板想开车送我们回来，但有几个人还想去三里屯。他们说，一天结束的边界是可以移动的。刘连峰有些兴致勃勃，但我说我有点累，有点困，想回去。气氛还很轻松。小老板说，那我就先送你。刘连峰说，还是我们自己走，蹦不动了，我俩打车就行。推推搡搡，最终只有我俩下电梯。亮堂的四面镜，我看到我四周围绕着刘连峰，他的四周也有几个我。

我俩间的气氛有一点不对。我脸上还留着一点从那里带出的笑意，但他没有，他的表情松弛下来了，是看不出情绪的沉寂。我不知道他在想什么，或许我们俩人都不快乐。在回去的的士上，车子驶过立交桥，灯红酒绿，夜光像一片海。我想表达一点感谢的心情，但刚开口，刘连峰就打断了我。你最近怪怪的啊，为什么一直和我见外，真觉得自己成名了吗？我俩一样的，没什么分别。

夜光像一片海，两人隔岸观海。我没有说话，看他这么严肃，玩笑也开不起来。但他还有话讲，你知道小老板为什么叫我师弟？

原来他记得我向他瞥的那一眼，刘连峰什么时候心这么细了？我又向他瞥了一眼。

我去小老板的大学听过课，整整半年，每个周四的晚上。小老板是助教，半个班的学生都是冲着他去的。我当时还在一个公司做销售，下了班还穿着白色衬衫，差点被当作发广告的赶出去。不过，他最后还是注意到了我，我确实高兴了好一阵。

但，刘连峰停住了，像酝酿了一点勇气，接着说，他以为我喜欢被叫师弟。其实喊我师弟，我明白的，所有人听到都觉得像笑话。所有最苦最累的活，他们还是交给我做的。他们说这个团队的分工就是如此，我也乐意这么做啊。你几斤几两，你的价值对他们来说，都是虚的，拿来用的，你不要想着和他们平起平坐。还有那位罗博，那位老俞，其实他们全都瞧不起咱们。现在我们走了，你猜他们怎么说咱们，肯定没一句好话。

我侧头看窗外，没有看他，回家的路是软而漫长的。车内是暗的，我们没有看清彼此的神情。停车，刘连峰伸出手机结账,我看到了数字,想着回去和他对半分,微信转账。刘连峰的小区看起来依旧高档,电梯扶摇而上,二十平米一望到底,床是出门时的样子。我们没有说话,用动作暗示对方洗漱的顺序,一如往常。我用着最快的速度收拾完自己,陷在了床的深处。我全身松软,想象一个没有骨头的原始生物,朝着地下深处陷,直到和地融为一体。这样的生物存不存在,没有人会发现,也没有人在意。卫生间一直亮着,我的睡意在光亮里一直滑不进去。似乎很久,刘连峰才从那光亮里走了出来。亮光消失,房间彻底暗了下来。

刘连峰的气息很重,我的睡意又褪去了一点。你?他没有回答我,只是自顾自地躺下,我看得到他的身体,是比房间更暗的轮廓。他轻轻躺下来了。

这块垫子,每天都在硌着我的背。气息声里,他向着天花板朝我说话。我有些惭愧,确实是的,我其实占用了他的空间很久。

不然换换?我肩膀使劲,稍稍起身。我明天找新房子,你今晚再将就下?我的身子向墙角处挪了挪。天凉了,或许挤一挤,还有空间。

刘连峰起身了,他抱着他的被子,躺上了我给他挪出的空间。

我从没有和一位异性躺在同一张床上过。我的身体渐渐有些僵硬起来,想往边上再挪挪,好让他觉得这片空间不至于那么拥挤。但不管怎么动,都会惊到身下的垫子和他的身体。行了,今晚没法睡了,我为自己的决定暗暗有些后悔。他仰头,一动不动,好像要进入梦乡,但我知道他的身体也紧绷着,没有舒展开来。

你写的,和我印象有点不一样啊,你妈真是那样?他问我,仿佛憋了这个问题好久。

我松了口气。一问一答,我们就可以继续聊聊。我说,是吧,你还是看出来了,阅读理解可以啊,我以为你压根不会看。我也在逗他,在寻找着我们往常的节奏。

他突然侧过头,向我的上身靠近。你来北京,不是因为我在北京?他的气息就在我的脸畔,温热,湿润。我甚至可以感受到气息的出口,就在我耳边几厘米。我不敢侧头,那样就会和他迎面而上。我意识到,我们俩的关系在向着一个奇怪的境地滑去。为什么会这样,是谁先给了谁暗示？有一种不大舒服的感受浮了上来。这样的情况，同床共枕，我和刘连峰到底是什么关系？在小老板的工作室，他到底怎么介绍我俩的关系？他们看我的眼神，分明没有一点暧昧玩笑的意味。我从来都与那些玩笑无关，从小到大。

见我没有回答，刘连峰的身体越来越近，他用双手掀开了我的被子。我一时没有反应过来，直到感觉自己的腹部一凉，触到了空气。他的手已经伸进了我的衣服，在黑暗中，我瞪大了眼睛，我在看他，可我看不清他脸上的任何表情。他的身子压了上来，那种已习以为常的他的气味，一股脑压在了我的身体之上。我想推开他，但我意识到自己的力气已经远不如他。刘连峰已经是一个成年男性了。他开始在我耳边反复问，我就那么差劲吗？混不出个人样？他逐渐像一只失控的兽，喘气声粗重，双手开始向下探索。我意识到自己的身体也有了反应，一切都在往一个失控的方向滑去。

我感到了屈辱。但身体沉重，找不到缝隙一跃而起。够了！我的身体牵引着我，吼出了最后一声，带着哭腔。大概是因为这一声大吼，他才如梦初醒，停止了动作。他沿着床侧猛地坐起身，呆了一下，然后垂下头，把头埋在了膝盖间。对不起了。我慌乱地把自己的衣服穿好。我应该坐起身，迅速而决绝地收拾自己的行李，然后离开。可我听到了他的低泣，我没有动弹，仿佛所有力气都已经被抽空，我们就这样沉默地坐在黑暗里。

窗外有车驶过，车影在天花板上拉起了一片斜影，斑驳流动，像水上的涟漪。房间空荡荡，又像已经填满了东西。不知过了多久，我才开口，声音有些颤抖，像是在水下说话，耳里有沉闷的回音。我说，我们没有掉队，我们不是在越过越好吗？

砾县

距离太阳落山还有一段时间，云彩开始分层。陆晴走得比我快一些，我跟在她的身后。"山被劈开了。"她忽然转过头和我说话。"整座山，从这里，"她比划着，"到那里，斜着被劈开了。"那天她穿了一件薄薄的蓝色风衣，背后腰间有一个金色的锁扣，未扣紧，随着她的动作，它在轻轻摇晃。"在那里。"锁扣突然停住了，她的手臂正向着西北方向延伸。"我家在那个方向，高中时我经常坐在窗台看向这里，那时往这看全是连绵的山，现在都被夷为平地。"

我们正踩着山的尸体向上爬。路的右边，不知是什么材质的混凝土，将山脊封上了不规则的图案，用于防止山体滑坡。又如同某种图腾。再走一段，我们看到了一座大理石雕像，一只海豚正在向上跳跃。我向陆晴介绍，这里以前是一个喷泉池，那里正对着的一座低矮的建筑，是以前的售楼处。四五年前，就是在那里，销售说："砾县的房子啊，都是推了山以后建造的，山城，山城，每个小区都长在山的尸体上。"说完这句话，她还低头自己笑了一下。当下我记住了她的笑容，也记住了这句惊悚的描述。

我和陆晴走进售楼处，原本摆放沙盘的位置，现在是一张乒乓球桌。显然，很久没有人来这里打球了，桌面上积了厚厚的一层灰。我从角落里搬来两张板凳，左右摆开。这里没有电，等太阳再落下一些，室内就要昏暗起来。风从门边袭来，吹得我们的脚踝发凉。

看起来，陆晴的情绪不错，她情绪的高低，通常与话量的多少正相关。三个月前，我在老友的麻将馆里和她重逢。说是重逢，其实只是偶遇。砾县这么小，偶遇并不罕见，只是高中时，我们几乎没有说过话，那时她头发很短，也很沉默，不太起眼。那天在麻将馆，我一眼就认出了她，眼前一亮。成年后的相遇，仿佛校园岁月突然穿越了十年光阴到来,令我心神荡漾。那晚她并没有参与麻将,只是坐在她的一个朋友身旁,如过去一样沉默而内敛,但她的穿着打扮,又与过去完全不同了。

我便向人打听了她的现状,也加上了她的微信。高考后,她在中部的省会城市读了本科,又去西部的省会城市读了研究生。两座城市,离砾县都有五小时以上高铁的路程。今年,她刚结束论文答辩,准备开始找一份工作。刚好碰上特殊情况,她在砾县困了两个月,索性就继续休息下去。

一开始,我有些忐忑,高中所在的班级,大多数人都与我一样,大学毕业,就在省城,或砾县上面的地级市,或砾县觅一份安稳的工作,朝九晚五,没什么压力。而陆晴,是为数不多继续读书的同学。且走南闯北,见过世面,我不遗余力夸奖着她。对于我的卖力,她反应平淡,发一个动物的表情包作为回应。后来我才知道,那只动物属于藏狐,看起来呆呆的,还是国家二级保护动物。我见她回应并不消极,也鼓起勇气,约她出来见面。

起初我们约在"东门头"见面，那是砾县市民最熟悉的约会地点。"东门头"并非一个实际的地名，而是砾县最早的商圈之一，因靠近东门派出所，而被大家传称作"东门头"。如今商圈早已破败，成为了一个停车场，旁边有一排开不过三个月的奶茶店。东门头对面的肯德基，倒是十几年来都很热闹。"东门头见。"说出这句话，我和陆晴仿佛对上了暗号。那天下午，我们一人拿一只肯德基的甜筒，到步行街逛了一圈。其间我们一直在说话。陆晴说，上大学时，想远离砾县，每年回来砾县的时间不超过一周，每次都是匆匆来，又匆匆走。也几乎是看着砾县的高铁站，一点点建好。这么多年过去，即将要开始工作了，反而有些依恋砾县了。

陆晴的话让我突发奇想，提议如果她愿意，周末或工作日五点半以后，我可以带她到砾县的各个角落逛逛。城区不大，骑摩托车，基本一个小时就能来回。再远一些，去乡下，也没有问题。我拍了拍身下的摩托车。她垂下了睫毛，只是看着我的手。

那段时间，我常骑着摩托车带着她到处溜达，去了好些角落。最远处，我们曾到过距离城区一百余公里的村庄,去看了清朝一位士绅建成的古堡。小学时的乡土课上,我们都曾读过这座古堡的介绍,它是砾县的名片,也是砾县为数不多的骄傲之一。

那天,我们路上颠簸了很久,到达古堡处,如同所有景点一样,一扇大门顶着几枚大字,旁边的售票厅列着分门别类的价码。我有些疲惫,兴致不是很高。刚进古堡,不知是因为空气湿润,还是地势较低,一股阴森之气缓缓袭来。在木梁结构的房屋内穿梭,不知道什么时刻开始,陆晴就消失了。或许是在某个转角处,我一抬头,陆晴就不见了。古堡庞大,占地约一万多平米,眼前,房间裹着房间,木梁接着木梁,我来回绕了几圈,都没有看到陆晴的身影。一瞬间,我几乎忘记了来时的路,因为不是旅行季节,古堡里行人寥寥。夜幕将降,陆晴才回复我的消息,说待会去出口处会合。走出古堡,我才松了一口气。陆晴向我招手,还未等我开口,就递来了她的相机。我一张张扫过去,心下就惭愧起来——她的参观比我细致许多,原来房间的木梁、檐下、门扇和窗间,都有精雕细琢的浮雕,几处壁间,还有彩绘壁画,都有典故出处。

返回城区的路上，我们继续聊着彼此的参观感受。多数时候是她在诉说，而我默默在听。她说她觉得古人活得压抑，住在这样的古堡中，房间的朝向和大小都代表着居住者的身份，环环相扣，等级森严。虽说建筑结构冬暖夏凉，但房门一关，就与世界失去了联络。推开窗，也没有任何开阔的风景。

但当我们返回到砾县，穿过入城大桥，在青色的天幕下，看到远处成片的高楼时，陆晴又感叹，现代人的视野开阔了，但本质上没有什么区别。在此之前与之后，陆晴都说过，十年前读高中时，砾县唯一的高层小区屈指可数，能记起的只有一个，叫作"月亮之上"，和当年的那首广场舞神曲同名。但十年后，绕着这条江，左右都是密密麻麻的高层。不知道拆了多少，又拔地而起了多少。有些高层，干脆就耸立在一群老旧建筑之中，被它们包裹着。每次经过这些小区，尽管它们外表看起来崭新、现代化，但人只觉得压抑，比它们更高的山，都没有给人这样的压抑感。山是自然生长的，但楼总是突如其来，越垒越高。

我默默地听她诉说，有些话想要反驳，却又不知道如何表达，索性也就闭了嘴。我享受着她健谈的状态，因为这样的状态出现得不多。有一周，她没有通过省城一家企业的面试，心情低落。我再次约她出来，是在县北的米山公园里。一整个下午，她几乎一言不发。那一瞬间，我又希望她能和那天在古堡一样多说些话。我们坐在面向雁江的长凳上，看着白鹭一只只滑翔而来，停留，又展翅飞走。不知道哪来的勇气，我伸出手，笨拙地握住了她的手掌。掌心如孵着一只白鸽，她没有挣脱开来。

那个下午，我们确定了关系，但那时我们聊的每一句话，都和未来无关。我们聊遥远的某个下午，聊朦朦胧胧的学生记忆。但多数时候是我在说，她在听。我搜肠刮肚，回忆许多与砾县相关的碎片，每一条街道，哪家小吃店人气最旺盛，哪一家小吃店，其中小吃价格又经过几轮更迭。曾经轰动砾县的社会新闻，诸如假山藏尸案、公交车落水案，都发生在哪一年，哪个地点。甚至，我还能清楚记得砾县那些品牌商店入驻的时间。它们大多都集中在北京奥运会前后。"但你还记得岛内价超市吗？"我对着陆晴说。九十年代末到两千年初，它都是砾县最大的超市,位于黄金地段的正中心,每到周末上午,那里人来人往,偶尔遇到特价活动,整个砾县的人都排队在那里抢着货物。可大约二零零三年左右,它就关门了。

我絮絮叨叨地说着,前言不搭后语。等我说完,陆晴挺直了身子,"这个名字,岛内价,好像特别陌生又特别熟悉。"似乎被这个名字吸引住了,她反复念着,一遍又一遍。我没说话,等着她将那些或许很久没有调动的记忆,重新翻动起来。但她只是像念着咒语一般,等她想起和我交流,似乎那些记忆就都消散了。她对我说:"如果你愿意,完全可以把每条街巷的记忆都写下来。"我问她:"以什么样的形式写,写下来又有什么意义呢?"她又沉默了,过了许久,她才说:"如果我知道有人这么爱着砾县,我也就愿意留下来了。"

后来我时不时会想起这句话。尽管不想承认,这句话曾刺痛了我。我一直不愿接受的某个观点,似乎在这句话里得到了证实:如果不是因为爱它,砾县并不值得留下来。这是陆晴的观点。而这样的观点,几乎随处可见——也因为随处可见,更令人失落。这里像是失败者的聚集地。在外求学多年，却回到砾县，一切仿佛戛然而止，未来一眼望到头。是选项上最末的一个。

但在那时，我选择性地忽略了这种不悦。某种期望和喜悦也在包围着我，我握着她的手，像握着一个小小的希望。我甚至还主动提到了它。尽管刚说出口，我就后悔了。那是一个"疮疤"，藏在我内心深处两年，随着时间推移，已经结了痂。

在一些空闲的时间，我尝试加入一些社群，跟随业主们一起前后奔波，寻找着解决的办法。和我一起奔波的，一部分是砾县城区人，和我一样，原本想要锦上添花。而另一部分，是从乡下上来的年轻夫妻，他们原本期待在这里安家，让孩子就读城区的学校，没想到是雪中失炭。时间愈久，我想做的事情也发生了改变。我开始在夜幕降临前，悄悄来到这里，走进仍是空壳的水泥四壁中，享受抓痂挠茧带来的快感。

"山城，山城，每个小区都长在山的尸体上。"我将那销售的话说给陆晴听。"所以，我们后来也买了一具尸体。"

大约在两年前,由于总经理挪用资金,开发商的资金断裂,一夜之间,这个楼盘成了空壳。到如今,我已经可以清晰地描述出"死亡"的事前因后果,却没有办法拿一枚回魂丹,令它起死回生。站在它的面前,我觉得自己如此渺小,渺小到所有的想法都显得自不量力。陆晴所说的"压迫感",到了这时,我才似懂非懂。

就在资金破裂的前夕,这套房子已经交房在即。尽管在砾县,我们并不是居无定所,但房子无法交付的消息传来,对我父母来说依旧是一个不小的打击。最初的梦想破碎,我们原本所相信的"依山傍水,书香之居",确确实实地消失了。这套房子原本准备当作我的婚房,但现在,我继续与父母挤在那套九十平米的楼梯房里。仿佛一下子变了天,小区附近规划要建设的学校,工程也搁浅了。我羞于承认,我的未来也因此搁浅了。那段时间,砾县人的话题常常绕不开这个小区,而我都避而不谈。有时,他们会用一些描述,诸如"老板跑路""烂尾楼",或是"晦气",来形容这个小区。我负气地想,那里就是砾县的"疮疤",人把山剜去一半的身体,再丢下没有血肉的水泥骨架。但"疮疤"是并不会因为人的遗忘，而彻底消失的。

我牵着陆晴，沿着售楼处后的楼梯往上走。因为地势的关系，楼梯代替了斜坡，一楼成为了三楼，但这里对于中心城区来说，又有接近六层的高度。我们爬到了五楼，陆晴已经气喘吁吁。她歇了一会，又继续跟着我向上爬。到达七层，我们两人都筋疲力尽。

"原本可以电梯直达，不用这么辛苦。"七零二室没有门框，但我找了一个挂钩，挂上了一个小木牌。房子赤身裸体，四面漏风。我向陆晴介绍七零二的户型，那张平面图已经嵌在我的脑海里，哪里是厨房，哪里是主卧，哪里是客卫，我都清清楚楚。曾经，我还能在墙上比划出电线线路图来。夕阳暗下来了，风似乎加足马力灌进室内，水泥墙上，某些纹路正在褪去的光线下显现出来。

"我第一次到这里，发现这个位置上有一首黄色小诗，大概是工人用粉笔写下的。第二次来时，我就带了一瓶矿泉水，想要把这些字冲洗干净。"有一次，我甚至站在这里想，或许就在这个位置，不只有我，在黑暗中，还有别的人曾经留下过痕迹。天亮后，那些痕迹就消失了，没有人能找得到。我看着陆晴，期待她能在这间屋子里找到什么新的痕迹。

太阳落下的速度比我想象要快。"小心点，走到这里看看。"我指引陆晴走到南阳台的地面上，因为没有安装围栏和窗户，又因为这里地势较高，背靠山脊，站在这块孤零零的水泥板上，几乎能望得到各个角度的砾县。大约是因为从未见过这样的砾县，陆晴张大了嘴巴。这样的视野和场景，我后来再也没有见到过。如同百米跳台，而下方就是城市的泳池。北边的米山公园，旁边的五星级酒店，如今也没落了，紧接着崛起的，是在太阳落山方向的另一家国际酒店，它有着全县最高的宴会厅，砾县的新人们需要提前一年才能抢得到它的宴会厅。从这个角度看，步行街是这样短，从头和尾，手指比划，只需要两步就能走完。南面的驼山公园面积最大，从这个角度，却看不出它是两个驼峰的形状。它始终郁郁葱葱，是县城的氧吧。这个时间点，县里的学校还很热闹，人流像蚂蚁搬家，从街道尽头分散开去。

砾县被折叠成沙盘，在这个角度收入眼中。如果一切都停留在此刻，或许是一个美好的傍晚，但当我转头看陆晴，才发现她的脸已经煞白，嘴唇有些发紫。片刻，她突然挪动起碎步，一点点往前，前方就是阳台的末端，没有护栏，没有窗户，再往外就是几十甚至上百米的高度。我回过神来，一把拉住了她，制止了她继续往前的冲动。

将她拽回室内的瞬间，日落西山，仿佛某个开关被合上，水泥墙内暗了下来。陆晴双腿发软，坐在了地上，突然号啕大哭起来。我翻出之前装进包里的手电筒，打开开关，手电筒的光束亮了，却衬得墙面漆黑如墨。地面没有垫平，坐着并不舒服。远处山间有蝉鸣，有水声，有隐约的车声，我一句话也说不出来，只能任由陆晴哭泣。不知道过了多久，她停止了哭泣，爬了起来，拍了拍衣服，对我说，走吧，离开这里。

那是我人生中走过最长的台阶，以为每一步已经到达了尽头，但每一步之后都看不到尽头。陆晴的情绪恢复了，她跟着我手上的光亮，一点一点拾阶而下，一步一步，稳稳当当地踩在水泥地面上。反倒是我，心惊胆战，腿下发软，好几次差点踩空。出了大楼，我们脚步越来越快，头也不回地往前走，她甚至不敢回头看一眼。我沿着砾县的道路向西骑去,一路上她都没有说话。我临走时,向她道了歉。她低下头,摆了摆手,然后一个人踏入了单元楼。

那天之后,很长一段时间,我和陆晴默契地没有联系对方。我一度以为我们的关系就此走到终点。偶尔几次,我试探一般,问她是否愿意再与我一起出游,她回复我,她又在准备一场新的考试了。

到老友问及我们的关系,我这才坦白,我和陆晴从未谈论过未来。算不上正式情侣,但我们做过情侣应该有的那些亲密动作,比如牵手、拥抱、亲吻,但仔细回想起来,似乎每一次都是淡淡的,点到即止。她从未真正投注感情,我或许也是。老友又问,那你们每一次约会的目的是什么?我却说不上来,似乎没有具体的目的,只是在当下,我被她身上的某些东西吸引。

正当我以为我们的关系差不多到此为止时,陆晴却给我打了一个电话——她极少以这种方式联系我。她约我出去逛逛,漫无目的地走走,和以往一样。但这次她选了一个地点,县南的驼山公园。

我和她一样都住在县北,并不常去驼山公园。曾经有一次，我约上陆晴去驼山公园看蔷薇展，她拒绝了，此后我也没有想要再次选择这个公园。事实上，驼山公园一直是砾县最大的城市公园，但也正因为它大，风景优美，功能齐全，反倒成为我所忽略的场所。我总觉得它不够特别。那段时间，我们总是在寻找一种"不特别"的存在。

那天陆晴穿着一身连衣裙，头上戴了一顶小小的渔夫帽。我们漫步在公园里，如一对正在约会的普通情侣。正是周末，周围孩童正在追逐打闹。公园入口的喷泉没有打开，奔跑的孩子失去了外界刺激带来的乐趣。大人就在远处站着，三三两两地闲聊，神情轻松。我想起我童年为数不多的几张胶卷照片，其中就有站在驼山公园大门前的合影。我甚至还能记得我身上穿着的红色棉衣，此刻正压在书架的某个角落逐渐虚化。但那扇曾经的公园大门，不知何时已经拆掉了，只剩下这个空旷的广场。到了夜里，这里是广场舞阿姨们天然的大舞台。

我和陆晴往驼山公园的深处走，渐渐地，耳边只剩下震天的蝉鸣。"我已经很久没来这里了，"陆晴说，

"小时候，来驼园是爸妈给小孩最大的奖赏。"那时候，这里是小孩的嘉年华，是属于暑假第一天的礼物。但现在，除了零星出现的几个行人，公园的深处没有多少人气。偶尔，我们看到有老人缓慢地走过，路边，有老人舒展双手，像在做着某些特别的运动。

"现在到了周末，很多人会带着小孩去商场中央的广场，那里可以模拟出所有玩乐的场所。沙堆，水池，甚至是小火车。公园太大，太远，也有些危险。"陆晴说，有一天，模拟的世界，微缩的世界，会取代真实的世界。真实的世界正在逐渐老去。远处有一个人形的塑像，睁着大大的眼睛望着我们。乍一看，让人吓了一跳。等到走近后，我们才看清它的形状。这是一个孙悟空的塑像，似乎风吹日晒久了，外形看上去有些破败，并没有齐天大圣的风采。

"是这里了。"陆晴突然叫了一声。齐天大圣的身后，是一条已经废弃已久的轨道，锈迹斑斑，多年前，这里大约就是驼山公园的游乐园区域，是孩子们聚集的地方，但如今，这里似乎被废弃了很久。隐约还能看到远处还有几个塑像，有一个塑像肚皮亮亮的，像是猪八戒。越往后走，越多被废弃的东西呈现在我们面前。几架迷你飞机，横七竖八地堆在一栋建筑的背后。几辆已经长满青苔的小车，躺在一个湿漉漉的角落。杂草丛生。那个圆顶建筑，我有些印象，名字叫做"淘气堡"或"溜溜堡"，里面是一大片的海洋球。小时候以为是"海洋"，如今看就是这么一个小小的建筑。

"很多东西都被拆了。"陆晴低着头说，"以前，这里有好几台大型游乐设施，现在都拆除了。"我问她上次来这是什么时候。沉默了一会，陆晴才说，上一次来，已经是二十年前了。千禧年初，他们一家曾经一起在这里度过一个周末。

那原本是一个平平无奇的周末，当时的驼山公园，是砾县最热闹的地方。游乐区域人来人往，有许多孩子，手上都拿着气球。但这些画面的记忆很模糊，她记不清她的手上是不是也拿了一只气球，只记得四周满满的，人来人往。她爸爸穿着一件皮夹克，妈妈穿的是红色的毛衣。她穿了一件橘黄色的棉衣，新衣服。这些细节，后来都是在照片里，才能回忆起来。那天他们留下了好几张照片，一张，他们一家站在驼山公园的门口，另一张，她妈妈站在齐天大圣旁，怀里搂着她。

大约在齐天大圣旁照完相不久，他们就去坐小火车了。在小火车里，陆晴抬头看，不远处有一个巨大的轮子正在转动。从那个视角看，大轮子像一个方向盘，也像是某个世界的开关，开始转动时，某个世界也就徐徐打开了。轮子下竖着一块牌，上面写着轮子的名字，叫做"穿越时空"。小火车也有名字，叫作"丛林探险"，另外有一个摇摆的大船，叫作"乘风破浪"。参加"穿越时空"项目的人并不多，她和妈妈很快就检票进场。一排两座，妈妈拉着她的手。陆晴记得，爸爸就在不远处的座位上打瞌睡，似乎有音乐声在耳边响起，机器开始转动了。耳边有呼呼的风声，她和妈妈的位置逐渐升高，视线越来越广，远处有绵延的山，近处是若隐若现的建筑。

突然，轮子开始加速旋转，陆晴和妈妈的座位开始剧烈摇晃。转到第二圈左右时，陆晴察觉到自己和妈妈的身体突然失去了束缚，正在逐渐下滑。妈妈的右手紧紧抓住了她的胳膊，陆晴的双手也使劲拽着座椅的扶手,她们即将被甩出去,但这个巨大的轮子并没有停下来的意思,它继续加速旋转。陆晴惊恐地呼叫,眼前有无数东西闪过。一瞬间,陆晴感觉到左边的妈妈松手下坠,下一秒,她也滑离了机器,坠到了地上。只是一秒,她和妈妈先后从两个高度坠下,她妈妈坠落点在高处,而她坠落时,大轮已经转到下方。妈妈头部朝下直接撞到了地面,当场大脑出血,没有了气息。她臀部朝下摔落,躺在妈妈身旁,侧过头,看到了一条蜿蜒的血流。

陆晴的描述很冷静,仿佛整个过程的那几秒在她脑海中已经重复了许多遍。我伸手碰她,发现她的双手冰冷,几乎没有一点温度。整个过程只有几秒,在陆晴爸爸反应过来时,一切都已经发生了。那天在驼山公园游玩的人们,或许都有那么一点印象,下午三四点钟,有救护车闯入了公园里,游乐园区紧急封锁,一个中年男人坐在封锁的正中心号啕大哭。

被诊断为腰椎骨折的陆晴,后来反复被人询问的问题是,她和妈妈在坐上座位时,是否有人来帮她们检查座位,是否有人帮忙扣好安全带。陆晴反复回忆,但大轮转动前那几秒的记忆总是很模糊，她只能记得妈妈在对她笑，记得妈妈拉着她的温热的手。似乎在当时，"穿越时空"只有两个工作人员，一个负责卖票，一个负责操作机器。卖票的那个工作人员始终坚称，在机器发动前，她帮所有人都检查了座位和安全带。"穿越时空"还有另外三个乘坐者，他们被公园找来，也为工作人员做了证。但爸爸要陆晴咬定是工作人员失职，那个年代，还没有监控资料可以记录，仿佛一场悬案，官司持续了很久，几乎延伸到了陆晴童年的尾巴。那段时间，常有陌生的叔叔上门来看陆晴。最终，爸爸获得了一笔钱。

由于安全问题，"穿越时空"被永久关闭了，但其他的游乐设施还在继续开放。陆晴没有再走进驼山公园。砾县很小，一场事故很快就会传播开来，但也很快就会被人遗忘。我似乎就从来没有听说过这个案件，那时我们都太小，当事人不再提，所有的事情，都被时间淡忘了。现在，二十年后，经由陆晴的诉说，站在或许是原本那个大轮，现在已经夷作平地的地方，我仿佛能听得到机器旋转时发出的吱嘎声，其中夹杂着女孩的尖叫，屏住呼吸，还能听到忽远忽近救护车的声音。

陆晴说，这么多年，她从来不敢往高处走，甚至从来不敢俯瞰砾县，但那天傍晚，她竟然阴差阳错，站到了那个位置。夜幕降临，她一步一步沿着水泥台阶走下来时，忽然想重新来这里一次。这个念头一旦冒了出来，就很难被忘记。每一次，这个念头都会被她惯性地按回了。她害怕情绪再次失控。想到这些，她又和童年时一样，无法正常地面对爸爸，甚至，无法正常地面对自己。

说到这里，她的神情竟然轻松起来，反倒是我，手心出了一层汗。她转过头，看着我说，这段时间，我帮助了她很多。接着，她将她的手，慢慢从我掌心抽了出来。我有些难过，但也只能将手心往衣角处擦了擦，藏起自己的情绪。

她说她很感谢我，这段时间带她又重新认识了砾县。砾县不再只是她记忆中的样子。原本嘈杂的，灰蒙蒙的，巨大而充满压迫感的砾县，在我这里，竟变成了一个柔美的，精细的，充满烟火气的城市。我听出了她话语中的客套，而这样客套的总结，通常只会出现在某个篇章的末尾。我反驳她，砾县从来都不是她所形容的这两种样子。

两千年初，它的模样，和陆晴的记忆是一样的，但距离两千年初，都已经过去二十年了。我知道有许多人悄无声息地死去，但还有些人带着梦想来到这里。"你还记得我和你说过，我认识的从乡下上来的一家人么？"我试图在做最后的努力，"因为孩子要读书，他们搬了出来。房子暂时拿不到，但他们现在搬到一个小区里，租了一套房，在架空层的二楼，刚好与另外三家人共享一个大露台。我去过他们家，室内很小，但是露台很大。在露台上，他们种了很多花花草草。我和他们交流，才发现，其实我们内心的想法现在是一样的，我们本质上没有绝望，我们还挺有信心。一切都会变好的，只是等待的时间长一点而已，已经有消息了，或许就是明年。"

陆晴说，上次笔试的成绩出来了，她排名第二。终有一天，她还是会离开砾县。大学阶段她越走越远，每走一步，她都有新的想法和观点。但唯独这个结论，她从来没有怀疑过。

我们走出了游乐区，路上陆晴提议要找一找几个记忆中的塑像，她说印象中，它们就散布在游乐区的周围。她记得一个红孩儿，还有一只大铁牛。她曾在那个铁牛旁边拍过照，手只能够得到铁牛的鼻尖。我们找了一路，越走，路越宽，二十年后，它们或许被人搬走了，也或许藏在驼山公园另外几个角落里。在寻找那几个塑像的路上，起初，陆晴还走在我的前面，不知何时，我只是失了一下神，她就不见踪影了。

班达

说是一场新书分享活动正在进行。商城三楼的中央大厅里，此刻已经里三层外三层。连四楼和五楼的围栏边，都三三两两分布着几个脑袋。张瑜抬头向上看，脚步慢了下来，沿着自动扶梯往上走，再向下看，她看清了中间台上那个身影。清瘦，挺拔，站在几层人群的视线中央，他显得很从容。他正在说自己以前上课的趣事，适时的一点幽默让人群轻轻晃动了起来。

看起来，作家的年龄和她差不多，同样是在大学里做了半辈子教书匠，但此刻，他是这群人的精神导师。好像已经到了问答环节，张瑜的脚步停在了四楼的围栏边。有位小伙子手伸得很高，主持人语调高昂得令人尴尬。"好，恭喜你，就是你了。"小伙子看起来很年轻，或许刚刚毕业不久。他站了起来，没有恭维，直接开口问："您对年轻人当前的投资有没有什么建议？"小伙子像要抓住这难得的机会，想问得更详细一些："刘老师，您觉得，怎么做才能在这座城市实现财务自由？"

周围有人在笑。笑很轻，似乎轻轻一吹就散开了。人群中央的作家手握着麦克风，停顿了一下，"不要停止学习，"他继续回答，"当然，你可以买某一只股票，或者创业，我没有意见。但是让自己增值，才会获得最大的收益。"张瑜抬起手腕，看了看表，迈步走了。作家接着讲他新开的线上课程，又转回了这次分享活动的主题。她坐着扶梯继续向上，包里有她刚买的这位作家的新书，它们在书店前垒了高高一摞。

到六楼时她脚步加快，身形平稳，呼吸流畅。一切都在轨道上稳步前行，她没有被甩下来过，即便被甩下一点点，她也能赶得上。一瞬间她甚至有一种感觉，所有人都在奔忙着，只有她还在和缓地前行，不疾不徐，这样的状态还能保持至少二十年。这种感觉让她愉悦。三点钟，六楼还冷清着。有路过的人向她打招呼，或许是某个曾上过课的学生,她不认得。

店里学生还没来,值班的助教坐在前台,正在玩手机。助教看到张瑜进门,手机往桌子上一撂,站起身喊了一声张老师。张瑜一般不在这个点过来的。

她走进卫生间照镜子,风衣脱下来,轻轻一抖,挂到了墙上的挂钩上。"四点是谁的课?"她问道。

"嗯,周佳周老师。"

"什么课?"

"第六节的流瑜伽。"

张瑜点点头,迈步走进教室,手机连接蓝牙音响,开始放音乐。她盘腿坐,吸气,呼气,单独练了一节课。

儿子是晚上六点钟的飞机,到浦东机场。她把今晚的社区课全部取消了,她要将一整晚都留给儿子,带他去他最爱的那家餐厅。

儿子是临时要回国的,按理还要两个月才放假,但他有几门课没有通过考核,补考费高昂,加起来可能要八万人民币。电话里他说着,声音微有些哽咽。张瑜就把责备的话咽下去了。她从前一日晚就安排好这一日的行程。上午去学校处理事情,中午吃水果沙拉,下午运动,四点钟开车去浦东,晚上和儿子一起吃荤食。完美的安排,高效,妥当,没有脱离轨道。舒缓的音乐声起,声落,她的鼻翼轻轻晃动。

班达瑜伽馆的全名是班达·瑜伽理疗中心。它离张瑜任教的大学不远,从校东门出来,过个马路,进了这栋购物商城,坐电梯到六楼,再走四十米,可以看到张瑜的海报。这就到了。这间瑜伽馆很小,整体可能不超过一百平米,除了教室,只有一点空间留给前台和卫生间。大片的落地玻璃,通常掩着窗帘,但有时张瑜会让助教把窗帘拉开,这样过路的人偶尔能看到里面的画面。女人们集中舒展身体,挺养眼,当然也是一种宣传。

张瑜自己是最好的宣传招牌。她身型挺拔,气质优雅,旁人看不出她已满五十岁。当然,在灯光下,或是走近了,也看得出她已不年轻。岁月的引力和地心引力一样强。她在台上做动作时,比如抬手侧弯,或是盘坐冥想,小腹上的一圈赘肉,像被时光保留着的多余物,在灯光下闪闪发光。凑近了看她的脸,妆容其实是与肉骨分离的，这就让她的脸显得僵硬了。她所面对着的年轻女学员，有她任教的大学的学生，也有商场附近的白领。她们的妆容服服帖帖。常运动的女孩皮肤都很好，光打下来，坐在上面的张瑜有时偷眼看，下面是一片闪光的玉面。岁月的另一种巨大引力，是塞进了间隙，夺走了某种浑然一体的状态，让许多事情显得不再自然，甚至造作。

当然，没有人用"造作"去形容张瑜。不可否认，张瑜的五官依然姣好，气色和气质都远胜于同龄人。这有赖于她的体育专业背景，她比大部分人都了解如何控制身体。她也在努力帮助别人去控制身体。她曾对自己的学生们说过，控制不了身体的人是有罪恶的。过分张扬的搔首弄姿的身体，和毫无节制的放任欲望的身体，都一样是有罪恶的。她没有强调却也淡淡地提及同学院的一位舞蹈老师，说她在课上所教授的舞蹈，就属于前一种情况。

张瑜在卫生间整理妆容时，周佳脚步匆忙地跑了进来。看到张瑜，周佳似乎微微一愣，点点头，便退了出去。张瑜把头伸出去，看了看前台上方的钟，三点五十五，已经有几个学员在排队了。她皱了皱眉头，示意周佳也看一看时钟。

周佳是张瑜第六期教练班的学员。她刚刚结业三个多月，已经开始带班上课，一周带两节会员课。周二晚上是普拉提，周日下午是流瑜伽。临出门时，张瑜和前台的助教交代事情："你来告诉周佳，让她下周开始来做第七期教练班的助教。"一周后，张瑜的第七期教练班也将开课。张瑜抬眼看向教室，周佳已经换好衣服，正低头看手机。"和她说一下，问一下她的意见。"

周佳现在是社会学专业硕士二年级的学生。大约一年前，周佳偶然在朋友圈看到教练班的招生广告，点击进去，看到了张瑜的简介和照片。教练班的费用并不便宜，一个人一期八千八，比周佳整年的学费还要贵。

她没有和人说过报班的原因。张瑜这个名字，曾是她最早的美人启蒙。那张电影《庐山恋》的海报，曾贴在老家砖房的墙上，颜色虽然变淡，但依然能看出美人的俏丽风貌。周佳童年时常常盯着她的脸看，看那时髦的卷发，古典的柳叶眉，饱满的脸颊和一排洁白的牙齿。砖房推倒后，海报也就不知去向了，可能已经被埋进瓦砾堆里。后来周佳到城里念中学，和同龄人聊这位女星，知道者寥寥。

周佳没练过舞蹈，也没有运动基础，她看着张瑜正向下撇的嘴角。"驼背，猥琐颈，体态太差。"当时面对张瑜的，不只周佳一人。周佳一时脸红耳热，想躲开四周的目光。在那些目光的缝隙里，张瑜让她走上前，并伸出手，摸了摸她的脊背，再一路朝下到腰，直至骨盆。她的手掌像带着疑问，询问这具身体的优劣。

随后，张瑜让大家各自找到位置，盘腿坐好。她开始讲授一些基础知识，诸如如何认识自己的身体结构，如何通过训练来让自己掌控身体。周佳躺在垫子上，跟随着张瑜的节奏，一呼，一吸。钻入鼻腔的，是令人安宁的气味，这或许来自于瑜伽馆里的熏香。周佳那一刻坚定了决心，将来要开一间这样的瑜伽馆。只需要这么小，就足够了。那些不知道《庐山恋》张瑜的同龄人，从小就学过不同类型的才艺，身体的潜能早早被开发。周佳想起童年时曾问过爸妈，为什么没有把自己送去舞蹈班，爸妈说，这些都是不必要的开支。不过现在也还来得及，这不是一个遥不可及的梦想，需要从第一步开始，一点一点，击碎二十四年的僵硬，再把积攒下来的所有时间，全部送给这个空间。一点一点，一步一步，把自己的身体塑造成张瑜的模样。

"班达，即收束。你们未来也兼做理疗师。"张瑜坐在前方，声音轻柔，"肩颈带、骨盆带、膝关节理疗，针对久坐的职业人群。这是一块巨大的市场。瑜伽教练的第一课，我们先学习营销。福泽他人，受益自己。"教练班开课不久，张瑜提及整套课程的一大实惠之处，每个学员在课程结束后，都可以获得瑜伽理疗师的证书，这让周佳更为心动。

有一些学员没有坚持下去。前五个月的教练班学习，周佳瘦了将近十斤，当然也是憋着一口气，几乎没有吃过一顿饱餐。商卡练习的那一周瘦得最快，周佳的体重一下子掉到了两位数。在商卡练习前几天，周佳就按照助教的要求，一点一点减少食量了，当天早上，练习者空腹带着水壶和纸巾来到商城。张瑜那天没有过来。她的助教带着学员们分组，因为馆里空间太小，周佳和几个学员被分到了商场的一条走廊里，走廊尽头就是卫生间。周佳在助教的指导下，和其他学员一起，将盐水灌进身体里，再做瑜伽动作。

很快，周佳感觉到肚子里已装满了水，但没有便意，只能持续下去，喝水的速度越来越快，肚子开始鼓胀，恶心的感觉也溢了上来。她走进卫生间，只有尿意侵袭，便意像在身体深处游走，被某扇门关着，无法出来。

从厕所出来洗手时，周佳瞥见了镜子里自己的样子，面色苍白，像一个虚弱又虔诚的教徒。一位女学员疾步走到她身旁，开始对着水池呕吐。周佳本来想避开，但听到声音不对，就返身折回。走近以后，周佳开始神经发麻。水池里有一团红色的液体。

她认识这位女学员，是同校的本科生，才大三。名字蛮好听，叫卢雪荷。周佳扶着她，向助教报告情况。年轻的助教显然很意外，让卢雪荷赶紧停止训练，喊来练习室里打扫卫生的阿姨。周佳留在原地，看着卢雪荷低垂的脑袋，一点点消失在视线里。她继续喝水，恶心感一阵一阵涌来。吐不出，拉不出，身体内部的力量寻找不到出口。强烈的胶着感占据周佳整个身体。

一周后的练习课,卢雪荷把垫子拉到了周佳的旁边,拉着她的手摇了又摇,向她道谢。

"我再也不做这个练习了。"卢雪荷说,"我有一点胃溃疡,之前没告诉张老师,差点没被骂死。"

"那你干吗还做?"多年前,周佳也得过胃炎。

"好奇嘛。"卢雪荷吐了吐舌头。

为表示关切,周佳摸了摸卢雪荷的头。她自己不完全是因为好奇,只是不想错过教练班的每个环节,她听过张瑜对商卡瑜伽的介绍。洁净,她被这个词吸引了。但她也不想做第二次了。

卢雪荷跟随张瑜练习瑜伽已经多年。大学一年级时,她就修过张瑜的瑜伽课,选过她瑜伽课的女生,约有三分之一后来都报过张瑜的教练班。

"我已经算迟了,中间犹豫了一年。"

"为什么犹豫啊?"

"学费不便宜啊,而且占用了所有的周末。"

卢雪荷的身体很柔软,能轻松地把脚举到头顶,身体比例也好,有令人艳羡的天鹅颈。张瑜显然对这个化学系的女孩有所关注,在学校的瑜伽公选课上,曾将她选为班长,还私下劝她退出学生会的工作,专心跟着她练习。但第二学期,卢雪荷就转选了舞蹈课,去了那位"罪恶身体"的老师门下,练了半年的爵士舞。

"试来试去,我现在觉得,瑜伽更好玩一点。"卢雪荷甩动着长长的马尾辫,在垫子上做了几个动作,像一条柔软盘曲的蛇。练习间隙,周佳有时也会忍不住,偷偷用余光看卢雪荷,看她那卡得恰到好处的腰线。和周佳熟一些后,卢雪荷偶尔也会提及关于张瑜的事情。

"你知道她离婚很多年了吗?"

张瑜是个单亲妈妈,有一个独生儿子。这些信息即使没有人告诉周佳,她也能通过张瑜的朋友圈判断出来。她还知道,张瑜的独生儿子长得白净英俊,正在澳洲留学,他的生日在春天。唯独没有办法推断的,是张瑜的前夫。他仿佛留在张瑜生活里的真空地带。

时间靠近结课的一周,周佳的体态好了很多。但这种变化,面对镜子,周佳是看不真切的。对于女人来说,只有从耳朵进去的话,才能一点一点钻进脑袋,再扩散到身体内部,耳朵是那盏点亮身体的灯。有几次下课后,周佳还留在瑜伽中心的教室里,没有去吃晚饭,对着大扇的落地镜,继续练习,练身体的柔韧,练动作的连贯。有些练习接近有氧运动,汗滴滚落,滴到她脚下的瑜伽垫上,留下几圈深色的圆,一圈叠着一圈。她端详自己的身体。镜子里的周佳也在端详她。好几次,张瑜见到了还在练习室的周佳,她在门口抖抖大衣,问她怎么还没去吃饭,但也很快,就匆匆迈出脚步离开。第二天在课上,张瑜终于夸了周佳,说周佳的动作"比较到位""进步很大"。但也仅此而已。

按照惯例,刚毕业的学员可以尝试给会员上课。周佳被选中了,确切地说,是周佳主动让自己被选中了。她几乎是全身心扑在瑜伽练习上了,把研究生课程和论文撰写都排到了这件事情之后。刚开始给学员上课,周佳有些紧张,课后学员和她说,节奏有些慌乱,声音软绵绵的,不够有力量。所有的新老师都会有这样的问题,从不熟练转为熟练,需要经验的累积。周佳知道自己已经下了苦功,并不为这样的评价而失落。但周佳放在心上的,是张瑜的态度,她似乎总有一点不满。张瑜几乎没有主动和周佳交流过,大多时候,只是眼神示意。周佳不知道怎样能达到张瑜的"满",正如她也不知道张瑜的"满"是什么。

所以,当助教告诉她,张老师要让她做教练班的助理时,她是惊喜且意外的。

"真的假的?"周佳问。

"你问张老师去。"助教有一点不耐烦,在周佳要离开时,才补充了一句,"你同意吗?张老师说要先征得你的同意。"周佳就把脚步停了下来。

第七期教练班开班前,张瑜请了三位助教一起吃饭。她如往常一样,把头发中分,耳后的两撮头发卷起,盘在脑后,肩上散着长发,看起来端庄而优雅。她把常穿的风衣换成了一件毛衣外套,气色看起来很好。另外两位助教是体育健康学院的本科生。饭桌上还有一位男生。周佳一眼就认出来,他就是张瑜的儿子。他和照片一样,长相斯文清秀,戴着一副透明框的眼镜,五官细看和张瑜很像,连宽嘴也像。亚热带人的长相。宽嘴的人似乎都喜欢抿嘴,不喜欢夸张大笑,张瑜就是如此,她不说话时,都只是轻提嘴角微笑,情绪好像都闭在嘴里了。这个表情让她看起来很优雅,也显得难以亲近。

张瑜向学生们介绍男生。他举起一只手,向三位女生打了招呼,脸白唇红,嘴角的弧线和张瑜一模一样。男生说自己在澳大利亚学设计。周佳在饭桌另一头向他点头,不知为何,她觉得他就应该学习这个专业,或许张瑜也这样认为。张瑜从服务员手中接过菜单本,扶着本子的边缘,往桌上一推,询问三个女孩的口味。但最后,大家都自觉地只点一份素菜,还是张瑜选中的虾仁青豆。刚上菜不久,张瑜叫了一个高脚杯,加了一瓶红酒。她没有让男生喝红酒,只是给他塞了一个小杯,倒上了椰汁。"你喝椰汁就好。"张瑜的语气轻柔,但这轻柔明显掐掉了反驳的余地。

周佳身旁的女孩主动站起来,开瓶,倒酒。张瑜举杯对着学生们示意,碰杯,然后一口一口细抿。一口红酒,配一口菜。张瑜吃得很少,大部分时间,她都在说话,要么侧头和男生说话,要么就抬头,对着三位助教介绍教练班的一些情况。张瑜仍然在上课,她说,瑜伽事业,要开枝散叶。有一瞬间,不知被谁引着,话题从教练班工作转开,却一度找不到衔接的方向,添了一点点令人尴尬的沉默。周佳原先的期待有一些落空,她本来以为这顿饭会拉近她们之间的距离，或者了解到更多与张瑜有关的信息，但不知为何，话题始终落不到生活里头。

用餐结束，张瑜在前台结账，周佳走向男生，向他要了微信。这个念头，她在饭桌上就生起了，搁在心头，一直没有卸下。男生很爽快地同意了，打开二维码图片。他果然以英文名做微信名，和周佳料想的一样。头像也像是异国他乡的旅行照。落日，大海和剪影。扫完二维码，张瑜的身影近了，周佳把手机塞进了口袋。

卢雪荷很意外："为什么要做这个啊？"因为做了"这个"以后，包括去上课在内，周佳的所有节假日时间，至少半年，都留给了班达·瑜伽理疗中心。"上会员课就好了，做助教，什么也不赚啊。"与周佳同期，卢雪荷也带了一门常规会员课，波塑球训练，一周不过就来上两次课。

周佳对着镜子摊手："我已经适应了。"

做了张瑜的助教以后，她和张瑜见面的机会变多了。过去一个月，张瑜将她作为助手，带她参加一些瑜伽馆外的讲座。不少公司和事业单位都邀请过张瑜，在这些讲座中，张瑜为员工讲授如何保持健康的习惯，如何预防因久坐而产生的肩颈问题。就在前一天，周佳还参加了一场科技公司主办的讲座，张瑜让周佳穿运动内衣，作为模特，为一整个教室的人示范动作。她第一次感受到，自己的身体已成为一个标准的模具，供他人学习。那是属于周佳的高光时刻。

"但是请吃几顿饭，带着去讲座，就算报酬了？"卢雪荷不太理解。

有时候这类讲座结束，张瑜会让她来写公众号的稿件，整理一下照片和文字。张瑜有一个名为"班达瑜伽理疗中心"的公众号，周佳作为文科专业的研究生，打理公众号自然也归入她的工作范围。

卢雪荷说，换作是她，她是不愿意做这么多事情的。

"我就是学习嘛，都是学习。"周佳没有透露过开瑜伽馆的想法。

"你不觉得，有点像被当作廉价劳动力？"

那五个字有一点刺耳。周佳最近的经济状况确实有些吃紧，得坚持到一笔奖学金发下来，才能有所好转。

张瑜也确实没有承诺过具体的报酬,助教职务只是一个邀约,一个心照不宣的培养计划。相比之下,报酬并不重要。

"其实有很多毕业的教练班学员都问我,张老师,我什么时候能回来带几节课?我都只能婉拒,我理解大家想成长的心情和对瑜伽的热情,但是课表公布了以后,导师的名单也就公布了。会员们看到自己原来的老师不上了,或者突然换了,会很失望。你们要珍惜带班上课的机会,这个机会很多人花钱都得不到,我把机会都给了你们。"

张瑜都这样说了。

"说实话,我挺想要拿到钱的。"在波塑球课接近尾声的时候,卢雪荷还是忍不住向周佳抱怨。"你知道这里每个月的会员费多少钱?一个月八百,一学期三千,我们每节课上课的学员都超过二十人。这么多人,这么多钱,全都进了她的口袋。"卢雪荷凑近周佳,压低了声音,"介绍上是说她是首席教练,又不是整个中心的老板。我们也是教练啊。说实话,我觉得我们连员工都算不上,员工还有定期发的工资呢。"

周佳没有说话。她自己也算过一笔账，新开一期教练班，光是学费，就有二十万左右的收入，当然这些收入里，要扣去租这样一间店面产生的费用。前台的助教，教练班的助教，也应当有一定的酬劳。那次吃饭，张瑜曾在嘴边轻轻带过："多劳多得。"但没有什么文件规定过酬劳，似乎张瑜和大家约定好，我们还是一个师门团队，而非商业公司。

"她给过钱呀，生日时发过红包，你难道没收到？"周佳想起，张瑜记得每个人的生日，在生日时专门发过红包。

"你当时点开了？"

"没有，哪里好意思点。"

"对啊，哪里敢收。但她就让我收，说是一点心意。我后来收了，还得千恩万谢，才三百块。"

周佳本不这样觉得，但卢雪荷这样一说，她忆起自己也有过类似的心情和反应。本该作为劳动报酬，但以这种形式来获取，仿佛她们又欠了张瑜情。可细细想来，张瑜好像也没有什么过错，分明她们比她更自愿接受这一切。

"总之,我看出了,你是真爱。"卢雪荷下了结论。愿意做没有获得足够多物质收入的工作,就能被冠之以"真爱"?周佳觉得这个词实在过于模糊,没有形状。她好像也不足够爱这项运动本身,但真爱从哪里而来,周佳自己也想不明白。

教了这么多年体育,张瑜见过很多学生,有些学生是点金成金,有些学生则是点石成金,后者无疑让她成就感更大。周佳来得晚,却练得勤,有段时间,张瑜觉得她就接近于后者,给了她一些成就感。她看到周佳身上的生命力,在借由她的手,一点一点显露。

但好像,还是在哪里差了一些。有时面对周佳,张瑜会觉得有一点不舒服。似乎张瑜只要撒手,周佳就会张开双臂,将整个自己扑进她的世界里。她还不同于年纪更小的女孩,二十三岁以下的女孩会崇拜她,会在大学的体育课堂上给她送礼物,每次在商场里碰到她,她们会有一些羞赧的神色,窃窃私语,徘徊在瑜伽馆门口,偷看她的形体和姿态。

周佳好像已经过了那个年纪,她一直在思考什么,心里装着沉甸甸的事。每当上张瑜的课时,她都会睁着眼睛,视线一刻不离地聚焦在张瑜身上。每当张瑜和她说话时,她的身子都会有一些轻微的颤动。她几乎从不拒绝张瑜,勤勤恳恳,认认真真。这些细节,张瑜都看在眼里。

一次休息时间,张瑜瞥见周佳在看她落在前台的一本书。她迈步走近,看到周佳翻到了她的介绍页。她轻轻咳了一声,周佳抬起受惊的脸,张瑜忍不住就垮下了脸。周佳把书放回了前台,站起身,低着头,像是也有一些不好意思。张瑜没有多说,只把书拿过,塞回了包里。周佳似乎想问什么,但直到张瑜离开前,都没有问出口。

书上的张瑜还叫张援越,家乡是湖北随县。事实上,张瑜不大喜欢这个名字,它像是一个印章,提前给她的生命印进一段历史。广西是她的异乡,湖北也是,父亲一代是因为支援对越自卫反击战而过来的。张瑜在边境小城长大,少数民族占了这里的一大半,她自觉有点格格不入,如讨厌名字一样,讨厌自己像个扎眼的异族。他们这代人,六〇后,对这段历史也不大提了。她不愿意一辈子带着这段历史来来去去，除非有那么一些瞬间，比如她陪儿子看电影《芳华》，儿子在一旁指指点点着女演员哪个长得好看时，她会忍不住，拿着纸巾不停按自己的眼窝。

因此相比周佳，卢雪荷或许更接近年轻一些的张瑜，或者说，更接近受伤前的张瑜。卢雪荷身体条件好，活泼，聪慧，有股天不怕地不怕的气质，却也有些易碎的美。周佳小心翼翼，沉默寡言，她身上有股危险的气质，暗暗灼人，张瑜瞧着，既陌生又眼熟。

但若不是那次摔伤，张瑜也不会遇见瑜伽。在这之前，张瑜还在田径圈里打转，靠着天资，她开了一门又一门的课程，但摔倒后，这些运动都不再适合她了。有一阵子，张瑜精神也萎靡下来，担心失业还是其次，更大的威胁在于，身体的损伤或是老化，很快就会让她被淘汰。一个又一个年轻的身体会成长起来，会取代她。

转折点终究到来得太迟，到一个千年和另一个千年交错的时刻，才探出面貌。张瑜在资料上曾写过，一九九九年她曾去印度研修，真真假假，没有人去判断。瑜伽这项运动，刚好契合她受伤的身体，替她指了一条新路。原来在瑜伽背后，藏着这么多柔软而有弹性的东西，如泥巴，可以经手塑造。她也幸运，赶上了一个好时候，也终于等来了好时候。不过十多年间，全国的女人都爱上了瑜伽。仿佛越喧闹越浮躁的地方，越有人想着安静和修养。但她有着更牢靠的基础，有一些天然的优势。

以前是八宝饭、糯米饭、竹筒饭，一切敦实的、能滑进肚子里的东西才能让她安心。走上瑜伽这条路后，张瑜几乎是没再吃过一次饱饭了，她把身体上多余的东西一点一点剥掉。从生完孩子开始，她就和自己的身体斗，斗了二十几年，一年比一年吃力，但也一年比一年成功。她尝着斗争留下的胜利果实，这胜利果实的背后辛酸，她也只能自己消化。但如果有人想要复制这条路，张瑜的第一个感受，是有一点可笑。只是这种可笑感，她还没想清楚从何而来。

第七期教练班上有一个女人，有时上课前，张瑜会同她一起到馆，有说有笑。女人气质很好，看得出家境优渥，也大约只有这样的经济环境，才能让女人保持神采。她常穿雪纺材质的衣服，看上去质感很好。大家都叫她素姐。她来的次数很少，远少于正常学员，有时还会带来一个三岁左右的小女孩。小女孩梳着长辫子，穿着柔软的紧身裤，看起来乖乖的，跟着音乐摇头晃脑。

"那女人是张老师的亲戚吗？"周佳曾问过其他助教，但没有人知道具体情况。素姐有时叫张瑜张老师，有时也叫瑜。她的声音有点浑厚，年轻的女孩一般不大有这样的声音。她早已没有年轻母亲的慌乱，一举一动都很从容。"坐要有坐相，站要有站相。"女人仿佛时时刻刻在纠正小女孩的姿势。

有那么一次，周佳忍不住问了张瑜："她们是谁？"

"怎么了吗？"张瑜似乎对周佳的询问有些惊讶，"我的老朋友，刚刚从国外回来。"张瑜总是这样，点到即止。"你注意些，她不会每节课都到，平常分组不要把她分进去。"

做助教这段时间，周佳也学会了一项新的技能，就是用声音去推测一个女人的年龄和职业。尽管大家在练习时，穿着都类似，都是运动内衣，露出一截腰，但到了分组练习，尝试喊口令时，声音的作用就体现出来了。年纪大一些的女人，或是资质老一些的女人，声音常常更稳，而且洪亮。而女学生们，最初喊出的声音，都像蚊子嗡嗡叫，还携带着对自己的羞赧和慌张。对哪些学员应该严格一点，对哪些学员可以适当放松些，这些区分不只是根据她们的身体条件，有时候还要根据身份。

周佳知道张瑜还有一个社区班。去那个班上课的，是私下联系张瑜的人，不走理疗中心的程序，她们直接背着瑜伽垫到张瑜家里上课。她们有些是张瑜多年的朋友，有些就住在张瑜家附近，有些则专门带着孩子登门，请张瑜帮忙按摩身体，听说价格不菲。

张瑜的日常生活还是像冰山一样，在周佳面前一点一点展露。学校的工作，理疗中心的工作，社区的工作，原来张瑜把所有的时间都拆分成一个又一个的部分，像个陀螺，旋转不停。周佳默默看着，觉得张瑜的忙碌程度超过了她的想象。张瑜在为挣钱而忙碌，也因忙碌而挣钱。她的生活本身，好像太过精细，无可挑剔，这似乎符合她所说的节制，又似乎有一些悖逆。因为每天工作强度大，张瑜的肌肉常常处在紧绷状态，她也常常揉着自己的肩颈。

中间休息时间,张瑜又单点了周佳的名。她说:"周佳你这运动内衣,选得太便宜。"周佳身上穿着七十块钱的套装,网上买的,还搭配外套,但她汗多,每次练习时都会淌汗。"你们看,"张瑜说,"这种材质的衣服,背后已经生出了黑色的霉斑。而且,内衣明显已经松垮,没有防震功能。还是那个理,便宜没好货,大家买运动装备时,不要太省钱。"

周佳的头皮有一些发麻,视线从那位雪纺上衣女人身上移开。她没料到,自己突然就做了反面教材。张瑜曾让她示范过舒缓颈椎僵硬的动作,那时她还是正面教材。可张瑜也没有事先问过她,她愿不愿意成为教材。她坐在那里,刚刚被张瑜拿来上了课。

她起身走向更衣室,背后的霉点正扎进背里,朝着皮肤深处钻。下课后,周佳走出班达瑜伽馆,去商场四楼买下两件各五百元的运动内衣。刷掉这个月剩下的余额时,她没有犹豫。手里握着内衣牌子的标签,她感到安心了,因为这个图案也被画在张瑜的背上,跟随她的身体移动和旋转。

后来周佳再碰到卢雪荷，还是在一次换班时，她倚在一位外形健美的男孩身旁，笑靥如花。

"这是你那位学姐？"男孩问。

"不是啦。这是我们的周教练。"

卢雪荷的笑意里多了点东西，像是玩笑，也像是揶揄。

周佳和张瑜的儿子聊过几次。男生回了南半球，继续念书，朋友圈里晒出的，大多是美食和美景的照片。他大方地晒出自己的生活，自驾旅行，朋友聚会，高端研讨会，和外国设计师合影。

那是一个离周佳有一段距离的世界。周佳找他聊天，他会及时回复，也很礼貌。有一次两人聊得顺畅，话题就带到了张瑜身上。他说母亲每天无论多忙，都会和他视频聊天，风雨无阻。"牛不牛？"男生问周佳。这个习惯有时也让他感到不舒服，可连他的小情绪，张瑜都能迅速察觉。"妈妈是不是让你觉得不舒服了。你要告诉妈妈。"

周佳就开始聊自己的童年，说自己小时候什么都不敢买。当时，女孩子中间流行积攒彩色的糖果纸，她想到一个办法，四处收集这种糖果纸，最成功的一次，用一沓的糖果纸，向班里最有钱的女同学买了还珠格格铅笔盒。

男生在地球另一头发来了几个笑哭的表情，黄色的圆脸在流眼泪。他说，自己小时候也曾看中过一款书包。"你知道吗？是忍者神龟的款式。"但张瑜不让买。十多年前了，原来他们也有过一段很漫长的贫穷的时光。张瑜对他说："你想买的话，就要忍一忍。等妈妈赚钱了，什么书包都会给你买。"这件事，在男生成年以后，张瑜也常常拿出来说："你看，忍一忍，你想要什么东西，就都会有了。"

"你母亲对你真好。"周佳隐隐感觉，他在夸奖母亲的同时，也有一些未用语言表达出来的情绪。话题像是矿石，挖着挖着就到达了尽头。周佳好像找不到更多的共同话题了。她也想尝试聊聊别的，比如兴趣爱好，但她连国门都没有踏出过。他所有的爱好，她连皮毛都不懂。他们聊天的热情就渐渐淡了，周佳有一周没有找他，他的头像就沉下去了，要指尖划好几下才能找到。

那一周，周佳也被其他事情分心了。她那位兼任行政职务的导师突然联系了她。她原本以为,只要在三年级开始前,发送开题报告给他,修改修改论文,答辩通过,他们的关系也就结束了。她以为他已经忘记了她的存在。

教授在电话里谈到,一个新课题,需要请她进组帮忙。周佳不敢直接拒绝,只说自己最近写好了论文大纲,想要发给他看看。

"哦,你下学期研三?"

当晚,他读完了周佳交上来的论文大纲,笃定她写的东西"全是垃圾"。

"你的时间都花到哪里去了?"教授的语气不再像下午那样客气,"你明天给我回来,推掉那些乱七八糟的兼职。"

时间突然就堵到周佳的胸口,她有点喘不过气。她想把这件事告诉张瑜,毕竟她把最多的时间给了她。但周佳让自己停了一会儿,思考方法。应当是倾诉,比如在微信上,每句话都带上一个表情,这样显得她掏心掏肺。

张瑜的反应也很平淡:"那你注意平衡时间。"

体内的血液渐渐就冷却下来，周佳再看刚才自己发出的话语，察觉到自己有点用力。

"你周六上午，过来我家旁听一节矫正脊椎侧弯的私教课。"张瑜又发来了消息，"你可以了解一下，这对你有好处，你以后不是想做理疗吗？"

张瑜的住所离学校有二十分钟的车程。周佳选择坐公交车，用了一个小时。和周佳同时到的，还有张瑜另外两名学生。

一进门，周佳看到一对母子正坐在客厅靠墙的沙发上，正面看，男孩像背着书包坐着，但走近看，背上其实什么都没有。男孩的母亲很忧虑，眉头没有松下来过。

"今天还来了几位我的研究生。"张瑜向那位母亲介绍他们，周佳意识到自己也包括在内。

"张老师您真的是功德无量。"那位母亲连连点头，话里的音调颤颤巍巍。周佳抬头看，墙上挂着的几幅字画，正写着"班达瑜伽"和"功德无量"。

这是一节专为这男孩定制的理疗课，张瑜整堂课节奏舒缓，口令娓娓道来，她仿佛在时间里自在游弋，也会在男生疼痛的大叫声里,放慢脚步。但周佳一个动作也没有记住,她心里仍然堵得慌,教授只给她一天半时间交稿。

矫正课结束后,张瑜留她的客人一起吃饭。那位母亲推辞了半天,只好同意。厨房里飘出香气,一位中年女人正把备好的菜端了出来。周佳这才注意到,原来张瑜的家中还有一个人。这位中年女人有时会来理疗中心打扫卫生,曾帮忙照顾过卢雪荷。她向客人们介绍自己,说她是张瑜的姐姐。周佳细看,才看出两人五官上的相像。她的手艺很不错,一桌的饭菜鲜香可口,周佳胃口原本不好,但还是忍不住多吃了几口。

饭后,张瑜让周佳单独留了下来。一个黄色的信封伸到了周佳的面前。

"拿吧,不要不好意思。"张瑜语气柔和,两只眼睛看着周佳。

周佳的脑袋有一些发懵。不应该是这样拿到钱,不应该是这样。但周佳还是伸出手,接过了,信封捏在手上,一时不知道应该落在哪里。

"早上你也看到,这些健康理疗课,都是公益性质的。包括上午这个矫正驼背的男孩,都是不收费的,公益的。"

她又何必解释呢,她在释放什么信号?周佳捏着信封的边缘,只说了一句:"我知道的,张老师。"

"你们第六期的学员,想法可能比较多,但如果有什么需要的,其实随时都可以找我开口。"张瑜语气有一些疲惫。

她似乎有点误会,周佳的掌心微微发凉。

"我上次听小博提到你,很奇怪,你什么时候加了小博的微信,为什么也没有告诉我?"

周佳将手指蜷了起来。张瑜的声音已经冷下来了。该怎么说呢?说同龄人,加个微信聊聊天很正常?还是说小博不过也是一个同龄人?周佳一直避免在小博的朋友圈里面评论,像躲着大人,偷偷玩一场升级游戏。玩游戏而已。可为什么不坦荡呢?周佳也说不出理由。好像,小博就应当留在他现在所处的世界。周佳现在也想向那个世界靠近,多么不自量力。这对母子都不动声色,等适当时给周佳一击。或许是小博主动提过,也或许是张瑜对儿子始终敏锐。周佳担心自己被误会,可这误会本身，早已经顺理成章成为现实。

周佳决定收下红包。红包里的钱，至少可以让她再买一件不容易长出霉点的运动内衣。

"那这样吧，你导师要让你回去时，你直接告诉我。我建议你，至少跟完这一期教练班。"

周佳知道自己无法开口，一切都像是默认，张瑜没有倾听，她也没有倾诉。

"我做事情，从来就没有半途而废。"张瑜最后补充了一句。

离开张瑜家后，周佳察觉到腹部空空，饥饿感清晰袭来。很长一段时间，她戒了肉食，用素食、意念和运动，来填充身体想要撷取食物的瞬间。但也许是从她正式接过红包的瞬间起，她拦住欲望的长线被剪开，她此刻疯狂地想要吃东西。小区门外的马路边立着几个小摊，烟火缭绕。停下脚步，她买了一个陕西肉夹馍、一碗四川冰粉、一个山东杂粮煎饼。报复一般，她用舌尖吞下半个中国。当食物进入肚子时，她听到了张瑜的声音。张瑜在说，停下污染身体的双手。张瑜在说，放纵欲望是可耻的。

找到了地铁站旁边的公厕，周佳把手指伸入喉咙，把吃下的东西都抠出来了，哗啦啦。身子仍然沉重，但她恍然大悟，原来如此，她找到了与身体斗争的新方式。她可以让这些多余物进入身体，也能让它们离开身体。身体总是不断寻找时间，要和它握手言和，而她已经能做到，将身体和时间拆开，让身体与时间作战。

周佳想把这个发现告诉张瑜，但还没等念头升起，她就决定自己掐灭。

学生和家长走后，房间就空了下来。傍晚的阳光从门外溜进了几束，墙上的字像被霞光蒙了尘。张瑜有点疲惫，坐在客厅，许久没有说话。这堂课，张瑜有点力不从心，抚摸着男孩背时，双手其实在微微发抖。旁人应该看不出来，只有张瑜自己明白。她想到很多年前，儿子挣开她的手，一边跑，一边吼，声嘶力竭："你不要管我啦，你做的事情一点也没有用！"她一边流泪，一边争辩："你怎么不懂妈妈，你不懂……"

张瑜有时也在抬眼看，看周佳的反应。周佳似乎心事重重，全程漫不经心，她知道她没有记下过一个动作。周佳让她想到小博，他们两个同龄的孩子，都想靠近她，却从来没有理解过她。她知道他们这一代人，是不会去理解她了，因为她做得再多，也不过在弥补最初的不够。正是因为最初她剥夺了小博的一些空间，导致小博现在的世界，成了一个欲望的无底洞。事实上，小博也更像他的父亲，尤其是身形，总是驼着背。从小她就想要把他掰正，但没有一棵苗，或一个人，能按照手的意图，被塑造成理想的形状。

在这样的夜幕降临前的时分，她一个人面对着窗外的斜阳，仍会感到愧疚和罪恶。脱离了工作状态后，就只有这几十年的惯性在拽着她往前。这种惯性一旦开启，她只能孤军奋战，没有任何助手。她必须要找到一种平衡，才能摆脱这种向前拽的惯性。

前段时间素姐建议张瑜进一批仪器，说是国外的牌子，按摩兼理疗功效，可以取代手，主要针对成年女性的身体，激活身体内部的活力。三万元一台，让学员们告诉家人和她们将来的学生，传播开来。张瑜需要做功课，但她一向不主张用这些多余的东西。她把这件事往后拖，打算拖到第七期教练班结束。

此刻她有些直不起身子，直到支越打开了灯，房间才亮起来。

支越把围裙脱了，她刚刚洗完碗，正在用毛巾擦手。她看了沙发上的张瑜一眼，示意自己要出门。张瑜点了点头。支越关门之前，张瑜说："灯也关上吧。"

夕阳已经消散，房间比之前更暗了一些。

小博喜欢支越，他几乎是支越带大的。年纪更小一些时，他就喜欢和支越窃窃私语。张瑜知道，比起她，小博更喜欢亲近支越。

"小博说有一个学员主动来认识他，讲了半天，我看是周佳。"张瑜有些惊讶，惊讶于支越说此事的表情。"周佳这个姑娘，蛮勤奋的。"支越罕见地发表了评价。

卢雪荷的事情，也是支越告诉她的。

几周前，卢雪荷给张瑜发了邮件，说自己在会员课结束后，就不再带新的课程。张瑜没有回复，只是转告周佳，新一期会员课上不再写卢雪荷的名字，海报和微信推送里也把卢雪荷的名字删去。这件事张瑜本没有在意，卢雪荷离开，应当是迟早的事情。学生一拨一拨来来去去，张瑜也已经习惯了。

但从支越那里,张瑜才得知,卢雪荷早早去了七楼新开的健身房,在那里做瑜伽老师。她很受欢迎,每到她的课,小小房间填满了五颜六色的垫子,没有多余空间。

健身房离班达瑜伽馆很近。夜色里,张瑜拿出手机,在瑜伽馆的微信群里发了消息:"班达瑜伽馆的学员们,不管是毕业了的或未毕业的,都不能在周边一公里内的其他场所私自开课。"

第二天,她在馆里上课时,也反复强调了这句话,一度提高了嗓门。学员们噤若寒蝉,包括助教周佳。大家并没有做任何表态,这让张瑜很失望。眼神里如果有认同,她是能看到的。之后的课,张瑜无论怎样卖力地讲解理论,捏一遍每个学员的肩膀,纠正每一个学员的姿势,都显露出疲惫和力不从心。像是某种平衡被打破,这是张瑜从未显露出来的状态。情绪和工作糅在了一起,情绪干扰了工作,张瑜知道自己已经失控。

那一天的课程快结束时,她仍然在试图找回平衡。她说她不只是把她们当作学生,每次她们背着厚重的垫子来来去去,把别人玩乐的时间都用在这里,她都会心疼，但她们将来要成为别人的老师，她们必须严格要求自己。

"十几年以来，我从不接外面健身房的兼职，赚钱没有问题，但你不要用着班达的方法，又自己胡乱改造。大家现在都在做同一件事情，规则的纯粹，需要大家一起维护。"

无论说了多少话，张瑜都像在对着空旷的房间喃喃自语。

天冷下来时，卢雪荷离开了那家健身房。傍晚的瑜伽课换了一个新面孔的老师，看起来经验丰富，只是年纪较大，声音粗哑。健身房的会员怀念青春靓丽的卢教练，怀念转为了打听。他们大多也是旁边那所大学的学生，年轻，精力充沛，有些人就打听到周佳这里了。

周佳私底下和卢雪荷聊过此事，讲到张瑜因为此事在馆里发了火。卢雪荷并不在意，只是可惜，她没能拿到瑜伽理疗师的证书。那张证书在她们那期教练班结业半年后，才陆陆续续发了下来。拿到的方法只有一个，张瑜不可能主动送到所有学员手上。她只是在微信群里通知,要学员们记在心上,找她去要。

"不过那张证书有什么用呢?几个印章,唬人的噱头罢了,"卢雪荷摊摊手,"给我钱和印章,我也能盖一打证书。"

周佳时常羡慕卢雪荷,大多数时候,卢雪荷并不把事情放在心上,一点小碰小撞,也不会在她身上擦出伤来。但周佳不是,她正活在一个需要头衔的世界里。

议论张瑜的话渐渐多了。导火索似乎就是卢雪荷的被迫"辞职"。有人说,张瑜是班达瑜伽馆里的"慈禧太后",卢雪荷和班达瑜伽馆的关系渐渐传成了一个小故事。传言里,卢雪荷竟成了一个追寻自由的角色,一个不畏强权的女侠。楼上的健身房,倒也趁这次机会,做了一次降价营销,抢走了一部分班达瑜伽馆的会员。

周佳曾经在和同学的闲聊里,有意无意说过一些馆里的事情。她有意做了一些夸张。尽管事实上,张瑜并不是对学生一毛不拔。话头的传播速度远快于周佳的估计,她没想到有人会用"慈禧太后"来形容张瑜。可周佳也有一点解脱的快感,她知道自己离开也是迟早的事情。因为不管往哪个方向拐,都像是一个死胡同。唯一值得欣慰的是，卢雪荷曾"越俎代庖"，她正"大逆不道"，彼此是一样的水平，她和卢雪荷也平起平坐了。

第七期教练班的课程接近尾声。张瑜最终拒绝了那批仪器，她这次的态度很强硬。那批仪器太过昂贵，功效也不成熟，她对素姐说，她只想做一个老师。班达瑜伽馆规模要扩大，但不是这样扩大，路子会越走越歪，她也做不来。带着一点点要挟的意思。大不了，张瑜选择退出。素姐看着张瑜，眼神像看着一个耍脾气的小女孩。

站式课上，周佳看到那个白衣女人又来了，她侧头想，上一次仿佛隔了一个多月。她又来了，携来了特别的气压。全班的晨练刚刚结束，那女人走进教室，走到第一排靠边的位置，脱下大衣。在一群穿运动内衣的女人里，她一身雪白，显得突兀。但张瑜没有说什么，素姐身旁的女孩也脱掉了外套，露出里面白色的连衣裙，像是刚刚从芭蕾舞房里过来。

"周佳，你到前面来，做体式的示范。"张瑜站在落地镜前，向她招了招手。

周佳半支起身体。张瑜和素姐，隔着几位学员，都看向她。在犹疑中周佳起身，她决定走近张瑜。她闻到了张瑜的汗味，疲惫的汗味，在熏香中被抽出来了，越近越浓。

张瑜伸出手，做了一个邀请的动作，她们要合力做一组体式的动作示范。"来，手拉脚单腿直立。"周佳听着张瑜的指示，"抬起的右腿与地面平行，左脚稳稳地扎向地面。"张瑜的右手扶着她的腿，左手抚着她的腰。"吸气延伸脊柱，呼气腹部寻找大腿，双手握住右脚。"周佳压下身子，她的身子有点紧绷，深呼吸，放松，再下降，张瑜在帮她寻找她的极限。

"下一个体式，"张瑜放松了手上的力，"三角式。"周佳收回了抬起的腿，直起身子。她听从张瑜的指令，双腿打开约一腿的长度，左脚尖向外九十度，右脚内扣十五度，双臂向两侧打开，左手带动身体向左侧延伸，延伸到极限，放下左手，左手杯型手撑地，右手有力地向上延伸。张瑜贴近周佳后背，帮助周佳骨盆正位，将她身体有力地向上抓起。张瑜在用力，周佳也在用力，她们的手和腿彼此支撑出一股力量。她们用彼此的身体将平衡维持住。

　　素姐起身鼓起了掌："你们看啊，这真美。"她在说话，在点评。张瑜的声音微微有一些抖，但她在克制，继续讲解姿势的要点。握着张瑜沁出汗的手，周佳突然明白了，此刻她真正和张瑜站在一起了，达到了她们之间的均衡。张瑜原来也和周佳一样，以为自己能够独自站立。周佳看到小女孩也正在模仿自己，伸开双臂，像一只即将起飞的白鸟。

连枝苑

连枝苑的广告是从卢伟达床边的抽屉里冒出来的。

它被压得扁平,三维变成了平面,被几行大小不一的字体遮了快一半。它影影绰绰,只露出三座高楼,一角广场,一座假山。三两行人,细看是金发碧眼。立体设计,却犹抱琵琶半遮面,可印在上面的字体却干净利落:"华贵典雅,庭院首选""水意盎然的自然世界""繁华之上,财富名宅""机不可失,即是投资"。

齐小娇往下翻,连枝苑的形象便越来越丰富,越来越清晰起来。连枝苑的全名是"华庭财富·连枝苑",地段蛮好,户型也多。有一本薄薄册子,似乎被翻过多次,页边都卷了起来。齐小娇想起一些不甚清晰的记忆,新世纪刚来的时候,她有次看到父亲风尘仆仆进门,往茶几上丢下一叠传单,后来一张"府邸·雅居"被她垫在了碗下,一根根鸡骨头盖住了"盛大开盘"几顶皇冠字体。她也抱着看连环画的心情翻过几本小册,看得津津有味。原来积木搭出的宫殿已经落后,那些电脑设计出的人物,可以步行于山水和高楼之间。

她把连枝苑重新塞进抽屉,但也记下了它的地址。齐小娇的工作不常加班,下班后她顺着手机地图去了这个新开不久的楼盘。绕树三匝,取一枝为依,售楼处的小姐笑吟吟,积木重新搭了起来,却有些岌岌可危,楼真高,价格也高。这里没有山,但有水,高架盘旋而过,大商圈即将形成,空间是开阔无际的,嘴上的话语比印在纸上的更让人动心。

1

齐小娇每天需要花四个小时在上海的掌纹中来来往往。有时为了省下两块钱,或是当作晨练,她能一口气骑个四公里,直接到达地铁站。啃着一块拿破仑,她随着人流挤进了地铁,掉在衣领上的碎屑不知被哪个人携了去,弹落在某个角落,变成一块香甜的尘埃。她也试过到单位再买包子,那时的五号线便被拉长了,窗外闪过的建筑变成一块块冒着热气的糕饼,九点钟的巴比包子变成地铁站外的一个手抓饼,滚烫滚烫,烫出一口溃疡。

早先她争取了很久,才终于搬进单位在闵行的一套公租房里。把合租的这卧房门一关,她才终于有了自己的一个天地。从十二岁开始,住了十二年的宿舍,睡了十二年的上铺,每日爬上爬下,夜里蜷缩在宽不到一米的小床上,她习惯这样的生活,却也一日一日倒数着,要和这种生活告别。躺在席梦思上的那刻,她忍不住亲着新买的床单,这儿真大,永远能挪出一个窝。

一米五八,刘海刚留到鼻尖的齐小娇,就这样熟悉了来回四小时的路途,有时站着迷迷瞪瞪,她也能准时在中转站猛然清醒,及时在惊悚的关门铃响起前,从人群中钻出去。日子就这样晃着,她当然知道这不是长久之计,但每次想起自己能省下的这笔钱,就生出一股骄傲。这股骄傲刻在支付宝里,发在微信里。爸,够一年自己就攒个首付。齐小娇仿佛能看得到她爸在屏幕那头笑。

工作定了，租房将就着，接下来的任务也就比较明确了。当然她还可以且走且看，但也需要拓宽网络。这个城市千万人口，也有数以万计的单身人士，他们日夜在城市掌纹中相遇交错，可每人站在这巨大的网络里，用掌心托着，只盯着掌纹上的那个网络。齐小娇加了几个同城群，不怎么发言，只是偶尔扫一眼，帮忙点过几次赞，暗暗点开几个头像，通过几个好友申请。

因此她不太记得什么时候加进这个微信群。"申城优质青年联盟"，群里的内容比这名字好像还要无聊，就设置了免打扰。有次一眼扫过，看到群里有人在说："周末的 City walk 还有人报名？"她脑筋一动，点了进去。日程表上周末时间空余，她琢磨着想加入。我去！

不到一分钟，有个"南楚哥"说：你这是在骂人呢还是在报名？

欢迎！请填一下上面的报名表。说话人像是组织者，头像是一个挺拔的身影，但只照到脖子。齐小娇的头像也不甘落后，安了个自己若隐若现的侧脸。后来齐小娇到达地铁站的第一件事,就是反复寻找这个挺拔的身影。但很快,她的寻找被一个怯生生的女孩子打断。女孩询问了齐小娇的名字:我有点紧张,我们一起搭个伴?齐小娇就笑,一起一起。说完抬眼看到了朱家傲。

尽管之前他们已经互相加过微信,齐小娇对这个组织者也有些好奇,但见面之后她不免有些失望。眼睛太小,鼻孔太翻,齐小娇心里为他的身高感到可惜。因为是在城市里行走,大家都穿得比较休闲,这个队长则穿了一条荧光绿的登山裤,后来队员们几度走散,大家就瞪直了眼睛,寻找人流中若隐若现的那条荧光裤。

你就是齐小娇?网名和真名一样的齐小娇点点头。你就是陆饭饭?身旁的女孩也点点头。朱家傲三言两语打个招呼,拿着笔在本子上打勾,然后便走开了。

陆饭饭拉着齐小娇小声说,这队长到底是个上海人。

这个"到底"用得地道,齐小娇心里想。陆饭饭又补充了一句,他家有三套房。齐小娇惊讶,你怎么知道?

我混饭圈啊,加的群多,在另一个群见过他。陆饭饭说，像是有做过功课。

这人怎么样？齐小娇不好意思脱口就问，像有企图一样，就把这句咽了回去。

在出发前的破冰活动上，朱家傲自来熟地丢出了一句。齐小娇，你名字有"娇"，我名字有"傲"，我们可以组个团，骄傲二人组。齐小娇也就成了众人注意的焦点，被周围人哄笑。朱家傲让齐小娇帮忙拿队旗，她只得接过，成了队长的跟班。可齐小娇左顾右盼，方圆两米，只有陆饭饭跟在自己身旁。是不是被队长"盖了个章"，其他男生也就不来搭讪了？这样可亏了。朱家傲还脚步轻快，和身旁一个女孩聊得欢快。什么骄傲二人组，齐小娇心里不快。

只有陆饭饭拉着齐小娇说东说西，说起她三年前刚来上海的日子，天天跑到外滩，和饭圈里的其他朋友畅想着买下一座楼的灯光给爱豆庆生。齐小娇开始时还认真在听，后来渐渐就开始走神，她对于陆饭饭嘴里反复出现的那个俊秀男明星毫不了解，也没有兴趣。东方明珠在前头若隐若现，这一天就这样下去？齐小娇心想，得找个解决方案。

2

卢伟达真是个再好不过的解决方案了。

察觉着无聊的齐小娇，拉着陆饭饭指着后方穿黑衣的卢伟达，你看他怎么样？这个男生看上去挺顺眼，她想。一身黑衣的卢伟达，戴着黑框眼镜，典型的工科男打扮，也不怎么开口说话，有点形单影只。陆饭饭就鼓励，你有兴趣就去认识一下。齐小娇还迈着步，速度却慢了下来，等男生走上来齐了速度，她热血一涌就开始搭讪。卢伟达倒也没有抗拒，只是不冷不热地应答，说自己从电力专业毕业，已经工作五年有余了，一个人住在普陀区。不是名牌学校，提到学校他就把话绕开了。话题全靠齐小娇牵着。

队里有个姑娘大概之前就与他认识，绕过一个拐角时，她走上来同他开了几句玩笑，他接过姑娘递来的矿泉水，作势要砸她。原来这人也并非特别内敛，齐小娇有点抓耳挠腮。

她把旗子递给了陆饭饭，冲着她眨眨眼，就走在了卢伟达身旁。陆饭饭接过了旗子,表情却紧张起来。像是被某种未知的冲动牵引,齐小娇觉得自己充满斗志。一起走?她问他。卢伟达侧头一望,点了点头。陆饭饭脚步加快了,越来越快,直接走到了队伍前头,之后齐小娇如果要寻她,只需要找到那抹荧光绿。

路线是朱家傲设计的,从人民广场出发,沿着黄浦区一些老建筑行走,偶尔走进一些小街道,最后又绕回外滩。对于这些已经在上海工作生活多年的人来说,这场 City walk,风景真是其次,社交才是第一要义。卢伟达也是抱着这样的心情,在周日中午十一点四十分从床上爬起,对一周六天的高强度工作点击暂停,收拾收拾自己直奔人民广场地铁站。

卢伟达在上海工作这些年,对这座城市爱恨交加,夏季快要结束的时刻,他已经萌生了回家的想法。同辈的几个表姐,如同向后撤退的大军,一个退到了苏州,一个直接去了无锡,他还坚持着驻留此地,租着普陀区的一套小公寓,位置极好,下了楼就是地铁站,里头却不让人舒心,常常坏个马桶,掉个把手,每年就因着这间小公寓耗去数万元工资，心里头很不痛快。

有阵子，卢伟达养成了一个习惯，就是去各种与房有关的网站上闲逛，看着上涨的均价，再拉个在房地产公司工作的朋友吃夜宵，盘算自己的存款，想想要不要一咬牙，直接把那套看中的小房子买下。常常两人吃到一半，意兴阑珊，干脆撇下一桌烤串，各自回去加班。真正刺激到他的是国庆节那天，他参加了高中哥们的婚礼。进入电网单位的哥们，脸上像涂了一层蜡，一整晚都在发亮。卢伟达看到哥们娇妻的肚子若隐若现，就在想自己，怎么买套房都这么吃力。上海，这座城市已经没有亲人，也没有成功过的恋情。年关将至、年岁将长的时刻，一个人的决心最容易动摇。

齐小娇并肩走在卢伟达旁边，她透过街边商店的橱窗瞄自己，正在留长状态的刘海，总是耐不住从耳边滑落，身形要是再高一些，再瘦一些就好了。幸好卢伟达也不是一支瘦竹竿。挺搭。

有一阵子两人都不说话了，卢伟达不习惯齐小娇突然安静，忍不住先开了口。

这活动挺没劲的吧？你的那声"我去"够应景。

齐小娇恍然大悟。"南楚哥"啊，你还记得我的名字。

刚才队长那么说，大家都记得了。卢伟达说。你怎么不紧跟队长步伐？

我看谁顺眼就紧跟谁。

卢伟达笑了起来，脸颊有一些发红。

暮色一点一点光临，大家从最初的精神饱满，兴致渐渐降低，女孩子说腿酸，朝着旁边的奶茶店跑了去。有人喊，队长，找个地方大家搓一顿吧；也有人接了一通电话，说公司有事，临时先走。朱家傲倒也不慌不忙，举着手机喊，晚上还有活动，我订了一桌菜，本帮菜，就在南京东路，前提是大家要走满二十公里，现在就差五公里，不要半途而废嘛。朱家傲的这句话果然振奋人心，大家竟互相鼓励起来。对，不要半途而废。

后来齐小娇和卢伟达曾约着重新走了一趟这个路线，那时两人已经聊得火热，彼此心照不宣。卢伟达靠着栏杆，对着齐小娇说，他本来觉得这二十公里大概是一个告别，没想到这个告别被她半路插了一脚。齐小娇就对着卢伟达佯装要踢一脚，粗跟鞋已经举了起来，却是对着黄浦江的方向。卢伟达还感叹，朱家傲说得很对，明明就差几公里了，为什么要半途而废呢？他仿佛是在对着自己说话，也说到了齐小娇的心坎里。一时两人都心有戚戚，看着对岸没有说话。

夜越来越凉，十二月底的风侵袭着两个开始僵硬的身体。卢伟达的手掌悄无声息伸进齐小娇的口袋，一根根手指爬过来。尽管做好准备，齐小娇仍然全身一颤，抬头看，对岸的灯光已然变成了一只只戏谑的眼睛，气氛至此变了。

回去吧？卢伟达问。

好，齐小娇答。明天周一，她在出门前就往包里塞了一把电动牙刷。

地铁直达金沙江路站，出了地铁站，卢伟达领着齐小娇拐了个弯，就到了他所住的小区里，齐小娇啧啧惊叹，说这路线便捷得不可思议。星光变成了落在地上的点点灯光，透过树影洒了一地。卢伟达牵紧了她的手，以为她怕黑，没有指路，直接带着她走。这力道让齐小娇第一次有了幸福的眩晕。

第三个周日，齐小娇拉来了一只小的行李箱。

箱子里塞着几只抓娃娃机得来的战利品，其余空间才装着自己的生活用品。她蹲在地上掏出几只娃娃，挂在门上，摆在床边，卢伟达的出租屋一下子就热闹了起来。卢伟达对着这突然返老还童的屋子，有些哭笑不得，但也站在一旁，任由齐小娇充分发挥着她无端的创造力。

摆完娃娃还不够，齐小娇开始擦拭家具。快乐从她拧干的抹布上滴落，沿着这些陌生而老旧的家具走过。狭小的空间里盛满了齐小娇对未来的憧憬，她在网上下单了榨汁机、烤箱、煮蛋器，也效仿网上的美食博主买了一套日式的碟碗。她宣布自己要做一个美食博主，一张蓝白相间的樱花桌布铺上，清晨的十分钟延长成了四十分钟。她还一鼓作气买了一台单反相机，一台拍立得，想留出一面小墙，挂上她和卢伟达生活点滴的相片。卢伟达总是惊讶于她每天一个新点子，渐渐把这间出租屋变成了一个百宝箱，每个角落都埋下了宝藏。他从夏天尾巴时升起的辞职念头飘飘荡荡，在年岁的最后一天,他站在崇明岛的风电机旁,决定将它先丢入东海。

3

卢伟达醒来时习惯点开新闻广播,小小手机变作收音机,捉着空气中的无线电。长夜消融,白日即至,一位年轻女歌手因为乳腺癌英年早逝,手机里开始飘出歌声。"古今痴男女,谁能过情关","我是最短暂的花朵,也是最长久的琥珀"。齐小娇在女歌手饱满浑厚的歌声中转醒,从这音乐声里听出一阵悲凉的况味。不听了不听了,关了吧。她揉着眼睛。音乐声仍在继续,卢伟达想要继续听下去。

齐小娇径直爬到床边,把手机声音直接关掉,亡者的歌声也就戛然而止。卢伟达被这突然的安静惊醒,转头看床边的另一人,被看的人就爬上来趴在他的肩上,摇着他的肩膀,想让他开心一些。他被摇得不太舒服,爬了起来,被冷空气弹了一个激灵,但继续径直往前走,不声不息,直至出门上班。

屋里留下的一人依旧躺着,摸着被窝里另一个人的温度,捂着被子,怕这温度一下子就散去。她翻出抽屉里的连枝苑,拿起一叠看了半天。那一晚齐小娇回了自己郊区的公租房,盯着视线前方的墙,等着卢伟达的微信响起,等了又等,等到深夜,手机里除了几条垃圾短信,什么也没有收到。

一周的冷战,最终结束在卢伟达的一场感冒里。齐小娇在电话里听出卢伟达浓重的鼻音,心就软了,对着手机举起白旗。怪我,那几天心情不好,卢伟达也自觉地在那头道歉,声音里像挂着鼻涕。学校单位放假早,齐小娇已经闲了下来,老家父母催她早点回家。齐小娇半年没回家了,她有些归心似箭,但还是拖着箱子回头找卢伟达。

齐小娇从此记着卢伟达喜欢的一切,包括喜欢过的女歌手。在这不到三十平米的小屋里,齐小娇切着梨子,切着姜。她试着了解卢伟达喜欢的食物,用着手机软件查看不同食谱,再奔下楼,走到最近的商场买菜回来。她乐滋滋地做了一个多星期的家庭主妇,尽管饭菜都像试验品,每顿晚饭要热了又热,才能等到卢伟达下班。卢伟达年末的加班铺天盖地，有时十点才能推开门。进门看到齐小娇守着一桌的饭菜，碗筷都没动过，iPad上的电影声被笑声盖住，屋里的烟火气让卢伟达眼眶有点发红。

拖到年关越来越近，齐小娇才买到回家的无座票。大年二十八，连座位的影子也抢不到。送齐小娇去上海南站后，卢伟达只有一个半小时的时间可以再赶回虹桥。这次换成齐小娇眼眶红红。

我给你出钱，你打的过去，半个多小时应该就可以。齐小娇盯着不远处的屏幕，希望时间走慢一些，她摇着卢伟达的手，像个三岁小孩。

难说。卢伟达也在反复瞄着时刻表，心里盘算着时间。

不然你直接和我上车，和我一起回家。齐小娇突然手腕发力，拽得卢伟达胳膊生疼。

才不要。卢伟达脱口而出。

齐小娇瞪圆了眼。意识到自己刚才说得不对，卢伟达赶紧挽救，我们不是说好，等明年新年。

你看，他说，你去我家，我去你家，绕过大半个中国，顺便旅行了。踏进车站，仿佛人的每一步都踩在一个与大地平行的位置，全国各地的人涌进涌出，即将和这座城市暂时或是永久告别。齐小娇一边用手顺着刘海，从上到下，与嘴平行，一边拍着卢伟达的肩膀。小伙子，明年见了。小伙子也将手上的袋子往齐小娇身上塞。记住，上车眼睛要快，别傻乎乎站了一路。许多年前，他曾从湖南出发，老老实实地站过四十多个小时。

4

一艘客轮在长江上倾翻，长江中下游平原上的齐小娇正在整理第二天带去连枝苑的材料。齐小娇在走入大厅前瞧了瞧玻璃里的自己，头发垂在脸颊两侧，标准的"女神"发型。"女神"从神坛跌落人间，满大街都是"女神"身影。她对自己的新发型很满意，也许是甜蜜已经发酵得刚刚好，齐小娇真的多了一份"娇"。工作人员走过，看着齐小娇对着玻璃傻笑。

那个念头在大年初三时真正动起。那天，齐小娇推开窗，刺鼻的带着残灰的空气仍往鼻里钻，她看到了站在一堆红色鞭炮屑上的卢伟达。齐小娇揉揉眼，确定自己是在老家而非上海。妈妈去打麻将，老爸正坐在客厅看电视，剥着手中的开心果。齐小娇大声嚷嚷，我男朋友来了。老爸就从客厅探进头，瞎嚷嚷什么。看到齐小娇飞速往衣柜里拨着衣服，他也就笑。让他上来吧。

卢伟达带着几袋营养品，彬彬有礼地递给坐在红木椅上的老齐。大年初四就要加班，晚上就得到上海。卢伟达摸了摸齐小娇的头。这么赶啊。齐小娇没有抑制声音里的失落，她正在心里规划着要带卢伟达闲逛的路线。

没办法。

那你专程来看我？齐小娇扬着期待的脸。卢伟达转开脑袋，只露出红色的耳朵。可这也就足够了，原本走神的这新年，被齐小娇过得心满意足。她也在大年初六就迫不及待收拾行李，在老爸的嘲笑声里飞向了上海。

陆饭饭在年后约了齐小娇一同逛街聊天。听到齐小娇讲起买房意向，陆饭饭低头开始搅拌桌上的咖啡。真佩服你的勇气。齐小娇察觉出她有点低落。你也加油，一个人在这里漂着，找个依靠。齐小娇觉得自己能够明白她的心情。

哪那么容易,生活太苦了,没追点星简直活不下去。陆饭饭轻轻啜了一口咖啡,甜度不够。我对现实越来越没什么期待了,老实说,你现在的幸福,颠覆了我原来对幸福的想象。

齐小娇后来常想起陆饭饭这句话,总觉得哪里有点怪。周末的傍晚,卢伟达骑着他的电动车,载着齐小娇来到连枝苑。傍晚的上海,有时霞光满天,云像鱼鳞一样一层层叠着,有时又像海浪,一层拍打着一层,连枝苑的楼盘就耸立在这样的云层下,好像倒过来看,就是立于潮涨潮落的海市蜃楼。

不不不。齐小娇想把刚才的念头捏碎,什么海市蜃楼,分明是两人互相依靠于这片海上的小舟。她盯着它,眼睛眨也不眨,傍晚的天就要压了下来,或许它真会突然消失。齐小娇就松了眼,试着眨巴眼睛,它明明还在。卢伟达问她,眼睛进沙子了?

春天的尾巴,卢伟达被公司派去欧洲学习。收拾行李的当晚,齐小娇看到他挂在眉眼上的欣喜。这种即将分别的时刻,他居然带有欣喜,齐小娇有些气闷。她希望卢伟达能比以往更亲热一些,可他却毫无察觉,只是盯着手机里的英语软件。

卢伟达的脑海里没有齐小娇的身影,他在思考,如何在此次出差中一展身手,但心底里,又为自己的外语水平感到忧虑。空气里的异质分子悄悄聚集,它们互相嘀咕,暗自协商,决定在某一时刻突然爆破,完成一个恶作剧。齐小娇一整晚忙东忙西,试图分心,心里头却总是堵着某样东西。她瞥眼,看到了一只被丢入垃圾桶里的玩偶。

卢伟达在夜色未亮时就出了门。出门时他没发出一点声响,仿佛前一晚的争吵将这个空间消音了,一切零时之后的声响全部听不到了。夜在齐小娇这里变得漫长而无息,她只得一点一点熬过去。卢伟达自动退出了这个空间,这让齐小娇所有的力都如同打向了空气。

后半夜她才进入梦乡,梦里她看到卢伟达划着一艘船朝她笑着招手,船却越行越远,变成了一个小点。醒来时她看到那只肚皮裂开的玩偶还躺在餐桌上,就抓起手机向那个点请求和好。她知道他正坐在飞跃一个半球的飞机上,即将离她几千公里远。她等待了近二十个小时，收到了卢伟达的回复：傻老婆，我刚落地。

首付接近一百万。齐小娇决定先找老爸借，她攒了这些年的钱，离这个数字依旧有段距离。几年前，因为家里老房子拆迁，老爸攒下一笔存款，数额还不小，她是知道这件事的。齐小娇也做过心理斗争，这笔钱挪来了，爸妈的养老钱可再也不能挪了。老爸没有推辞，他甚至在电话里安慰齐小娇，钱的事你不要管，别学你妈，小气吧啦。他嘴边还啃着玉米，说话声音咕噜噜的。齐小娇心里的忧虑渐渐被打消。

他一向是支持齐小娇的决定的，他为自己培养出齐小娇而骄傲，家里可不就是这一个宝贝女儿。当年齐小娇来上海上大学时，他就嗅到这房价上涨的趋势，他和齐小娇妈商量，在省会城市买了套房，用女儿的名字登记。后来他拍了好几次大腿夸自己，夸自己眼光独特，如今那套房子价格翻了一番。后来齐小娇没回省会工作，房子正好也租了出去，在一线城市工作当然更好，老齐是同意的。齐小娇要鼓起勇气买个自己的小窝，老齐是大力支持的。只有齐太太唠叨了两句，但也没有什么杀伤力，匆匆挂了电话就去跳广场舞了。

于是齐小娇就决定上场了,她曾和卢伟达讨论过户型。她也中意那套七十多平米两室一厅。齐小娇决定先登记下这套房子,把自己存款加上老爸的汇款,可以凑一个首付。但直到快签字时她才被置房顾问提醒了一件事。她手上已有一套房。

省城的那套房子对她来说,其实陌生得很,是座岛,是在上海漂流时可以回头张望的一个小岛。尽管她从没登过岛,那小岛上也已经住满了陌生人。是她的问题,她没有做足功课,并忽视了连枝苑如果属于她,便是第二套房,首付将不再只有一百万。

大厅里的天花板像是往上升了一些,齐小娇突然意识到了什么。

写上卢伟达也是一样的。越洋电话来到德国,卢伟达的声音让她觉得心安。你不要着急,他说。再和置业顾问聊一聊,把情况了解清楚,这总归是我们的房。

走出售楼处的时候,齐小娇感到了疲惫,身体里头的疲惫。她再回头看连枝苑,只觉它的形状如同一个巨大的嘴形,往内吞噬着东西,那股引力如此之强,以至于剥去她现在所有的力气。但是要等大半年,交房之后，连枝苑才不再被关在抽屉里。要等到那时，它才能真正来到她与卢伟达的面前，欢迎他们入住进去。齐小娇让自己去想此前定下的计划，心里却激不起喜悦的波澜。她此刻只想回到出租屋里睡觉。

5

接卢伟达回国那天，齐小娇啃着面包在机场坐了大半个白天。她翻了几本财富指南，又从书架上抽出一本投资之道，却半天没从这纸页里看出与自己生活有关的信息来。自从那日从连枝苑回来，齐小娇对于钱财的理解发生了转变，原本她还能在学校里大言不惭地视金钱如粪土，抑或是在漫长的地铁上为自己的勤劳节约沾沾自喜，但真正付出这笔"巨款"后，她才开始感觉到钱财切实到肉体的羁绊。

卢伟达是和同事一同下飞机的，看到齐小娇的瞬间，他有些意外。他以为误机这么久，她早已回去，没想到她还等在这里。国内已经深夜，卢伟达的身影把齐小娇的困意驱走了，她喜滋滋地朝他跑了过去，扬起的长发卷成一团，没有梳整齐。

回去的路上，卢伟达有一些沉默，或许是因为路途奔波，齐小娇也安静着，没有打扰他。一个半月未见，分别前还大吵了一架，两人都察觉到彼此的体温，或是磁场，有一点点相斥。的士窗外的灯光呼呼从两边倒退、飞过，汪洋无际，齐小娇掰着指头，算着街上的梧桐叶什么时候开始落地。

这次在德国，感触蛮深的。卢伟达从包里掏出给齐小娇带的礼物。真后悔那时候没申请出国。齐小娇接过粉红袋子，拨开封口看了一眼，巧克力，满意，就捏着塞回包里。为什么这么想啊？你出了国，就遇不到我了啊。卢伟达笑着摇摇头，没有说话。身旁的齐小娇眼睛闪了闪。你现在想留学？

卢伟达心里悄然想，她仍是枝温室里的花朵，她比他以为的还要幼稚。

这次出差也彻底打消了卢伟达回家的念头，他甚至为前一年自己的那个念头感到可耻。幸好没有做一个逃兵，事实证明，守得云开见月明。可现在月又朦胧起来，在靠近阿尔卑斯山脉的一个村庄里，他在完成工作后跟着同事，几次沿着安静的道路走回村里唯一的酒店。同事和他聊起婚姻的无趣，那些铺天盖地琐碎的烦恼。比如那套提前预备好的徐家汇学区房，同事说，又再次花光了他所有的积蓄。同事本科毕业的学校名头响亮，能力也强，他明明已经比他们这些外地人向前迈了一大步。

卢伟达突然就觉得没劲起来，他点了一根德国烟，抬头看满天星星压在头顶。星空和小时候看到的一样亮，可他已经成年，三十岁的关口越来越清晰。曾经和齐小娇的几次争吵都给了他相似的恐惧，就是望得到头的未来，无穷无尽的羁绊。

你打算什么时候和你女朋友结婚？同事笑着问他。卢伟达把自己埋在缭绕的烟雾里，没有回答他。

没有出轨，没有争吵，可陌生感仍然没有散去。卢伟达买了几本托福考试的书，下班以后也在看一些与科技项目有关的书。很长一段时间，齐小娇觉得卢伟达与自己无话可说，她曾经试图寻找一些话题，卢伟达也不愿意接话。

好歹我是个硕士生，你和我聊聊嘛。齐小娇不知道这句话刺到了卢伟达。有些东西和学历无关,你听不懂的。他坐起身。

你不说我怎么听不懂。齐小娇的声音高了起来。

你懂大数据分析吗?你连电脑软件都不会用。卢伟达的声音也扬了起来,说完他也意识到自己正在发泄什么。

齐小娇瞪大了眼睛,卢伟达转过了脸。

你在自卑什么?齐小娇觉得有一股热血涌上了自己的脑袋。你觉得你很了不起?

卢伟达走开了。

那段时间,无聊的争吵变得频繁起来。每一次争吵都让卢伟达感到恐慌,他在知道自己理亏后会开口道歉,但也在观察每一次齐小娇歇斯底里的模样。她让他熟悉又陌生,她越来越容易竖起全身的毛。齐小娇的执拗和争强,分明就是这枯燥无味的生活模样。

或许两人并非那么适合携手一生?卢伟达问了自己这个问题。

小区里的梧桐叶落了一地,一直铺向了地铁站入口。卢伟达从德国带来的巧克力还剩下三块。齐小娇踩着这一地的碎叶子，听着脚下有节奏的响声，心里盘算着这三天，应当一天一块，周末时就可以去看《山河故人》。她想起陆饭饭说的，生活太苦了。她念出声，不吃点巧克力怎么过得下去。

我们都冷静一段时间？从电影院出来，又走到小区黑漆漆的这段路，脚下的咯吱声越来越清晰，卢伟达轻轻地克制地，对着齐小娇说了这句话。

你什么意思？齐小娇的眼睛在夜色中像猫眼一般。

我想了很久，我们可能不是很合适。卢伟达说。

齐小娇不傻，她明白这句话就代表着那两个字。

6

搬回公租房后，齐小娇听到合租的两个老师在排练昆曲《长生殿》，偶尔会有一两句唱腔钻入她的耳朵。"叶枯红藕，条疏青柳，淅剌剌满处西风，都送与愁人消受。"软软声调，千转百回，却让她更觉悲伤。她当晚就从卢伟达那搬走，像只被踩到尾巴的猫，全身毛都竖着，收拾时才发现该带走的东西早已遍布房间每个角落。凌晨的快车依然叫得到,她直接拉着行李箱回了闵行的公租房。

还好还有个窝。齐小娇坐在狭小的房间里,才开始止不住地流泪。

卢伟达也一夜没睡,他躺在床上辗转反侧,既有几分解脱感,又觉得心如刀绞。他想到齐小娇的好,也想到她所有的不好,他为自己的决绝感到难过,也为这个决绝感到畅快。

他顶着黑眼圈出了门,看到昨夜铺了一地的叶子已经被清理干净,仿佛昨夜走过的路就像一场梦境。一整天的工作,卢伟达觉得自己像浮在云端,没有一件事是实的;咖啡滴落在地毯上,马上就消失了,同事擦肩而过的问好,迅速就飘走了。他觉得在今日的某一刻,他会收到齐小娇的信息,然后他又在思忖怎么应对她的信息。他厌倦反反复复,却又在期待着某样他也说不清楚的东西,一天的时间就拉到了尾端。

手机响起的瞬间,卢伟达手有点抖。果然是齐小娇的消息,她来找他了,比他预想的要更快。

我们还有一件事要说清楚。齐小娇在微信里说。

卢伟达深深吸了一口气。

齐小娇如卢伟达所愿，慢慢"冷静"了下来。她清晨向单位请了假，坐在房间里发了一上午的呆。哭过，捶打过，她突然想到了一件要紧的事情，这件事情要紧得可怕。她抓着手机，迅速给卢伟达发了消息，她的心跳得很快。失重感向她袭来，那感觉让她头晕脑涨。这可不是一件小事。

那套房子，连枝苑的房子是属于我的。

果然，该来的还是来了。卢伟达觉得座位上生生地长出了几根刺。

齐小娇在等待，几乎要等到世纪的尾巴，才收到了卢伟达一条很长的消息。一大段的汉字塞进了齐小娇的眼眶。卢伟达在分析，他分析了两人的性格，讲到了两人矛盾的种种根源，说到分开是对两人最合适的决定。可在最后，卢伟达说，房子留给我吧，贷款都是我垫的，首付我也会全部还给你。

在这句话出现以前，齐小娇还抱着一点赌气的心理。她知道两人的相知、温存和尊严共同拉成了一条细线，她不过就走在这条细线上。可现在，这句话证明了，这条线已经微微裂开，纤维互相亲吻着，分成了两节。线断了。齐小娇这时才明白自己已经坠落了，她站在想象的那根线上走了一整晚。

卢伟达把信息发出去后，去茶水间泡了一大杯咖啡。黑得发亮的咖啡微微摇晃，他看到了自己疲倦的双眼。

齐小娇翻出了手机里的所有材料。她几乎毫无优势，连枝苑从法律上就是卢伟达的，名字还是她写上的。卢伟达回国后，也自己去按了手印，签了文件。白纸黑字，所有都是他的。连自己也是她用手托着送给他的。

你什么意思？所有账都可以结得清清楚楚的吗？齐小娇的手止不住发抖。

屏幕那头沉默了一下。那你还需要什么？我还给你。

我不要你还首付，我只要这套房子，你把它还给我。可笑。齐小娇想，卢伟达明明知道自己对这套房子的感情，就如她知道他也同样有感情。两人一起绕着它转圈的那些傍晚，两人都渴望一起住进去的日子。它明明是不分你的我的。

我不同意。卢伟达没有松口。齐小娇对着手机骂了脏话，她大拇指往屏幕上爬，捏住说话按钮，可是手太颤抖，声音没有发出去。

我们找个时间好好聊聊吧。卢伟达说。

聊聊吧，卢伟达选在了公司楼下的咖啡馆里。这本就不是聊天，而是协商。咖啡馆里掉进了齐小娇和卢伟达，原本闲适的气氛一下子被冲淡，两人脚步尴尬，都想为这气氛说一声对不起。卢伟达胸前还挂着他的工作卡，看得出是匆匆而来，也做好匆匆而去的准备。他看到齐小娇的脸，憔悴、哀伤，他有些于心不忍。

拿着两杯咖啡走过来，硬是挤出了两个位置，卢伟达不再直视齐小娇的脸。

我什么也没有了。齐小娇的声音是柔弱的，它在提醒卢伟达它的柔弱。

别这样说。卢伟达的脑海里还在想老板上午的话，这一两周，老板带他接了一个新项目。你老家还有一套。他是想安慰她的，可话出口时，他也知道这话听起来有点可笑。我不是这个意思，我只是在想，这套房子本来就是我看中的,我也负担得起。

是,是你看中的。齐小娇深吸一口气。可是首付时我手头比你宽裕,你一直没有下定决心买房。本来,当时这套房子我是想用自己名字登记的,是不是这样?齐小娇连珠带炮,瞥了一眼包里的录音笔。

嗯。

那你也承认它是我的。

起初是,现在不是了。卢伟达开始惜字如金。

后来自然是没有谈妥。齐小娇直接起身走出咖啡馆,连声告别也没有说。她感到失望,为卢伟达的一切反应失望,这失望让她心碎,让她痛苦,也让她坚定了要争回连枝苑的决心。她在微信上继续给卢伟达发送信息,不再用协商的语气。我瞎了狗眼看错你了。卢伟达说,你回头看看,我从没欺骗过你,一套房子而已,用不着这样。他原本想说撕破脸皮。齐小娇回复,你等着,我不排除用法律手段。卢伟达不回了,也不知道如何回,他热火朝天忙起了新项目。他想,或许她就只是坚持一会,就一会,他也坚持一会,就一会,可这一会从年尾一直到了新年年初。

猴年的房价突然坐上了火箭，偏离了保守的轨道。只是半年，连枝苑的价格翻了一番，按照这趋势，仍会继续翻下去。和连枝苑一样，上海所有的房子都在加速涨价，近百万的首付竟成了一个过去的神话。

连枝苑成了黄金苑。

你该争，实在不行就去告他，这套房子现在多值钱啊，砸锅卖铁也要保住它。朱家傲也站在齐小娇这一边，他甚至做起了齐小娇的军师，为她出谋划策。齐小娇知道自己再拖下去，交房的日子也要到了。她在犹豫。冬天时，她曾在朋友圈发过一些意有所指的话，群友们纷纷来询问，多少带着些关心，大多是想听一次八卦。后来她也发过几条消息，全部设置卢伟达一人可见。他没有做过回复，只是很快就退出了"申城优质青年联盟"群，又过了些日子，他把齐小娇的微信也删除了。

那天咖啡馆的谈话无疾而终，可卢伟达没想到更好的协商条件，只能等，等到齐小娇自己放弃。或许齐小娇会主动求和？他也在等这一天，求和之后怎么办，他又厌倦了反反复复。可齐小娇却只是在骂他，骂声里又有呜咽。他在拿起手机时也胆战心惊过，猜测齐小娇可能会在网络上把他的形象毁掉。她并非做不到,他最初喜欢的也是她的不扭捏。他用忙碌来淹没自己,只是想,这座城市的网络再复杂,也不过是这巨大网络中的一个小小环节,一个八卦浮起来很快,沉下去也很快。只有两样东西不会沉下去,一个是文件上的名字,一个是连枝苑的价格。拖着吧。

齐小娇却不想拖,海市蜃楼只有变成了白纸黑字才能留得住,才不会眨眼消失。如何夺回连枝苑,如何变更上面的名字,竟成了她每天思考的主题。她突然就在这无边际的日子里,又找到了一点刺痛的热情。她站在漫长的地铁上摇摇晃晃,联系着不同的朋友,阅读不同的法律帖子。陆饭饭说,不然你低头妥协,求和结婚,做个卧底,再打个官司离婚讨回。齐小娇握着手机冷笑,没有继续回复。人果然是不能活在虚幻世界里的。荒唐,浪费。她要为了连枝苑和卢伟达死磕到底。

7

再次走出金沙江路地铁站时,街道的绿意已经浓了起来。齐小娇试着用钥匙转门,果然已经转不开了。尽管知道答案一定如此,她在钥匙插入时还隐约有些期待。是吧,果然如此,她对着手机露出苦笑,把手攥紧放在门上,用力地敲了两下。卢伟达很快就出来开门,打开门时只是尴尬地笑了笑,问她是不是一个人,朱家傲在她身后探出了头。卢伟达指了指玄关处的几个箱子。好,搬吧,他抬起地上整理好的一个大箱子往外走。朱家傲往屋里瞥,里面已经空了一大半。

朱家傲留了一个小箱子让齐小娇自己抬,搬起时里面器具摇晃。她在展望新生活时买下的生活用品,现在卢伟达全部都还给她。齐小娇原本已经不想要,但卢伟达坚持要送回给她。东西都还可以用,我也要搬家了。卢伟达发来的短信里有求和的语气,她本想让他快递过来,可他竟连她单位的公租房地址都不清楚。握着手机,齐小娇想了又想。他既是要和她算得清清楚楚,那么就当面,再算一次。

她想到两人争执最激烈的时候,正是交房那天,那是几个月来唯一一次见面。她拦在售楼处门口,情绪失控地对着卢伟达喊:你还我,你还我!全然不顾周围已经有人在停住脚步看着他俩。卢伟达也不顾售楼处小姐的眼光，大声说：你要算得清楚，那我也和你算，你住在我那里吃的喝的用的，还要补交给我半年的房租。

你本来就是故意赶我出来的，你是不是？

围观的人站了三三两两，卢伟达的表姐就对着他们解释：小情侣闹矛盾。旁人散去了，絮絮叨叨，小情侣吵架什么好看的咧，你们自己劝一劝。

齐小娇认不清眼里这人了，只看得到一张一宿没睡好的脸。两人都看到彼此的脸发黄憔悴，像是老了好几岁。未一起白头，却一起苍老。够了吧，受够了，卢伟达说，我们到此为止，不要这样争了好不好？他表姐们也一起在劝，白纸黑字都清清楚楚了，小姑娘不要这么倔。但齐小娇告诉他们，她爸妈已经到了虹桥机场，正在赶来连枝苑的路上，律师所需要的材料都已经备好。事已至此，无可回头。齐小娇打开了手机，放了那段在咖啡馆里面的录音。

嗯。卢伟达听到了自己的声音，从齐小娇手中的音响里传了出来。他惊讶地瞪大了眼睛，忍不住举起了一只手掌，在空中停了一秒，最终只是软绵绵地放下。

你心肠够狠。卢伟达最后从牙缝里挤出了这句话。

反正之后还会见面,公堂之上,不想见也得见。不差这样一面,齐小娇对老齐说。可见面之后,什么话也讲不出来了,连眼神都互相躲开。朱家傲的眼里含着笑,像在鼓励齐小娇,接过她的手机。我已经叫车了,他说,你们先搬。

踏出楼道的那一刻,齐小娇突然唱起了一句诗,或许是因为隔壁的老师曾排练唱过。她那段时间也正是肆无忌惮地用唱歌来发泄。独居明明也很好,唱过之后她在房间里发出畅快的大笑。"在天愿作比翼鸟,在地愿为连理枝。"像是脱口而出一样,这句唱过之后,她停住了,因为她知道前面的卢伟达,和她一样,都明白了一件事。

小夫妻搬家啊?车已经停在楼下了,司机摇下车窗,向前面两人热情地打招呼。两人尴尬地朝司机笑笑,一时不知道怎么接话。身后手机发出一声又一声的震动,她知道直播室里又有人进来了,评论一条接着一条。她猜得到这些评论的内容。齐小娇看到后备箱盖子哐的一声打开了,像一只愉快的张大的嘴巴。原来如此啊。她听到它在说话。

折叠椅

张卉没弄明白失眠的原因。

学生时代她也常失眠，尝试过多种抵抗清醒的方法，比如睡前看书，日行万步，或者在床边放几个苹果。大约从两年前开始，她发觉自己的身体开始老化，一个症状是越来越像父亲，明明上一秒还坐着看电视，下一秒不知如何就进入了梦乡。隐约能听到孙朝阳上厕所的声音，揉着眼睛醒来，张卉意识到自己的姿势与父亲近乎一样。同样歪着脖子，微张着嘴，双眼阻隔世界，又能在外界轻微刺激下猛地醒来，睁着疲惫又茫然的眼睛，看着眼前的画面，记不起自己身处何处。

但最近一连三天，她每天在夜色中，都能清晰地听到自己的心跳声。咚咚咚，如同鼓声，在房间里回荡。听见心跳，是失眠的第一征兆，大脑成了大海，事情一件一件翻涌上来，从上午冰箱里整理出馊掉的食物，上楼时踢倒的一个花盆，到阳台上总是清理不干净的水槽，护栏外脱离的墙皮，一层一层，覆盖到了孙朝阳身上。

本来没有特意去想他，但张卉发觉，房间里的样样事物，都能与他扯上关系。刚和孙朝阳住一起时，她就发现他有囤积东西的习惯，每一次购物都试图要买下所需几倍的用量：成捆的卷纸、抽纸、抹布、卫生巾，几乎能将家里的柜子空间占满；大蒜、葱头、生姜和种种调料也常常在用完之前已经腐烂发臭，过了保质期。

起初，她还觉得，这是孙朝阳在以装得满满的购物袋表达某种满溢的爱。伴侣愿意为另一半花钱，不掰着手指头过日子，张卉愿意以这个念头来为这段关系增值。但随着日子推移，这些爱，不，这些物品就渐渐堆满了房间，也常成为他们吵架的源头。

有一次从超市回来没多久，他们吵了一回。她记得孙朝阳当时沮丧的表情。他说，你非得这样吗？原本还好好的，你非得这样吗？他站在玄关处，身后是一叠来不及整理的纸箱。他身上穿着的黄色夹克，几乎要和那些纸箱融为一体。张卉冷冰冰地问，这就是你的态度，你想让我住进垃圾堆。孙朝阳垮下脸，迈步打开门，伴随着关门声，走了。

有几秒，张卉还愣在原地，面前是关上的大门，门边还放着他们刚提回来的塑料袋，瓷砖上已然渗出了一摊水。塑料袋里还有他们从超市购来的食物，因张卉爱吃海鲜，袋里还装着孙朝阳挑选的活虾和花蛤。半个小时前，他们在超市，孙朝阳哼着歌，心情愉悦，每路过到一片区域，他就要问张卉，你想吃什么。他的大脑里似乎自觉扔掉了计算器，购物车里的东西便越来越多。回来的一路，他并未丢给张卉，只他自己一人抱着这一袋笨重的东西。

冷静下来，张卉才发觉自己刚才说话过分了。问题大约出在这套房子上。

那时张卉刚搬来两个月，有些想法还不愿说出口。房子实在太小了。一室一厅，客厅除了沙发和茶几，已经堆满了孙朝阳的健身器械，数量虽然不算多，但体积都不小。厨房只能容纳一个人，并不宽敞的台面，已经摆满了孙朝阳买来的瓶瓶罐罐。这些感受堵在她的心头。她知道这套房已经花去孙朝阳所有积蓄，也知道，正是这套房，撬动了他们复合，乃至于谈婚论嫁的杠杆。但现在，她一直抗拒接受某个既定的事实。孙朝阳这个买房的选择，并未经过深思熟虑。

似乎是工作第三年，刚好有了四十余万的积蓄，孙朝阳就跟着同事们，在一片房价热议声里开始看房。最初听说一位职位不低的同事，因为犹豫一个冬天，错过了买房的大好时机，首付一下多出了五十多万的预算，遂放弃买房的念头，带着老婆孩子继续住在出租屋里。又不知是哪个正在做中介的小学同学，在他耳边吹过一阵风，拉上几个同事看过房。一个周末，孙朝阳就坐上了他的电动车后座，用了两天时间集中看房。周日，就在准备吃晚饭时，他接到了小学同学打来的电话。孙哥，想清楚了没？彼时孙朝阳嘴里还嚼着一团刀削面，还未开口，小学同学径直说下去，你今天上午看的，在六楼有个大阳台的那套，又有一家人看中了，房东对你印象不错，上海老阿姨，说你小伙子不错，托我问你了。你再想想看，那家人有钱的，晚上九点要和房东谈，直接签约了。我是觉得咱们花了两天看房，这套无论是价格，还是升值潜力，都最适合你了，你想想，这里处于大虹桥，以后房价绝对不止这个数。

孙朝阳就晕晕乎乎地吃完了面，用手机付了钱。墙上的时钟正指着左下方，孙朝阳想起，学生时代他曾参加过一次半程马拉松比赛，在即将要到达终点时，眼前天旋地转，眩晕就如此刻一般。小店外的空气湿润，夕阳正藏着半个身子，躲在远处的高楼里。孙朝阳出门拦了出租车，本来今晚计划是回公司再处理些事情，但嘴里还是脱口而出了小区名，仿佛冥冥之中，他留在这座城市的意义，就是朝着那个方向驶去。

房子仅有六十余平。好在是没有电梯的老小区，公摊面积小，每一平米都没有被浪费。他最喜欢这个大阳台，每日都能看到阳光进屋，房间里一片亮堂的样子。看房时孙朝阳就在想，可以把阳台这一片区域用起来，摆上一张圆桌，两张木椅，和未来的爱人坐在这里，喝喝茶，看看外头的街景。出门走几步，还有一个不小的菜市场，步行一公里左右，正在施工，说是要盖一个大商场，地下一层是超市，生活便利，应有尽有。

背上的贷款，孙朝阳算过，每个月薪资正在稳定上涨，压力虽大，尚能扛在肩上。房子过户很快，与同事们相比，与过去的同学相比，在上海住上自己的房子，孙朝阳像卸掉一个重担。这一切本来不应该沾沾自喜，但孙朝阳还是过上了一段满足的日子。和张卉复合后，孙朝阳还偶尔感叹，那段时间，每天工作像打了鸡血，充满动力。

但这种状态也终究持续不了太久。张卉有时在想，如果那时没狠下心，孙朝阳现在两手空空，身下只有一辆小毛驴的资产，他们俩是否还会进入婚姻关系？

到天色微亮，光线正在穿透窗帘，迈入房间，张卉眯着眼睛，爬起床，到客厅给自己接了一杯水。原本担心起夜影响睡眠，晚饭后她一口水也没喝。卧室里塞满了空调制造的空气，此刻她只觉得口渴难耐。大口喝水时，她才意识到客厅已经清澈可见，夜色如同潮汐，已经褪去。客厅也如同潮汐褪去后的海滩，除了肉眼可见的家具，其他都显得干干净净，像被什么东西擦拭了一番。

孙朝阳已经搬走一个多月了。这一个多月来，张卉几乎未购买任何东西，她陆续将一些用不上的物品，或寄走，或丢弃，把这套公寓打造成一个空间宽阔的区域。这么做，一是想摒弃孙朝阳居住时粗枝大叶的习惯，二是当中介带人上门看房时，不至于被淹没在杂物堆里。

上一周，中介小乔上门了两次。周末时，他又打来电话，询问张卉是否允许他们带团队上门来拍摄 VR。张卉原本想点头，继而又摇头，她总觉得这套房子存在瑕疵，放在网上全景展示，瑕疵便一望即知。比如厨房的采光不好，卫生间离卧室太远，起夜并不方便，两年前孙朝阳购置了一台跑步机，挪进房门时擦掉了一块墙皮，现在还未补上……诸如此类。其实无伤大雅，仿佛猜得到张卉的顾虑，小乔劝慰她，没有完美无瑕的房子，卖房也要赶时机，趁着现在市场较热，二手房供不应求，抓紧挂出，才是明智的选择。这话似乎在哪里听过，张卉在电话那头笑了一笑。

张姐，还是你觉得现在时间不到，舍不得卖呢？小乔又问。张卉搪塞了两句，就把电话挂了。或许小乔说的没错，在内心深处，她觉得时间还未到。就如同父亲曾经说过的话，他一直觉得房子是有灵性，有记忆的，人得在这里住久了，身子的某一部分才能与它融为一体。

这话并非玩笑，只是当时张卉年纪还小，没有放在心上。一连几天，张卉都未与小乔联系。有时小乔打来了电话，她也未接起。她一直反反复复想起父亲的这话，白天工作间隙里想，夜里失眠也想。

在这清晨，对着空房间仰头饮水的清晨，张卉转过身，回到了房间，拿起手机，打开买房软件，寻找最近一段时间的浏览记录。她沿着收藏的房源往下翻，再次看到了那个熟悉的图案。她点开全景看房的功能，从客厅开始漫步。她几乎可以用中介的语言来介绍：这是一套100平米左右的小三房，次新房源，位于中高层，南北通透，采光良好。小区容积率低，楼间距较大。户型不算动静分离，两房朝北，一房朝南。问题出在餐厅往卧室拐去的走道，张卉将手指划向那儿，是一抹红色。

手指翻转一个角度，就可以清晰地看到那东西的形状。它堆在几件杂物之中，因为颜色而显得醒目。

看形状，这是一把折叠椅，展开时可成为一把普通的凳子，折叠起来又可堆在任意一个角落。如果不是注意到这个颜色，张卉几乎不会看到这样一把椅子的存在。这种红色，严格来说偏向于红棕色，让张卉停留了目光。仔细看，几块横条木板上，还能看得清木纹的形状。

大约在一周前，张卉就瞧到这样物品的存在。一开始她不敢确定，反复看了好几遍，她才说服自己去相信某种巧合。

十三岁那年，父亲决定翻新老宅，当时张卉已经考到了市一中，过上半住宿的生活。那段时间，尽管她不在老家，但能想得到，父亲几乎每天都睡在废墟当中，守着一栋残破的建筑，一点一点将它重新垒起。

原来的老宅没有什么问题，如当时镇上大多数的宅子一样，大厅摆着两把太师椅，正中一张四方桌，常年摆着香火。上面挂着几位老人的相片，直到今天，张卉都不确定，这几位老人究竟是谁。某一天夜里，二楼的电灯烧坏了，她就坐在大厅门口，借着屋外的灯光写作业。大约夜已经深了，她穿过大厅去上厕所，昏暗的灯光下，几点香火闪烁，分明有两个人就坐在太师椅上。一瞬间，她几乎吓掉了一半魂魄，抱着头往外跑。父亲说她后来意识模糊，整夜都在喊着椅子、椅子。第二天醒来后，她依然昏昏沉沉，在床上躺了两天才能正常下地。这件事给父亲带来不小的冲击，一周后，他做出推倒老宅的决定。两个月后，他变卖了那两把有百年历史的太师椅。

张卉仍记得，听到父亲的计划，她长吁一口气。她早就对老宅的种种布局感到不满，觉得它散发着一股要被泥土覆盖的气息。

一整年，父亲的头发白了不少，脸上的皱纹几乎能被尘土填满。一座新宅就这样落成，一砖一瓦都带着父亲的心血。大厅已经重新布局，父亲说这不再是大厅，而是客厅。客厅的墙上刷着白漆，地上贴满青白色的瓷砖，摆上父亲不知跑了多少个市场购来的家具，面积未变，却更亮堂。一切都是新的，家具、家电，卫生间还装了一个台盆，换了一个坐便器和淋浴头。父亲的卧室里搬来一台电视柜和电视机,张卉的书桌也不再是母亲留下多年的那台缝纫机。张卉隐约察觉,这房子也耗去了父亲大半辈子的积蓄。搬家那天,父亲在门前至少放了十串鞭炮,炮声震天,其声之响,足以让牛鬼蛇神都吓得遁地。

住进新家,对张卉和父亲还有一个意义,就是和过去那些混乱的,潮湿的,逼仄的,遭人议论的生活彻底告个别。然而,她和父亲都没有料到,住进新家不久,张卉就迎来了人生中第一次彻夜失眠。先是一点点零碎的困意。在灯暗以后,张卉躺在床上,看着它们逐渐分解、重新组合又飘散。几乎一整晚,张卉都在试图抓取那些分裂的困意,将它们拼合完整,却也在这漫长的努力中,第一次感觉到生活本身徒劳无功的事实。

那一晚过后,她就回了学校,在寝室里依然失眠。睡着变成了难以把控的概率事件,这带来的最大困境,是她没办法用最好的状态迎接第二天的学习。两周后,张卉才决定和父亲诉说这一切,她觉得自己的睡眠丢失了,不知道为什么,她一躺到床上,就感觉浑身难受。父亲问她,这种情况持续多久了。她想了想,才说,从春天的时候，房间味道都散尽了开始。父亲沉默了，没有给她任何答复。到了夜里，他搬来了一张折叠椅，坐在张卉的床边，说，你睡，我就在你旁边。最初几次，张卉还未睡着，已经看到父亲歪着头，靠着那张椅子睡熟了。后来，父亲让她换一个房间，自己仍搬了椅子，陪着她熬夜。再后来，父亲压低了电视机的声音，直等到张卉进入了梦乡，他才关了电视，去她的房间睡觉。

大约持续了一个多月，张卉的睡眠回归正常了，如同断奶的孩子，不知道哪一天开始，她比父亲还要早进入睡眠，也不知道哪一天起，她开始独自睡着。张卉开始要求回到自己的房间睡觉。她发觉，在父亲的房间里，她不得不面对某些尴尬的感受。父亲睡着后，会发出一阵阵有节奏的呼噜声，这声音在某种程度上，也影响了她的睡眠。父亲的枕头上，总是叠着一块毛巾，毛巾上有一阵腥味，闻起来并不舒服。起初父亲不同意，夜里他就坐在那张椅子上等着她，直到确认她可以入睡，他才离开那张椅子。

父亲说过，睡不着只是因为还不适应，还未和这新房建立起情感的联结，一旦这个联结建立了，她就和以前一样了。对于这个说法,张卉一直不以为意,如果父亲的观点成立,那每一次搬家,她都会严重失眠,但事实证明并不如此。这么多年,她不知道自己睡过多少个房间,学生时旅行到一个陌生的城市,听到水管里传来咯吱的声音,听到有人半夜在门外骂骂咧咧,她都能顺利睡着。除了第一次搬到孙朝阳家里,那是罕见的,无伤大雅的一次失眠。她睁着双眼,听着窗外隐隐约约的机器声。大约是在盖楼吧,不知道何时,那个机械臂就将她拉入了梦乡。

过去她从未观察过父亲坐的那把折叠椅,但那个色彩,那个款式,尽管隔了多年,依然一眼就能认出来。家里还有好几把这样的折叠椅,一些放在一楼,几张立在天台门外的转角处,都是新家落成父亲自己定制,三横四竖,高度刚好撑起父亲的肩膀。十多年过去了,新家又成了老家,其间有新的女主人住进来过,又大刀阔斧做了一些改造,比如,清理过一些已经变旧的家具。张卉每次回家,都会察觉到某些变化,却常常无法说出来。不知道是不是巧合,十多年后,它竟然出现在上海,出现在她的手机里。张卉用了几天的时间,试图忽略这样一种可能，那就是，网上的这套房子，可能是她失眠的起源。

中午一点，张卉给小乔打去电话。小乔一如既往热情，知道她想上门看房，就说自己去联系带看的同事。半小时后，小乔又打来电话，说房东一家还在外地旅行，下周末才能带看。房东出门了？张卉说，没有钥匙可以带看？小乔说，没有钥匙，张姐，房东目前也是自住。张卉说，那行吧，我下周再看。小乔说，张姐，这小区往北两公里，还有几套房源，不错的，今天就可以带您去看。张卉说，先不去了，再联系啊。

张卉起身收拾自己，面前的梳妆镜像是罩上了一层灰网，自己的脸就挂在这层网上。和孙朝阳刚结婚那阵子，梳妆镜还干干净净，面前堆着瓶瓶罐罐，擦了这瓶，抹了那瓶，每次出门，张卉几乎都要半小时。那时孙朝阳就躺在床上，一边玩手机，一边等她。两人推推搡搡出了门，一人提一袋垃圾，开玩笑一样，互相往对方的鼻子送。

去那个小区有三种方式，自驾，打车，或公交转地铁再转一次公交。张卉沿着这条已经走过四年的路，走到了大道上，打了一辆的士。到了小区门口，张卉才发现这个小区门禁严格，要对保安报一个住户的信息，才可以作为访客被允许入内。张卉跟在一对情侣身后，竟也被当成是一家人，被放进了门内。小区内部并没有什么特别，如同这座城市郊区常见的新楼盘风格，十多层的板楼，棕白相间的外墙，阳台统一被包了起来。张卉知道，这样统一的代价就是客厅的采光会受影响，没有人会愿意，但大家都得服从。

小乔没有提供任何信息，但张卉有办法，她再一次点开那套房子的VR，这一次是看窗外，客厅的窗外视线受了遮挡，但卧室并没有，透过飘窗，可以看到窗外远处有一片湖影，另一个小区的房子也从左侧方进入视野。张卉在另一个软件上，又找到了小区沙盘和卫星地图，几乎可以推测，这套房应该是小区的东边栋的西边套，楼层不低，如果与左侧方露出的楼层对应，大约在七层到十层之间。

张卉沿着小区主路往东走，目之所及，皆是人造风景，而这些风景，竟正是她和孙朝阳渴求已久的东西。

她的内心升腾起一种嫉妒，她看到小区里三三两两走出的人，面目和她差不多，但不知道为何，不是他们，却是她，迈到了这一步。随后她才发现小区的东边有三栋楼，要判断这个视角俯瞰到湖面的角度，必须要登上楼，才能判断出一二。最南边的那栋可能性最大，她就从最南边开始找起。在楼下，她在七与八之间犹豫了一会，按下了八零一。是《茉莉花》的音乐，似乎在与这个小区的名字遥相呼应。大约一分钟过去，没有人接通可视电话。

七零一有人接听。接听的大约是一位老人，她看得清张卉的脸，张卉没有戴口罩。张卉说，阿姨，我是十二楼的，忘带钥匙了，您方便开一下门吗？那头便说，哦，好好好。电梯直达七楼，张卉敲门，七楼的阿姨开了门。张卉说，真谢谢您，不然我就关门外了。没事没事，阿姨带着上海口音，报以和善笑容。张卉又问，阿姨您家卖房子么？现在挂什么价位啊？阿姨说，没有的，房子不卖的。说着，手已经带着把手往回拉。张卉说，哦，最近看不少中介带人来，不知道是楼下还是楼上在卖。阿姨说，不懂啊，我女儿女婿住这里，我平时也不住这里的。

地板颜色也不对。张卉就从七层开始，一层一层往上爬，一间一间敲门。大约是七楼的阿姨让她有了某些信心，相信开门的大抵是好人，也相信自己长着一张还算和善的脸。但似乎从七层开始，一层比一层昏暗。隔着一条缝隙，张卉看得到，十楼的地板是浅色的，开门的青年男子一脸犹疑地看着她。你谁啊，敲错门了。最后一个字被门缝脆生夹断，未等她开口，门已经关上。

站在楼道里，张卉拨通了小乔的电话。你晓得不晓得，那套房子是在几楼？小乔说，哪套啊，我也不晓得啊，张姐，我正在带看房。换了一位中介，对方在第一时间打来了电话，语气一如最初的小乔。张卉听到自己的语气近乎祈求，你晓得不晓得，这套房子在几楼？对方说，这套房子，这个业主已经谈好了价格，等着下周签合同了，您想看房吗？今晚我这边有客户，您能等到明天吗？

明天可以吗？张卉轻轻地问。那头说，可以，明天上午或下午，时间您定。只要肯商量，房东那边合同好说。

终于走出楼道，陌生的小区，似曾相识的景物，抬头看，张卉只觉得，高层楼顶上挂着的那轮圆月，是唯一真实的存在。张卉想起有一年夏天，在老家楼顶的天台，她和父亲一起坐着乘凉。那时父亲的宅子，已经淹没在村里的高楼里，变成了最矮的楼房。四周的老宅都已被陆续推倒，建成了欧式的四层洋房，一栋比一栋气派，未离家的父亲，又一次被周围的人抛在身后。只能往远处看，远方的山淡而遥远，像被寥寥几笔勾勒出来，而近一点的镇上，遥遥还能看见几栋摩天大楼，父亲说，称得上摩天大楼，盖了三十几层。张卉觉得，只有云间的月亮，轮廓清晰，颜色分明，是真实的。

父亲用手盖着一样东西，让张卉猜猜是什么。张卉那时已经二十出头，配合着父亲，歪着脑袋猜，声音掐得细细的，像是在和小孩猜谜。她猜父亲又用竹根叠了东西，或者是青蛙，或者是乌龟。但当父亲的手掌掀开，张卉看到了一栋三层小楼，一层压着一层，看起来并不精致。她笑着问父亲，以后我们有钱，能不能去城里盖楼？父亲说，不要想这些，不切实际，以后我们坐的地方，往上再垒一层楼。他还指着手里的这个模型。

张卉瞪了父亲一眼，心里划过一个恐怖的念头，父亲还要留在这里，反反复复，一遍遍地翻新它，宅子像座监狱，正囚禁着父亲。

你知道我今天去了哪里？张卉给孙朝阳打电话，没头没脑地冒出了这句话。孙朝阳在电话那头沉默着，过了一会，才开口，不是说好了，这段时间少联系些。

距离上一次与孙朝阳通话，已经过去了一个月。那一次通话，张卉站在孙朝阳引以为豪的阳台上，抬头看到的也是一轮圆月。张卉说，看到了吧，五套房源都发到你那个微信号上了，你打开看看？孙朝阳说，你歇歇吧，最近房价涨得厉害，别看了。张卉说，你这话说的，看还是得看，多少懂得点动态。看啥动态啊？孙朝阳的北方口音，是动怒前冒出的信号。这个市场谁也不晓得，谁也看不明朗，越看越焦虑，还有，哪有人像你这样啊？疯了一样看房子，天天就抱着看房软件看。我跟你说，孙朝阳说，你总是这样想，要换一个好的，要换一个好的，永远不会把任何一个地方当作家。

那次电话不欢而散，后来一个月，既为了之前的约定，也是因为这通电话，张卉一个月没有联系孙朝阳，孙朝阳也没有打来电话。他们之间唯一的联系，就是在某个购物软件为彼此的植物园浇下的水，除此之外，包括法律上，两人已经没有任何关系。半年前他们一同踏入民政局，为的不就是那个目的？房子仍属于孙朝阳，但搬出家门的也是他。

一晃竟也已经半年。

孙朝阳搬去的是一间青年公寓，离他工作的单位不过三公里。这是一栋临近马路的高楼，每一层楼都是黑黢黢的走道，排着近五十余个复式房间。像蜂巢，第一次来时，张卉就有如此感觉。像是名副其实的蜂巢，每天上午，工蜂们从各自的巢穴出来，奔赴工作现场，到了时间，再陆陆续续钻回巢穴，为下一次的工作养精蓄锐。张卉这样形容的时候，孙朝阳正在笑，说，你变了法子说我是工蜂，我为你打工，是不是这个意思？

那时的调笑仿佛还在耳边。张卉对电话那头说，我现在过去。没等孙朝阳说话，她就挂断了电话。

大约到结婚的第三年，他们几乎每一天都在争吵。导火索是孙朝阳的工作，原本他虽然加班多，但收入大抵还是和劳动相抵的。但那一年开始,他调去了分公司,独立带了一个项目,却没有拿到相应的奖金。张卉问过他,从他的只言片语中拼出个大概——他在领导权力斗争中引火上身,成了牺牲品。

分公司在南边的郊区,孙朝阳起床的时候,张卉还未醒来,而回到家时,张卉已经歪着脖子进入梦乡。在一次争吵中,张卉脱口而出,如果不是因为对他的爱,因为他的求婚,她早可以好好考虑这件事,找一个无房的,或是房子大一些的男人,不至于浪费了这首套房的资格。说完这话,她就有些后悔。果然,她看到了孙朝阳垂下的睫毛。每次争吵,孙朝阳都有不同的反应,嘴角向下,那是不耐烦的反应,那意味着,他觉得张卉的举止荒谬,毫无道理。眉头紧皱,那是发怒的反应,他马上就将甩头离开,丢给张卉一个冷冰冰的背影。最糟糕的,或许是垂下睫毛,那并不是发怒,或是不耐烦,前两种情绪都意味着失去理性,而这一种意味着拾起理性,他开始思考问题了,也或者,在他内心深处,有某个观点开始准备,紧接着,他就将采取相应的行动了。

在打车去孙朝阳公寓的路上,张卉想了许多。她想过他们最初相遇的时刻,那是在大学的第二年,他们在某个论坛上加了彼此的微信,在熄灯后的夜晚,他们窝在被窝里聊天,他们甚至还不在一个城市,一南一北,都未见过对方。兴之所至的聊天,只为见上一面的旅行,他们记忆最深的一个夜晚,是一起在茶卡盐湖边的小火车上看星星。当然这些事情,也成了张卉在婚礼现场的素材。当她面对着孙朝阳一人,侧对着百余位亲友,想尽了所有美好的词语来形容它,却在婚礼结束后,听到孙朝阳躺在床上,剪着脚上的水泡时,忽然问的一句,那个茶卡盐湖,我就记得自己满腿的盐巴,像只腌过的猪蹄,怎么被你说得那么浪漫?

不浪漫。事实上,那一晚对张卉来说,的确不浪漫,他们那时都还是学生,往西旅行,到一个景点过夜,随后就要分别离开。但那是对他们当时的财力和能力来说,最大公约数的浪漫。

在去火车站的大巴车上,他们都很放松,漫无目的地闲聊。是那人打断了他们的话,询问他们愿不愿意买这本东西。他站在他们面前,一只胳膊挂着一个袋子,另一只胳膊夹着一本册子。他身上穿着某种制服,看起来有些害羞。他对着他们翻着手中的册子，里面装满了西北的风光。孙朝阳侧头一页一页地看，随后就问，这一本多少钱啊？张卉看得出，他显然是心动了。那人便说，一本原价五百九十九。他停顿了两秒，转移了话题，你们是大学生？孙朝阳点点头。他说，今年你们是第一单购买，便宜一百五十，给你们四百四十九，没有更低的价格了。孙朝阳看了张卉一眼，说，好，买一本吧，我们做纪念。等张卉反应过来时，集邮册已经塞进了她的怀里。

网上聊天时孙朝阳偶尔会提到那本集邮册。他说，我找同学要一些信上的邮票，已经积攒好几张了，下次见面时，拿去给你。她发去一个微笑表情，后来那本集邮册她从未打开过。那时候，她就已经不满他的处事方式，他好像一点也不知道隐藏自己的某些情绪，或稍微与对方还价一下。四百多购买这样一本薄薄的册子，和把钱送人没什么区别。

稍微用点脑子就知道，那些话都是套路。在某一次争吵时，张卉又提到了这件事。孙朝阳说，是套路，我知道啊，但是我觉得这册子确实不错，你不这样觉得吗？花钱买个开心为什么不行？我相信我能赚回来。张卉对他的话尤其来气。我没有这样觉得，我没有表现出喜欢，仅仅是你自己喜欢而已，你连我的情绪都看不出来。张卉现在明白了。孙朝阳的工作，连续一整年的降薪，大约就是来源自他的脾性。哪怕他再多用点脑子。

提出那个建议之前，她也想过结束这段感情。就如同大学四年级时一样，她给他发信息，说迟早有一天，他们都会遇到更合适的人。网上聊天更像是一种习惯，因为开始的阶段，他们都觉得在各自的大学找不到合适的对象。她试图为这段网恋画上一个句点，但第二天，她就忍不住给他打了电话。那天他们聊了很久，从各自的生活开始聊起，聊到了对未来的期待，聊到后面，张卉哭了起来。孙朝阳在电话那头说，别哭了，事情会变得更好的。

最初他们只是心平气和地列举长久以来的矛盾，他们都承认，经常为那些不太重要的事情争吵。孙朝阳讲，我是真的忘记了，你说都多久没开火了。张卉说，这不是重点，重点是你为什么总是没想到去打开冰箱？孙朝阳说，我可以去打开冰箱，那你为什么就不可以先打开看看？张卉说，这不是我家，不是我的冰箱。孙朝阳说，我真是搞不懂，什么你家我家啊，都已经结婚了，你为什么还是这个样子？张卉说，我也搞不懂，为什么你就是想等我先做，你才会去做？孙朝阳说，我真的不明白你们女人，为什么总是把自己放在弱势群体这里？

话讲到这里已经不通了。两个人都不太冷静。张卉也不太愿意，至少是不再说得出，她的母亲是如何因为生育的原因，再加上宫颈癌，早早离开了人世。那个决定，就是这样被丢了出来，并不是两人坐在一起，心平气和地商讨——如果是这样，或许张卉还能更释然一些。

孙朝阳转了个身，没有说话。张卉仰着头，眼泪顺着眼角淌下，在枕头上流出了一道沟壑。她说，我就一个老人，这房子在顶楼，以后我爸的膝盖真受不了。孙朝阳说，你已经想过很多遍了，就这么办吧。张卉说，趁现在离好一些，现在还没有孩子，离了，马上以我的名义置换，早点解决好。孙朝阳说，你说的，有道理。张卉说，为买房，有很多人都这么做了。孙朝阳说，你已经想过了。张卉问，我对我们有信心。孙朝阳没有转身，只闷闷地说，那你别哭，事情会变好的。

父亲并不知道这半年发生的种种事情。除了他们俩、小乔和相关工作人员，这个世界上并没有其他人知道这件事。这件事也带来了一个好处，他们加起来的通勤时间，缩短了近两个小时。张卉甚至能隐隐感觉到，孙朝阳还挺喜欢这个蜂巢。

站在楼下，张卉看不清哪一个亮着的窗口，属于孙朝阳，来到十五楼时，张卉才能看到那灯光投下的扇形。打开门之前，张卉以为她会看到一片狼藉，但出乎意料，透过那狭窄的玄关，她一眼就能看到窗外挂着的浴巾。

房间甚至比家里还要空旷。孙朝阳搬来了一个矮脚凳，让张卉坐下，一瞬间，张卉觉得自己像是一个尴尬的来客。她没有带洗漱用品，这里也没有她的洗漱用品，仿佛时间到点，她就得起身离开。

一路过来的思绪烟消云散，走进卫生间，张卉看到了自己憔悴的脸，双颊垮下，没有一点气色，她用水洗脸，像准备上台一样深吸了一口气。孙朝阳在窗台边抽烟，烟雾缭绕，转头看着张卉，把手边的烟掐灭了。

今天去看房了吗？孙朝阳问。嗯，张卉点头，继而又摇头，说，我去了唐镇的一个小区，在里面呆了一个下午。见朋友？张卉说，不是，这半年我好像已经走过了全上海的所有小区，有时候我觉得我在看房，有时候我觉得我在找一些东西。有时候我会专门点开几个小区，最早我住过的华林苑，还有那个安置小区，你还记得吗？

孙朝阳点上了一根烟。你别抽，张卉说，收起来吧。孙朝阳说，你还挺客气，你以前是直接跳过来，把烟抢走。张卉说，孙朝阳，你有什么话就说吧，说我天天嘴上挂着房也好。孙朝阳说，我没有这个想法，我只是觉得你说的这些事情，对我现在没意义。张卉说，挺好的，你就好好工作吧。孙朝阳说，喝点东西。他起身从冰箱里拿出几瓶。张卉说，你为什么还有酒？孙朝阳说，单位发的，喝不完，都放在冰箱里，偶尔喝两杯。

之后就没再说话了。孙朝阳取了两个干净的玻璃杯，分别倒上了酒，还拿起一杯递给了张卉。张卉接过了酒，抿了一口，就放回桌子上。孙朝阳一杯接着一杯喝下去，眼睛只是盯着掌心的手机。喝完了一整瓶酒，或者更多，也不知道是谁先牵引着，两人一起爬了楼梯,上了复式公寓的楼。仿佛为了完成某个仪式,张卉先亲了孙朝阳,将自己的手搭上了他的肩膀。孙朝阳也抱了抱张卉,顺势进行着下一步的动作。这几如悬在半空的床,柔软地如同没有底的棉花,张卉觉得自己正在往下陷,一层一层陷到底部。在坠入半空的一瞬间,张卉感觉自己蹬开了一样东西,她察觉不出那是什么,只是停止了动作。

那是什么?她问。

孙朝阳在黑暗中收起了胳膊,架起了身子。

床脚有什么东西?张卉说。

孙朝阳想开灯,张卉拉住了他的胳膊。等等,她说,先别开。孙朝阳翻过了身子,仰头向上,从口袋里拿出了手机。张卉说,我和你说过的,很多年前,我爸说我在老宅子里看到了不干净的东西。孙朝阳说,我知道,当时你爸被你吓坏了。张卉说,事实上,我也记不清了,我有时候也想回忆起来当时看到的究竟是什么,但是只有一个模模糊糊的影子。孙朝阳说,能不能别说这些。张卉说,好的,不说了。

孙朝阳背过了身子,很快,他的呼吸声就变得粗重起来，接着就成了细细碎碎的呼噜和呢喃。张卉仰头看着天花板，门边那盏小灯，在左下角投下了另一半扇形灯光。孙朝阳如以前一样，依然买柔软的床垫，依然打断断续续的呼噜。如果是以往，她会坚持说完想说的一切，但今晚，她没有话可以说了。

不知道过了多久，张卉等到了天亮，身旁光滑整洁，没有另一个人的身影。她穿着前一日的衣服，只盖着被面一角。夜里踢到的东西此刻看得清楚，那是一个矮脚凳，款式与那只一模一样。它侧躺在地上，只是一边已经有些破损，露出了灰色的内胆。

她想起今天要去看某样东西。

张卉刚到小区门口，就看到了一位脖子上挂牌的姑娘。那姑娘大约比她还要小上十岁，只是看了她一眼，就眼睛一亮，站高了身子挥手，似乎一眼就认出了她的客户。张卉没想到她这样小，原本看照片，她推测应该是一位经验成熟的中介，没想到她的模样，说是一个高中生也不为过。她身后还站着一位打电话的男子，大约也是一起的同伴。

在走向那栋楼的路上，张卉一直沉默着，只有那位姑娘时不时说上几句话。她拼凑着她的只言片语。那套房子也是为置换学区，着急转手卖。房东已经搬走有段时间了，钥匙一直保留在两个中介手上。房东是哪里的人？张卉问。

这个，姑娘的嘴唇放开了牙，这个我不确定，也是外地来上海的吧。

还未入门，姑娘已经掏出了塑料鞋套，分给张卉，自己也低头套上。门一打开，一眼看得出，这就是十年前的装修风格，电视墙上的线条造型，如今看来已经落伍。吊灯用了垂坠的高低灯管，其中一根或几根，必然会在某一时刻亮不起来。

转角处几个来不及搬走的家具里，有一张暗红色的折叠椅，张卉推开了一张竖立的方桌，将它拉了出来。圆形的椅背，三横四竖，张卉将它拉开，坐了上去，高度刚好托起肩膀。仿佛有人召唤，张卉将屁股摇晃了两下，在那姑娘的惊呼声中，折叠椅就散了架。

不可一日无竹

拖着桃桃的自行车进门时,老乔闻到了一股味,鼻头抖了抖,回头看了一眼楼道。桃桃和吕兰还在楼下,老乔先上来准备晚饭。这会连个询问的人也没有。

这味道出现得奇怪,按理,老乔家的户型虽算不上南北全通,但也常开着南北的窗,通着风。前一日攒下的干湿垃圾,上午上班路上也顺带扔了。厕所和厨房,也分别放着空气清洗剂。他左嗅右嗅,没嗅到根源。像一条狗。吕兰这样形容老乔。

桃桃的脸红扑扑的,伸着两个脏爪子,正准备走进厨房去洗手,转头看了爸爸一眼。吕兰一边换鞋一边道,没闻着有什么味道啊,你一到家,怪事一堆,没事也能给你找出事来。老乔安安静静淘米,也不接嘴。吕兰看他没有接话,讨了个没趣,心头刚涌起的不快,没处安放,手上的拖鞋落地时就发出声响。老乔转身进厨房,减少与吕兰有视线接触的机会。

到夜里,老乔才发现那股味道的来源。北边书房窗户只关了一半。越靠近那里,味道也就清晰。老乔扒着窗户向外探,夜色中,铁丝网的形状依然清晰,几簇高高低低的身影,默契地错开身体,安静地立在离窗户不到一米的地面上。味道就是从那里飘来,它最初或许只是一汪普通的粪便,却被人舀起,浇注到那长廊上的泥土里,再乘着这穿堂风,经过书房的窗户,来到自己家来做客。

罪魁祸首找着了。老乔手背在身后,像私下打小报告的学生,向吕兰汇报隔壁最新的进展。他让吕兰把身子往外头探探,朝连廊上望一望。吕兰看了半天,转回身推搡老乔,话里已经有些娇气了,这么点味道,你的狗鼻子才闻得到。老乔接住了吕兰的胳膊说,现在隔壁的行为,是不是显得咱们太包容了?吕兰道,是,但现在话也说不通了。找着了共同的敌人,老乔声调就提了起来,我想明白了,是我错了,你的判断准确,我向你道歉。吕兰嘴角松懈了,叹口气道,还得住几十年,邻居说换就能换吗?说完抬头瞟了眼老乔,话里像有暗示。仿佛邻居这个词换成别的什么词,也能成立。

大半年前,两家人几乎一前一后装修好,一前一后搬进来。楼层是两梯四户的格局,两家人共用一个电梯。老乔家是中间户,电梯一出来就是大门。隔壁是西边套,电梯出来还要右转,经过一个连廊,才能到达入户门。连廊正对着老乔家的两扇窗。两家的距离,几乎咫尺可达。微信早早就加了,但交流不多。老乔猜测,对方和自己一样,都等着对方先迈出一步。那家人是一家五口,多了一对老人。有一个儿子,年纪和桃桃差不多,蹦蹦跳跳的,老人常要跟在后边追。

搬好家的那周,老乔曾带着桃桃上门问好。那条通往隔壁入户门的连廊,老乔走得慢,桃桃也走得慢。风声呼呼,桃桃抬头问老乔,爸爸,现在咱们离地面有多高呀?

老乔往北边眺望,隐约看得到远处有一枚球,轻轻地倚在高楼之间。这还是晴天,如果遇着多云,或是阴天,那高楼与那球就消失在水汽之中,仿佛从没有存在过。装修期间,老乔站这里远眺过几次,那球像是奋斗了十余年,自己摘得的奖赏。即便离得那么远,也终究是摘得了。

咱们在二十八楼,每层楼大约三米,桃桃自己算一算,乘起来是多少米?

最初,吕兰并不想选这么高的楼层。沙盘上高楼围成一个圈,上面成百上千密布的窗户,如同摘下来平铺开的蜂巢。吕兰说,我从小没住过这么高的楼,五层楼顶天了,住这么高,电梯坏了可怎么办?发生火灾怎么办?

住得高也有高的好。老乔说,一是采光完全不用担心,你看咱们这楼,九层往下,过了十二点基本没有光线。二是视野好,站得高看得远,心旷神怡。三是梅雨季,不用再像往年一样,湿湿嗒嗒,每天像睡在水里。

摇号选房前一周,老乔列了一个密密麻麻的表格,按照价格、户型、采光条件一一打分,将三百来套房子从高到低排了个序。大数据分析代替了口舌之争。这套房子排名第八，摇号轮到他们时，已经排名第一了。运气敲定一切。

如果人从这里掉下去，会变成什么样？桃桃又问。

老乔对着桃桃嘘了一声，按响了门铃。门一开，还未散尽的装修气味飘散而出。背景墙是"花好月圆"——建材市场上，老乔也曾看到过类似的图案。桃桃将手里的水果篮举起来，老乔拎起了右手的一盒酒。隔壁的一家人都在，两位老人，一对夫妻，坐在沙发上的，站在门后头的，眼睛都亮了一亮。那个小男孩，比桃桃开朗些，看到陌生人，倒也不怯。踩着一只迷你的滑板，一下就到了门边。反倒是桃桃，僵得像块石头，眼睛睁得大大的，一动不敢动。

沙发是皮革的，应该是客厅里最昂贵的物件。老乔和桃桃都没敢坐，站着聊完了几句话。一对老人口音比较重，明显是外地人。这对夫妻口音淡淡的，辨不出其中的肌理。或许与老乔一样，十八岁到这座城市念书，在这座城市生活了十八年，再重的乡音，也被冲得七零八落。老乔问了问夫妻俩的工作。这对夫妻的工作单位都还不错，一个是名头挺响的公司，一个是国企。也都挺远，一个在内环，一个在南边的郊区，买的这套房，刚好卡在两个位置之间。老乔和吕兰幸运一些，单位就隔一条街，每天上下班基本同步。男主人说，早下班可以有人带下孩子，蛮好。话题接着便转移到孩子上学。老人招呼着客人到沙发上坐坐，老乔道，不了不了，以后有机会请你们来我家里坐坐，没打声招呼就上门，真是有些不好意思。

等了一个多月，隔壁没有来敲过一次门。酒没多贵，但总归是自己藏了一段时间的货，没有达到理想的效果，老乔有些失望。吕兰笑话他，期待过高，现在住高楼，谁还有时间互相登门，孩子们一起结伴长大？大多数人记住邻居就是一串门牌号，你还偏要记住人家的家底。

隔壁刘先生。吕兰看到老乔改好的备注，又是一阵笑。老乔瞥了她一眼，你不懂，我这是摸摸底。你可得确认自己的邻居是不是一个正常的家庭，如果遇上那种奇怪的家庭，单亲，欠债，酒鬼，暴力倾向的，每天从我们家门口路过，影响桃桃成长。

第一次来敲门，却是一天深夜。刘先生穿着睡衣，一脸倦意。看上去，敲门是临时的想法。他倚着门道，我想着，还是要先与您商量一下。决定是我老婆下的，但我有点犹豫，因为这个事情，今天又和老婆吵了起来。我先问问您，您不反对，我们才会继续。

吕兰在卧室门边探出了脑袋，她没穿内衣。老乔没有按亮客厅的灯，借着玄关处装上的感应灯，问他发生了什么事。刘先生说，男孩总是蹦蹦跳跳的，连廊是每天回家的必经之路。你也看得到，老人其实身体并不好，我爸和我妈，也是放弃清闲的日子，过来帮忙照顾孩子的。我妈心脏还不好。等下个月，我丈母娘和岳父也来轮班带孩子，两人都高血压，我担心又有新的隐患。

老乔按亮了餐厅的灯，想让刘先生进门坐一坐。刘先生又接着道，岳母常常拉不住孩子，也常觉得看楼下有些心慌。为了安全起见，老婆提出要给这条连廊穿个衣服，两边装上铁丝网。我们和物业反映过，物业向开发商反映过。开发商说这栏杆高度没问题，不同意。我也是下了很大的决心。之所以这么晚上门，是因为反复纠结，久了也影响生活。我是鼓足勇气了。你们也是有孩子的家庭，应该能够理解我们的担忧。

刘先生话毕，老乔听明白了一个关键词，铁丝网。另一个关键词，孩子。刘先生说，说白了，物业不过是担心封起来不美观，但我们这是高层，再朝上三层就到顶了。我和我老婆看过几栋楼，这种情况我们见过两三次。

吕兰探头，孩子要睡了，哪这么晚说这些的？刘先生连连鞠躬，不好意思，真是不好意思，这个时间上门确实打扰了。老乔道，都是邻居，这些担忧我能理解，上次去你们家，走那条连廊，说实话我都得好好拉着小孩。你们天天走，有些担忧能理解。

铁丝网如藤蔓生长，爬起来还需要一点时间。在此之前，刘先生夫妻俩上老乔家来了三四次。又是谅解协议，又是城管检查。栏杆高度一米二，男孩高度一米零六。协议上还写，封走廊绝非占为私有，也不影响中间户的透风与采光，产生的一切费用，均由刘先生一家承担。

在这"藤蔓"生长期间，吕兰对着老乔翻过几次白眼。吕兰说，人家说两句，你都得回四句。老乔道，人家话都说到这份上了，铁丝材料，也是你选的，不遮光也不挡风，对我们是没有影响，这话也是你说的。我现在想想，挺险啊，幸好没有选到边套，走廊你去走走，我都腿软。吕兰说，这件事本身，我没有反对，但一看你和人家说话，我就不舒服，你像个憨憨。老乔道，你有时说话，要先过过脑子，看看场合，有的话不合适，就不要说，给人家印象不好。吕兰说，你又觉得我给你丢脸了？老乔道，不是这么个意思，我的意思是，爸妈也是孩子的学习对象。我们的言行举止，待人接物的方式，桃桃都看在眼里，也会学习的。

老乔没有站过讲台，但多年来，认识他的朋友，还会喊一声乔老师。刚毕业那几年，老乔确确实实，也明明白白地，拥有过育人的理想。那时没结婚，工作也不算繁忙，他经营过一个博客，叫"老乔说文"。最初他有过一些野心，想在网络空间里通过文字，去影响一些人。他写一些历史类的文章，收获了一些关注和评论。阅读量高了，一些刺耳的声音也来了。起初，是有读者发现了他文章里存在的一些知识性的错误，虽然这错误并不大,但多少像露怯的尾巴,给人抓住把柄了。再加上那几年笔战太多,有些声音不是刺耳,而是人身攻击了。渐渐地,这些声音也影响了他的情绪,笔也就停了。

随着年龄的增长,他逐渐意识到,年轻时写文章的动机,是天真,也是虚荣。饭桌上,他偶尔也会和面前的陌生人道,老师这个词,现在就和什么美女、帅哥这些称谓一样,是个人就给安上,老师这个词本身,应当是沉甸甸的,现如今变得轻飘飘了,这不是好的现象。但话刚说完,和这些陌生人碰杯,或道别时,他也将对方称作老师。即使他觉得,对方配不上这样一个称谓。

那什么样的人能算老师呢?桃桃问,面前摆着《两小儿辩日》的插画本。老乔指着画中小人道,一切美好的、道德高尚的人或物,都可以算作老师。老师并不是无所不知的人,而是你"择其善者而从之"的人。

有了桃桃后,老乔仿佛拾起了久违的某些东西,写文章对他的吸引力也不大了,最初一起写博客的人,纷纷换了一个公共平台去表达。他没有最初那么高的劲头,注册过一两个微信公众号,依然叫"老乔说文",

但基本没有更新。可能桃桃是一个原因。她是活生生的,可以去吸收和学习,并给予反馈的生命。老乔想,写不写那些没用的文章,又有什么意义?

北卧外,"藤蔓"已经长好了。从老乔和桃桃的角度看,窗外的视野被分割成了一条条细长的区块。当初装修时,老乔也考虑到这条连廊的问题,给北卧和厨房的窗上,都贴上了单向透视膜。房间里的人可以看到连廊,及连廊上发生的一切,但连廊上的人却看不到房间。老乔常在书房里休憩,抬起头,就能看到这片方寸天地。偶尔,在这片方寸天地里,老乔能瞥见人的身影,那是刘先生一家回家,或出门的身影。有一次,老乔看到刘太太带着小孩走在前面,刘先生一个人走在后面,耷拉着脑袋,衣冠不整。刘太太头也不回。还有一次,老乔看到这对夫妻手挽着手回来,刘先生一只手在按密码锁,另一只手窸窸窣窣,不知道在做些什么。

如今,方寸天地被隔成了一块块长条。老乔不仅看不清天色,看不清远方的建筑和球,也看不清连廊本身的模样。装铁丝网的那段时间,刘先生一家的态度,一度让老乔觉得,如果自己提出什么意见,几乎就是在伤害这家人了。

爸爸，那你的老师是谁呀？桃桃又问。老乔的思绪回到了房间，翻着手上的书，对着桃桃说，爸爸的老师，是书本里的人，是古人。古人曾说，千里家书只为墙，让他三尺又何妨？老乔一边说，一边翻柜子里新买的这套插画书。"六尺巷"的故事没有图画版。桃桃眨了眨眼睛，似乎没有听明白。

自打桃桃有意识开始，她所看到的房子，就是高楼里的隔间。所谓让三尺，或进三尺，她似乎没有概念。但有些想法，桃桃还是有的。譬如，她也会趴在书房的窗上，对着老乔说，爸爸你看，走廊那里多了几盆花，不好看。老乔眯着眼，透过那铁丝网，能看到有一排青白色的植物，正在窗外的缝隙后面兀自生长。那一点点单调的颜色，与周围显得不搭。

上班前，老乔一个人到连廊上走了一圈，蹲下身子嗅了嗅，确定那盆青白色的植物是蒜苗，那盆绿色的草是大葱。青青白白的，排列在泥土上，长势刚起。近了嗅嗅，味道不太明显，但这样的蔬菜，总是需要肥料才能长起的。老乔在走廊上来回走了两圈,最终没有敲门,只是回了家。傍晚下班后,他没忍住,习惯一样地,还是朝走廊处瞥了几眼,心里不大通畅,一直到了九点钟,还是给刘先生发了微信。

到第二天的中午,刘先生才给了回复。老乔觉得,自己的语气已经足够委婉。他写的是,建议走廊里面还是不要放东西,新房子的走廊上放上植物和杂物,就显得像弄堂哈。一个"哈"字,老乔纠结半天,原本想加的是"你觉得呢",但这四字显得说话人有些卑微,征求领导意见似的。而"哈"字结尾,恰到好处。

但刘先生回复道,什么意思?你是说什么都不能放了?老乔左看右看,都无法将这句话与那深夜敲门的刘先生对应上。老乔回,倒也不是什么都不能放了,只是说像葱这样的植物,放在走廊上,既不美观,也有点味道,你觉得呢?刘先生回,那不好意思,这个也是临时放在走廊的。我晚上和我丈母娘说一下,拿回家里阳台上。

后来老乔想,事情要早这么好解决,倒也万事大吉,但似乎从那"藤蔓"生长开始,一切就无法画上句号了。两盆植物，很快就在连廊上消失了，取而代之的，是一个崭新的花架，上面摆了几盆无味的绿色植物，有绿萝和吊兰。有时候，还多了几袋垃圾，一只水桶和一把扫把。老乔又渐渐发现，刘先生家每天清晨六点左右，就有老人把大门打开，孩子的小滑板，就从门内，滑到了门外。而这样的"热闹"通常会持续到七点半。七点半后，大人上班，小孩上学，一切才安静下来。

一般这个时间，老乔这里也热火朝天。吕兰带着桃桃洗漱，穿衣和扎头发，老乔在厨房准备早饭。早餐通常是牛奶和三明治，偶尔老乔也会勤快点，给前晚熬好的粥，配上几盘肉菜，有时是煎蛋和咸菜，有时会炒上一盘热气腾腾的猪肝。透过厨房的窗，老乔能看得到刘先生一家的动静。老人在门内喊孩子的名字，男孩在走廊里挥舞着一把不存在的宝剑。老乔又想起之前自己用的"弄堂"一词，孩子在家门口玩闹，老人在家门口种菜，那是属于一个已经远去的时代的热闹，但此刻平地而起，抬到了六七十米的高空中，于刘先生家是其乐融融，到老乔这里就是聒噪扰民了。

出门时，两家人的时间赶上，打了个照面。在电梯里，男孩依然扭来扭去，大人们往一边后退，狭窄的空间有一半腾给了他。吕兰先开口道，真活泼，在学校也这样，老师得骂了吧？拉着小孩的老太太抬头笑了笑，低头对孩子说，别动了，你安静点。吕兰接着说，回头带小孩看看，是不是有多动症啊？话音刚落，电梯叮了一声，到了一楼。吕兰拉着桃桃先走了出去，老乔慢了一步，来不及看剩下人的表情，也匆忙走出了电梯。

下班后，老乔陪着吕兰去了一趟物业办公室和居委会。老乔这次没有拦着吕兰，但依然觉得，这事挺尴尬。最初刘先生安装铁丝网，是老乔点的头。城管也鉴定过，那些铁丝网不符合违章建筑。业委会上，多数人给刘先生家投了赞成票，其中也包括老乔。现在回过头告状，像考虑不全的孩子。果然不出他所料，居委会甩了甩手，表示管不了。

走到小区的中央花园，老乔对吕兰道，这事情还是得和他们沟通，好好地说。吕兰道，你就说，现在我们不舒服了，你们把铁丝网拆了？老乔道，不着急，这事情总会有个中间态。吕兰道，下周我爸来，他看到这些，也心急，闹不明白。老乔道，还是讲道理，总是能讲通。

当晚，老乔再找刘先生说话。刘先生那头也不客气了，开门见山就是一段质问：之前放的植物，你们觉得有味道，我们也就收了，你们还觉得哪里不合适吗？老乔想，此时此刻，真不像当时有求于人，铺垫的话说一堆。他回复道，连廊是我们的公共区域，你们现在像是占为己有。刘先生回，第一，我们没有占为己有，只是因为生活习惯，随手放了一些东西，都是临时放的，随时都会拿走。第二，我们现在放的植物，也只是为美观而摆放，绿色植物也有净化空气的作用。你们觉得哪里有问题？老乔回，都是花了大价钱买的房子，每个月也交了物业费。我们家是觉得什么都不放，或许最好，这样也避免矛盾。过了一会，刘先生发来一个流汗的表情，这条连廊只有我们家走，你们管得也太多了。老乔回，你现在放的东西，我们在家里抬头就能看到，说实话，不是很美观。刘先生回，别聊了。你要是觉得难看，你就买好看的，也摆过来，我谢谢你。其他的，别管太多，你们时不时要来找点麻烦，我们也不舒服。

几句话，聊得老乔手心冒了冷汗。一直以来，老乔以为自己与他人的交往，不说有礼有节，至少也是客客气气，关系也都和和气气，基本不会发生矛盾或冲突。这么夹枪带棒的语气，不带一点退让，他还是很少遇到过。都说远亲不如近邻，但涉及到一些问题，话都没法好好说。

和吕兰吵架，也有那么几次，他气到手心冒汗，脊背发凉。战火正酣，吕兰看见什么摔什么。有一回，还把他珍藏多年的陶瓷摆台摔碎了。那个摆台不值得多少钱，是大一那年，他自己一个人去景德镇买来的。图案也很简单，仅是几支清丽的竹子，水墨轻轻一点，一节一节，一片一片，散在画面上。但价格和图案还是其次，十八岁出门远行的意义，就这样碎裂了。那晚，老乔气得不行，开始收拾行李，不想和吕兰继续呆在一个房间，仿佛她呼出的空气，都是污浊的。但吕兰的情绪，来得快，去得也快。她坐在茶几旁，哭得梨花带雨，一边哭一边道歉。她低着头，把地上破碎的瓷片，一块一块捡起来，拼在了玻璃桌上。

此刻老乔想到了那破碎的瓷片形状。那几支绿色的线条，生于又碎于遒劲的石块之中。

快递大约一周左右才到。长长的大件到时，老乔请来的园艺师已经开工了。从园艺公司搬来的十盆原生土，沿着连廊一一摆好，七盆朝南，三盆朝北。朝南的方向，正对着老乔家的窗户。这施工的阵势，并不比扎铁丝网小。刘先生家的门开了，先是刘太太出门喊了几句，形象颇有些像很多年前，春晚小品中的某个演员，扎着个围裙，手指着正在忙碌的园艺师。吕兰说，没什么啊，这边是公共区域，我们摆些盆栽，不会挡着你们的路。语气里冷冷冰冰。这场面，老乔是对付不过来的。刘太太又说了几句，吕兰也有所准备，拿出老乔准备好的截图。刘先生的原话，白底黑字，清清楚楚。

不过是中间一个小插曲，园艺师的工作继续进行。真竹，夹着几株仿真竹，依次排开，土壤里留出足够的位置，将竹鞭连根带土，栽种到土壤中，接着覆土、保湿。中途有居委会来的人上来查看，老乔请他到屋里喝茶。茶叶是家中常备的信阳毛尖，拆包装时，老乔还在介绍，茶叶嫩度高，口感是鲜爽回甘的。

居委会来的人态度也好，说刘先生还在外地出差，给他们打了电话。之前刘先生家放杂物，他们没说什么，这一次也一视同仁，不多做干涉。喝完茶，两排竹子都已经种好，园艺师已经在收拾东西。吕兰还在忙，蹲着身子，摆弄着土壤上的白石子。老乔对居委会来的人说，当时准备这排竹子时，做了些功夫，为了美观，人来人往不扬尘，还买了很多白石子，现在都铺在土上。

送走居委会来的人，老乔和吕兰开始清扫垃圾。忙前忙后的样子。连廊尽头的门一直紧闭着，大约是知道，此刻说话是徒劳了。老乔重新走了一遍连廊，一步两步三步，远眺的视野被竹枝切碎，中间宽度也不影响人行走，才正式收工。落下的土都扫干净，垃圾带下楼，扔进垃圾箱。

老乔坐回北边书房，对面是那连廊，喝着还未泡尽的信阳毛尖，茶香淡淡，此刻尝起来恰到好处。他心情愉悦，胸腔里的气也顺了，风吹着对面的微型竹林，竹枝轻轻晃动，仿佛还能听到沙沙的声音。吕兰拎了一壶新烧的开水，也坐到了北边的书房里。老乔得意地说，这间房勉强也成了"幽篁里"了，是不是看起来格局不一样了？吕兰道，行吧，你是不是还要摆一台古琴？老乔道，我已经在网上搜了，就是房间小了点，现在一大半都是桃桃的玩具和书，摆不下一台古琴了。吕兰笑眯眯，那就多赚钱，以后咱们卖了这套房，换一套别墅。你想种竹子，想种多少种多少。老乔道，别墅倒不是重点，宁可食无肉，不可居无竹。吕兰说，这话你留给桃桃说吧，我没有你这么多的雅兴。

吃晚饭时，吕兰突然笑出了声，留下老乔和桃桃对视一眼。吕兰笑了一会，才用筷子指了指老乔碗里的红烧肉，道，既要食有肉，又要居有竹。老乔有些不快，瞥见桃桃疑惑的目光，夹起碗里的肉，把肉夹给了桃桃。吕兰继续笑，你就吃了吧，我今天特地做的红烧肉，下午去生鲜超市买的。老乔瞪了一眼吕兰，侧身对桃桃道，古人常将竹，比作一种脱俗的道德品质，肉和竹并不是对立的，相反呢，一个象征着物质营养，一个象征着精神营养，都是必不可少的，"无肉使人瘦，无竹使人俗"，但"人瘦尚可肥，士俗不可医"的意思，是人可以不需要物质营养，因为物质营养从别的地方也可以获得，但人不能没有精神营养。老乔抬头看了眼吕兰，继续说，因为人如果俗了，就不能医治了。

吕兰摸了摸亮晶晶的嘴角，说，孩子听不懂的，你别讲这些道理了。桃桃对吕兰说，我听明白啦，妈妈，爸爸在说你俗呢。吕兰低下头，说，好好吃饭吧，大雅士，你最清新脱俗，行了吧。老乔放了筷子，我在告诉桃桃一些做人的道理，你能不能别打岔？

直到夜里准备关灯时，吕兰都没什么话。老乔看着吕兰蜷在床上，小小一只，想起之前她在连廊上忙碌的样子，就爬上床，从后面抱住了她。摸到脸时，老乔才发现她的脸颊湿漉漉的，心里的烦意又涌了上来，放开手，翻过身，也没有说话。半晌，吕兰才道，这日子过不下去了。

老乔说，都这么多年了，怎么还在讲这种话。吕兰说，十年前我就应该说这个话了，十多年了，你从来就没看得起我过。老乔问，我怎么就看不起你了？吕兰说，我们刚恋爱，有一次下大雨，一辆小车从你身边开过，压到你脚边的水坑，水花溅了你一裤腿。那时我在你身边，气不过，冲着小车骂了几句话，竟然被你数落了。老乔说，这事情你说过了，我原本已经忘了。吕兰说，这事情我一直记得，你说我的举动像泼妇，和你对我的认识有出入。你说你一直没想到，我会说得出诅咒陌生人的话，你说你对我很失望。老乔说，我道歉，那时候年轻，说话没有经过脑子，没有顾及你的感受。吕兰说，看不起一个人，她做什么都能被挑出刺，你说我说话恶毒，但没想到是我会骂人，是护犊的母鸡，本能的反应。老乔说，我知道。吕兰恨恨地说，十年前我爸说的话是对的，口袋空空，附庸风雅，说的就是你这种人。夜色沉沉，老乔没再接她的话。

次日清晨，吕兰早早就起床，带着桃桃出门了。惯常的做法，前一晚闹不愉快，吕兰就哄着桃桃，说带她去吃煎饼，先出了门，晾了老乔一人在家。老乔起床，在厨房抹三明治。窗户没有关，下方突然探出了一个小脑袋，把他吓了一跳。刘先生家的小家伙又来了，瘪着嘴巴，含着吸管，对着老乔做鬼脸。

门又没关，老乔脑袋里兀自又冒出了这四个字。那一刻，他突然恨极了，明明界限是清楚的，你家是你家,我家是我家。谁也不应干扰谁,谁也不应宽容谁。他从口袋里掏出了手机,对着小孩点开了摄像。看到举起的手机,对面的男孩像是得到了鼓舞,动作幅度加大,扭扭肩膀,摇头晃脑,笑声愈加尖锐。最终,不远处的一声召唤中断了他的表演,他像阵风一样,霎那消失在镜头里了。

老乔给孩子的眼睛上加了张贴纸,接着,把这段四十几秒的视频,发到了本栋楼的微信群里。发视频后,他没有多说什么,手机装进包里,胡乱吞了三明治,就提包出门了。一直到达单位,老乔才拿出手机。不出所料,刘先生和刘太太在群里已经发了许多条消息。

你拍我们孩子是什么意思?

麻烦你撤回!

大家来看看这个邻居的举止。

邻居们都在看着,奉劝你不要欺人太甚了。

吕兰没有给他发消息,不知是冷眼旁观,还是没看手机。楼栋群偶尔的几次聊天,竟也都与老乔和刘先生两家有关。老乔回,我只是客观记录了事实,孩子的脸也打码了,邻居们来帮忙判断一下这样合不合适。——

每天清晨，放任孩子在走廊吵闹。刘太太说，怎么叫吵闹了？你家孩子是一声不吭长大的吗？刘先生说，多少分贝定义为吵闹？老乔回，我们家孩子有到你们家门口吵闹么？刘先生说，你发我们孩子视频，已经触及到底线了。老乔说，也是因为我们有孩子，才让你们装铁丝网，你们说是为了安全，但就是方便你们开门，侵占公共空间。

刘太太说，种两排殡仪馆一样的竹子，我们已经没说什么了，你们还想怎么样？刘先生说，大家都是当父母的人，小孩是很单纯的，视频里面，他就是向大人打招呼，看到大人在拍视频，结果拍视频的大人却带着恶意，呵呵，我真是见识了人性的丑恶。老乔本想回，那你说说，什么是殡仪馆的竹子，你说我们俩家住的都是死人？但这样难堪的话，他终究说不出来。一对二，渐渐也有些力不从心。群里也出来了一些声音，指责老乔发视频不合适，小孩再怎么调皮，终究是小孩，大人不应该这样拍下来。这个说法，有孩子的家庭都赞同，上风渐渐就让刘先生占了。

老乔不再回复。临近下班，吕兰才发来消息，喊他一起接上桃桃回家。老乔归心似箭，见到桃桃，心才踏实些。吕兰没有提及视频的事情，言行举止如往常。到了小区楼下，桃桃先下车，去在中央花园玩两圈，吕兰坐在驾驶座上，才开口和老乔说话。孩子在我们家门口吵闹的视频应该拍，但不应该发在群里。你说我做事欠考虑，你自己怎么也这个样？老乔道，发都发了，也没什么办法了。

电梯直达二十八层，叮的一声，门刚打开，老乔就已经看到地上散落的碎土。出了电梯，老乔看到，碎土一路延伸至连廊，连根拔起的竹子，正横七竖八堆在自家门口。昨日这里还是清清爽爽，茂林修竹，此刻已经凌乱不堪，奄奄一息。那用来压住尘土的白石子，也被人抛散了一地。台风肆虐过的城市，都没有这样残破而丑陋。老乔有些心痛，但不知痛的是竹子，还是别的什么。始作俑者正紧闭大门，一切昭然若揭，气势汹汹地等待一场决斗。吕兰带着桃桃进了房门，老乔留在门外拍摄照片，多个角度都拍好后，他打电话报了警。

上次与刘先生面对面说话，似乎是很久以前了。老乔没有想到，竹子的寿命，头尾加起来，只有一日。一日过去，它们就被连根拔起，如同一堆垃圾，被人丢弃在这高楼中。刘先生一家，脸色都不太好看，老乔知道，自己的脸色也好看不到哪里去。当初买这些竹子，是花了一笔钱，也花了一些心思的。如今在这二十八层，在旁观者眼里，竹子倒像是一地的尸体，像是一场荒唐的斗争刚结束，落得个一片狼藉。

老乔一边做笔录，一边想着了自己久违的博客，与那个无所顾忌发声的时代。如果把这件事写出来，这是不是一次重新提笔的契机，但多说几句，又像是一个人际矛盾，现实处理不了，寻觅网络裁判来判个高下。网络上七嘴八舌，冷冷冰冰，又有多少人能够为其中一方去真正感同身受？日子依然要过，绵绵无期地过下去。为这套房，老乔和吕兰一家都贡献了多年的家底，从看房，买房，摇号，再到装修，多少苦也吃过来了。如果硬要换位思考，刘先生一家也恐怕如此，四个老人，六个钱包，房子不是天下掉下来的，每一平方米都盛满了一家人的心血。原本可以做友好的陌生人，留在微信的联系页面，停电停水时，互相帮忙一下。再夸张点说，居于高楼，万一发生火灾，隔壁家的一次伸手，也可谓生死之交。可多出来的这条连廊，就像是荡在高空中的秋千，一来二去，就把两家人都从高空摔落，到头来在派出所相见，又何必呢？

桃桃从未见过这样的阵势。在老乔和刘先生一家被带去派出所时，桃桃站在电梯口，小脸蛋上涕泪横流。吕兰在安慰她，但似乎没有缓解桃桃的伤心。老乔突然就愧疚起来，脑袋里轰轰作响，一开始，桃桃就是这件事的见证者，一点一点目睹爸妈的处理过程。原本老乔以为，竹子是一个句号，让孩子记着美好的一面，但现在一切都被损毁了。孩子的心里不该留下这样的记忆。

竹子还是活的，再栽点土还能种。老乔回家后，门口的狼藉依然保持原样。吕兰道，我们先不大动，就这样放着，这是他们的必经之路，看看谁天天看到这些更闹心。老乔道，派出所也还没解决好，我确实做得不对，不该发那视频。吕兰道，倒也不是，有些时候，你也挺不清醒的。你想想看，你的这些竹子，能活得过几天？他们一开始就不舒服了，早晚的事情，只是看以什么把柄来拔掉罢了。老乔回应吕兰，你说得对，现在世风颠倒了，宁可居无竹，也要抢块肉。

晚上和桃桃说这话时，老乔还在想，该怎么把这个意思表达得更明白一些。桃桃问，古人有没有给过这个问题的解决答案呀？老乔说，古人不住这么高的楼，种的也是靠着土地长的竹子，脚踏实地。桃桃问，那如果一开始不种竹子，是不是就不会有警察来了？老乔问，桃桃，你也觉得爸爸做错了吗？桃桃说，我不知道。

深夜，老乔一人到连廊抽烟，泥土的味道还很清晰，像大雨冲刷后的味道，往远处看，高楼的影子也被铁丝网分割成碎片。老乔想，从外头看，他的身影，不过也被分割成无数碎片。人世一切，本就支离破碎，缝缝补补的人，大多活不明白。马马虎虎的人，早就学会蹚着碎片过一生。

假期第一天，吕老头带着几位亲戚，从江苏开车过来。装修期间，吕老头常过来，帮了不少忙，但入住后，反而一次还没来过。老乔和吕兰刚结婚时，吕老头就说过，他们的日子过得怎么样，他都不会来干涉。事实上，他也说到做到。车子一把开到地下车库，吕老头一辆，老乔一辆，吕老头的车上坐满亲戚，老乔的车上坐着吕兰和桃桃。电梯挤得满满当当，吕老头说，干吗专门接一趟？吕兰说，先去家里坐会，喝喝茶，再去商场吃顿饭，老乔已经预定好了大厅的圆桌，十二点钟准时到达。

电梯门一开，老乔先走出来，一手扶着电梯门，一手示意亲戚们往外走。扭头，他看到自家门口堆着泥土、白石和花盆。上午，有人清扫了连廊，把所有的垃圾都扫到了他家的门口。连廊处，一位素未谋面的老头，看到老乔走了出来，表情变化，情绪激动，走上前就大吼大叫起来。

这是公共走廊，你凭什么搞成这个样？

突如其来。老乔还没能开口说话，就被推得后退了几步。吕老头做过建筑队包工头，经历过这种场面，先站了出来，挡在老乔前面。有什么话好好说啊，别动手。吕老头拦住老头，但说的话并没起什么作用，这老头见人推人，一把也把他推开。他气势汹汹，继续向着老乔质问。吕老头未站稳，一个踉跄，身子失衡，手臂被消防栓的门划了一道。

见吕老头差点摔倒，亲戚们也七嘴八舌，这什么情况啊，怎么动手打人啊。那老头说，谁先欺负人的，还拍小孩视频？老乔说，行了行了，别闹了，这堆垃圾我们处理。吕兰说，老乔你怎么回事，这垃圾凭什么我们处理，这土又不是我们撒的。老头越走越近，一把抓住了老乔的衣领，窄窄的过道一片混乱。老乔隐约瞥见，老头的身后也站着人，刘先生和刘太太正在后边说着话。鱼死网破。他的手臂突然发了力，用力把老头推开，跑到连廊上，当着刘先生一家的面，踢翻了余下的所有花架。

老乔？愣着干嘛？进来呀。

吕兰在门内喊，老乔从连廊上回过神。走回自家门口，他才发现，所有人都已经进了屋，原本并不宽阔的客厅，此刻装满了十几人，显得有些拥挤。有人在啧啧称赞，说客厅装潢高档，也有人挑挑毛病，说餐厅采光蛮差。吕老头坐在沙发上，一手烧开水，一手拆着茶几上的信阳毛尖。老乔转头看，楼道干干净净，没有泥土，没有白石子，也没有花与竹。连廊处，有风吹过，什么东西正沙沙在响。

门打了一个嗝

公共领域

我必须得承认,这里这么乱也有我的责任。但此刻,站在这里把一切收拾干净的人,却不应该是我。可她是不会主动这么做的,除非你逼着她,这一点我可以证明。

水龙头倒是关得很紧。我扭开它,水流带着那些黑黄色的油渍、食物的残渣冲刷而下,又将它们全部抛弃在池口。它们下不去了,水流却轻松地以螺旋状缓缓流走。看着这些颜色不明的残渣,我暗暗骂了一句,兜起池口的铁纱，拿到垃圾桶边缘用力抖了起来。那些残渣不情不愿地掉了下来。看吧。

梁慧很少主动收拾过这里，要收拾也只是草草结束，胡乱了事。她有各种各样需要忙的事情，而收拾厨房这些公共领域，只是她日程里足以忽略不计的那部分。当然，这也不怪她。她或许一直觉得可以不用住这里，或很快就不用住这里。

她有很多选择。一年多前，她告诉我她想辞职的时候，我并不缺一个室友。那时她消沉得很，每日都来找我聊天，字里行间，都在试图打听我这里的状况。我并不是很了解她的行业，只是察觉得到，她有些疲惫，又有些蠢蠢欲动。

你想来就来吧。我们这个年纪，不必一直呆在那里。何况那里的老板和同事，一个比一个"难搞"。"难搞"这个词，其实是她的原话。原话是：真的很难搞，每天都在刷新我三观。她在语音那头说，我再加班下去会不会有一天就过劳死啊？

你才刚毕业一年，后面的路还长着。我笑她。你只是需要一个成熟一点的公司。那里的金融公司都不成气候,不像这里。

你在那里还有人陪着吗?她这么问。

我一个人。我这么答。

说起来好像是我暗示她过来的。但我也只是以为,换工作如果说换就可以换的话,那全中国的年轻人不是都四处迁徙换工作了。事实证明也确实是这样,梁慧果然给她的老板交了辞呈。

她是不想一直呆在那里的,这一点在她大学时我就看得出来了。她也是属于县城里成绩优异的那一拨孩子,但算不上拔尖,拔尖的都考上一线城市的985了。她甚至比我还年长一岁,因为不甘心而复读了一年,只是结果还是不甘心。我们在大学里经常一起吃饭,你知道,那时大家都是散的。我和她凑过一段时间的对,也就是,一起约着去图书馆,一起约着去吃饭。不过后来,我们渐渐就不一起搭伙了。为什么?记不清,可能是因为我开始谈恋爱了。

你来吧,我也正好要换房子。

这里离中潭路地铁站还有快二十分钟的路程,当然如果骑共享单车,时间可以缩短一半多。房子是可以再换的,我安慰自己,现在能在普陀区找到一套这样的房子已经很不容易了。再看下去,只会越拖越久。况且中潭路地铁站距离我公司只有七站的地铁,算下来通勤时间也顶多一个小时出头。

我还保持着第二次换房子时残留的热情,签完合同从这个小区走出来时,风把我额头前的刘海掀了起来,我便迎着风转了个圈,把刘海甩回原位。小区真老,但留给我的终于是一厅一室,比我租的第二个房子要好得多。

在换这套房子前,我装在一个蟹壳一样的房间里。就像小时候在海边捡到的寄居蟹,爪子都塞不进这个壳。壳离地铁站很近,下个楼步行三分钟就到了。只是这套房子被房东割成了八块,每一块分给一个嗷嗷待哺的外地青年。六平方米吧,可能还不到。我和七个陌生人——其中还有四个男生,每天清晨共用一个卫生间。

不瞒你说,其中一个男生看到过我的身体。那次反锁扣松了,他直接推门而进,而我的裤子还在地上。那一刻我发出了一声走音的闷叫,一个被我自己硬生生掐断的尖叫。因为清晨,我的嗓子还没有打开,也因为怕吵到其他人。如同一个放了一半被硬生生憋回去的闷屁，在他重新关门的瞬间，软软地掉下来。我只得装作什么也没发生，不然还能怎么样。

还有一次夜里，我清楚听到有人在扭我房间的门，门被我放着的椅子挡住。因为这张椅子，这个壳没有放脚的地方。我从床上猛地坐起，大概这床发出了声音。在我的喘息声里，我看到门缝边有一双眼睛一闪而过。这是"他"的眼睛。

那双眼睛隐匿在黑暗里，直到天亮时，光透过那缝隙自下而上扫进来时，我才能确定"他"已经消失。我才能爬起来，搬开椅子，带着肿胀的双眼打开那扇门。

"他"原本在我来上海后租的第一套房子里。那套房子比寄居蟹的壳稍大一些，坐落在上海的北郊，周围是一片农田。我有时透过窗子向外看时，还未反应过来这是上海。农田后面就是了，这就是上海。"他"喜欢趴在我耳边说话，鼻息喷到了我的脸颊上。

房子在一楼，没有空调，那个冬天我被冻得瑟瑟发抖。后来天气渐暖，房间开始一点一点地长霉，一些鼻涕虫隐匿在房间的角落里，白墙皮也鼓了起来。我看到

"他"也逐渐开始发生变化，有某种东西在慢慢发霉、变质，甚至腐烂。

现在，一室一厅一卫，顶楼，没有比这更棒的了，只是加上水电费每个月还需要三千多。小区侧门是一个风口，我的刘海又被风吹乱，一个弓着背的老人从我身边走过，好奇地多看了我两眼。可能是我心底里的波澜翻涌上了脸。

假设现在是早上七点钟，来做个赛跑。我寻找一辆单车，开锁，上车，沿着地铁线路的方向骑过去，小区背面是一条窄路，裸露着的是红砖，是民居改造的店面，沿路是五金店、插花店，以及，按脚店。我让车轮慢下来，现在不是早上七点钟，而是傍晚七点，里面的灯打开了，是被遮了一半的暗红色。

这条街上的每个角落，都足够安放下"他"。我又开始有些不寒而栗，手忙脚乱地把单车停在路边，用着挤早高峰地铁的速度，向着地面高处跑去。一个小时以内就能到，很好。

那时候梁慧已经辞职了，还在投简历。我问她想住哪，她说，她父亲建议她去殷高西路地铁站附近的青年公寓。青年公寓我了解，时尚、整齐、规范，但没有烟火气，和大学宿舍没有什么分别。还贵，我和梁慧说，我们合租这套房子，平均每月两人都可以省接近一千。你刚到上海工资的五分之一。

我们还可以一起做饭，你和你父亲说，两个人搭伙，还能互相照应。后来我意识到，或许是这句话打动了她。她一直都不是一个太独立的人，所以这里才这么脏。我早已学会如何供养自己，比如如何用便当来省下四十元的午餐——每天夜里做好，裹上一层保鲜膜塞进冰箱，第二天再带到公司用微波炉加热作午餐，这样比外卖要便宜和健康很多。我也替她做过几次便当，但她吃了两次以后，扭捏地说，等会黄瓜和火腿留半截给我，我买了寿司工具。后来，她直接叫外卖了。

垃圾桶里还有几瓶空啤酒罐子，应该是她留下的。我把垃圾桶里这几个罐子拿出来，用脚踩扁，再丢了进去，这样可以节省垃圾桶的空间。一开始她没有意识到，所以每过两天就把垃圾从卧室拎到门口。她就问我，怎么做到两个星期就换一个垃圾袋的？我瞥了一眼她手里的垃圾袋。你看,你喝的那些牛奶盒都没压扁。压扁以后再扔就少占用空间了。

她夸我聪明,之后就把每个垃圾袋都压得严严实实,不多留一些缝隙。她今晚居然喝酒了,并且,连把罐子压扁的时间都没有。

其实她第一次来看这房子的时候并不很满意。我能理解,这房子除了没有被一块块切开,也还是一个壳。

卧室的床,我们两个人睡真的不会太挤吗?她小心翼翼地想着措辞。我把卧室让给你,我说。这个想法我考虑很久了,我可以在客厅的空地摆一个沙发床。那种沙发床不贵,淘宝上就有卖。

那不是太委屈你了。她露出了惊讶的表情。我说,这倒是无所谓,反正你是女生,我不介意在你面前脱衣服。我看她还在惊讶地打量我,就加上一句,我真的不在意睡沙发这件事。

那小旻,房租我多出三百吧。

我拉住了梁慧的胳膊。你刚来上海,我们两个人可以互相照应。那时候的她,应当是很满意这样安排的。

她对着我点点头，棕褐色的眼珠亮亮的。透过它们，我看到了美瞳镜片的边缘。

在客厅睡觉几乎没什么不好，真要说不好，那就是门了。你看，这些壳好比俄罗斯套娃，请允许我这样形容。梁慧睡觉时依旧把门从里面锁上，我注意过，是反锁，这或许是她的生活习惯，我没什么好说的。我不是故意夜里去拉她的门的，不要这样看我。她刚来上海，她的闹钟响了一遍又一遍，我不去敲门的话，她会迟到。

我也有门可锁，是我们的大门。只是客厅的空间小的可怜，我躺在沙发床上，扭头还是会看得到门缝。失眠的夜里，我就背对着那扇门，这样就看不到"他"。这个姿势保持五百秒不动，我就能睡着。

如果你觉得沙发床睡不舒服，进来我房间。梁慧刚搬进来的时候，像复读机一样对着我念叨。到了夜里，她还在房间内发微信给我。我正躺在沙发床上数数，看到她的微信，鼻子一酸。我说，没关系，你早点睡，玩什么手机。

我把抽油烟机也擦洗干净，厨房终于看起来亮堂了不少。然后是卫生间。卫生间也一样,这个破败而肮脏的空间,我和梁慧一度相信它老过我们。马桶里面的边缘积了一层灰,这不怪房东。我坐在马桶上,任那些灰弹过我的皮肤,我听着尿液混杂着酒精液体,滚入下水道。我睁开眼睛,看着这个逼仄的空间,在并不干净的白色瓷砖上,贴着一个小小的灰色形状的东西,像某种昆虫的死尸。捏死或是拍死,还有一种可能,在掌心压扁,继而弹出,刚好瓷砖吸纳住了它。

梁慧进了一家金融咨询公司。在这年头,听说效益也不那么好。你一定要做金融吗?我问她。一条路走到黑,她开玩笑。一条路走到黑。每天,她在我准备出门时挣扎着起床,在我已经加完班排完版之后才回来。但每天早晨她都得鼓起劲,用老板的鸡血掺点咖啡,做一份早餐,挨到午后。

没上班的周末我们就这样窝在房间里。我倚在沙发床上,用手机看着综艺节目,综艺节目看累了就换电视剧。梁慧的房间静悄悄的,掺着老板鸡血的咖啡失效了,她会重新睡到午后。

透过窗子,我能看到这栋老旧小区的周末,它同我一样慵懒，同梁慧一样昏睡。周末的每个开始总是千篇一律。对，对面的窗户也总是敞开的，敞开着一个老年男人的身体。

他总是在那个时候洗澡，敞开窗子，露出干瘦的骨骼和皱巴巴的皮肤。我一开始把它当作综艺节目的组成部分，我甚至还发过朋友圈，等着梁慧起床后，当作午饭的配菜端到她面前。可是，一周接着一周，我隐约能看到他的自得，他一点一点慢慢做着这些动作。我知道，他为对面的这双眼睛而自得。最终，我用力把帘子拉上了。我得重新赶这个周末的推送稿。

或许我对广告有什么误会，才选择每天写一些点击率永远上不了五位数的东西。我现在能做的也就只是复制、粘贴，继而修改，配图，每天发送这该死的推送，然后发动身边所有人帮我点击、转发，才能把那篇尾的数字增加那么一点点。我也想换工作，但我没和梁慧说过，她总说我还在做有意思的事情，不像她。老板还让我花功夫去钻研那些十万加的文章，我像读高考范文一样地总结出一条一条经验，但你也不能保证我能刚好迎上热点。我已经把原本对文字的理解一一重装系统了。

除非放一位老人敞开窗户洗澡的照片？

太猥琐了。是梁慧在卫生间里喊，马桶又堵了。连带着时不时罢工的热水器，它们已经坏了两次。我第三次打电话给修理工，修理工已经不再像第一次一样耐心：跟你说了，老掉的东西修不了了，该换了。于是我打电话给房东。房东阿姨带着同样的腔调，小姑娘你开始时不是检查过了嘛。大概是意识到我的语气里带着一些无助，话筒那头说：好好好，刚好今天来普陀，下午来看。

她来了，高跟鞋的声音停在了门口，胖而高，站在门口喘了一会。这是我第三次见她，她的脸颊随着喘息声而抖动了一会。阿姨好。我和梁慧并不认真地向她问好。她看到我时客客气气打了一个招呼，但脸颊依旧在抖动，看上去像气愤至极时刻的颤抖。当然，那只是她许久没有爬这六楼楼梯的缘故。

房间怎么放这么多东西？她踏了进来，眼神在沙发床上停留了一会，然后就走进房间，左看右看。这里面都装了什么？这么满。她打开我的衣柜，掀开梁慧的箱子，我们未换洗的，刚收好的内衣、杂物都一一经过了她眼睛的扫视。然后她迈步走到了卫生间。

她捏住了鼻子。马桶里还留着梁慧的排泄物。梁慧涨红了脸,我也一样。房东压了压按钮,只有一点点少得可怜的水渗了出来,却又赶紧收了回去。热水器也是坏的,经常出不来热水,我对着房东说。她点点头,开始认真地检查喷头、电源、按键。

灯是亮的呀,她说。这个抽水马桶和热水器我租给你们的时候还是好的,现在怎么出不来水呀?当时你过来看的时候是好的对不对?这边我也给你检查了,小姑娘自己花点钱修一修咯。

合同上应该都写清楚了吧,我们搬进来才不到一个月,这就是你的问题了。梁慧的声音有点高。合同?什么合同?我们合同上没有写这些。你自己问问她咯。房东看向我。我退出了卫生间。

小旻,你当时合同签的这么草率。梁慧当时有一点不高兴,卫生间里的味道被她带到了外厅。

房东也走了出来。这边我帮你看了,不是我的问题,你们自己商量看看咯。公寓的味道被房东带上了街道。

当时，我只是匆匆想从第一个房子里搬出来，再匆匆从第二套房子里搬出来，就这样而已。梁慧正看着我。我说，抱歉，我去找找还有没有别的修理工的电话。

梁慧走进了卫生间，她开始拿起了通便器，将它挥向那群排泄物。我有些看不下去，于是将通便器从她手中接了过来，吸住马桶，听着它发出一个个饱嗝，继而接了水，一盆一盆往下倒。我看到那些物什在狭窄的路口翻滚、向前、后退，终于，它们彻底退了下去。

以后，我们就用水直接冲吧，用力一点。我掏出手机，将掌心的味道贴牢了它，手指划过的，全是通讯录里陌生的数字。对了，我到外面再找一个修理工吧，修理的钱……

我们各付一半。她打断了我的话。

是的，现在这马桶还是这样，基本没变。我起身后，还要接水才能冲它，上面那个按钮能不按则不按。

但梁慧有了一些变化。那天之后，梁慧在闹钟声响过之后就爬起来，不再赖床，她惺忪醒来，匆匆收拾，就拎着包出了门，那些声响丝毫不顾这个空间里的另一人。你想象得到的，这是一种只有居于同一个空间的人，才能够察觉得出的冷淡，它在房间里散漫开来，漂浮着把我们两人全部包裹。我弯下腰，掏那些堵在水池口里的头发。墙上那东西，或许不是某种昆虫的尸体。它可能就来自我们的身体，百无聊赖，一弹即飞。

卧　房

只有卧房这里才朝阳，所以我有时把衣服挂在这里。尽管按理来说，这是她的空间。这种门还是推拉门，白色，因此显得很脏。房间里暗着，我需要让它亮起来。你看，现在天越来越冷，太阳一点一点倾斜着穿过这套老旧的公寓。所以我不得不把晾衣杆往前伸一些，让衣服能触碰到阳光，不然它们会发霉的。墙面还没发霉，这是顶楼。

它们现在还飘在晾衣杆上，梁慧又忘了收了。晾衣服这件事本来就很容易让人忘记，她会忘，我也会忘。

那时我以为自己已经适应了这里的生活，适应了这座城市。要怪只能怪阳光和晾衣杆。已经忘记是哪一天，周末，天气晴朗，我用了一下午的时间，把我们两人的衣服全部洗了。手洗。然后便是晾出去，抖出去，伸出去。

之后我就听到了叫声。嘿嘿嘿，喂！对，就是这样叫的。我一开始并没有意识到这声叫嚷的目标是我。我只是在拨弄那个总是歪了的晾衣杆。喂，你们衣服的水滴下来了！我以为"他"出现了。白日当空，我向着楼下看，是一个中年男人。

从那时的角度，我只看到了一片光洁的头皮，便松了一口气。我在他的喊叫声下，把那些湿漉漉的衣服拨到了一边。踮起脚尖，伸出半个身子向外看，我看到下面几层只挂着几件衣服，稀稀拉拉，滴不到的。

可是几分钟后，门被敲得震天响。那个男人进楼了。敲门的人正用力使着劲，像是要把门敲碎。梁慧不在，我用手旋开了门，用脚顶着门。

你怎么晾衣服的？他的声音比人出现得还快，一张四十多岁的脸，秃顶，两只眼睛之间是堆在一起的褶皱。你把我们底下的衣服都滴湿了。

对不起嘛，我马上就收起来。他想要跨进来，我下意识地把门挡着。对不起啊，里面不方便。他松了脚，我手上的力才松了一些。

下次不要再被我看到！他吞回了下半句，句子的宾语。

我迅速把门关上，听到自己的心脏在剧烈跳动。我只能先把那些湿衣服全部收了进来，滴滴答答，掉下一片水渍在窗边地板上。那片光洁的头皮移动出了楼，继而又转了个方向。我迅速收回身子，还是撞上了那双眼睛。

果然，几天后，梁慧也遇见了他。你是不是一直把湿衣服挂在外面，上次有个男人专门上楼来吵，我外面没衣服，就和他吵了起来。

什么男人？

一个地中海。梁慧在做面膜，一层绿泥正包裹着她。

你怎么赶走那个男人的？我问她。

他凶巴巴的，刚开始吓了我一跳。后来我和他吵了一会，让他看，外面什么衣服都没有挂。

他进来了？

是啊，他直接走了进来，然后口气就软了。他还道歉了，他说不好意思，他让我提醒一下你。

然后他走了吗？我问她。

当然，他后来就走了。梁慧说，我们把湿衣服挂在那里，确实不太好。

你当然觉得不好，你又不做家务活。我转过头，没有把这句话说出来。

对了，你有时候晒衣服，要记得把地板顺便也拖一下。我已经拖了好几次地板。她似乎并没有把这些话先放入脑海中处理。

我翻过脚掌，看着自己发黑的拖鞋底。可是在顶楼，我还能怎么处置这些滴着水的衣服？它们不可能挂在室内，太狭小了。卫生间？还嫌它的斑点不够多？那些带着樟脑丸味道的内衣、大衣、靴子，可以被房东像扫荡垃圾一样地扫过，但不允许有接触太阳的权力。

我什么也没有说，我在意的是另一件事。梁慧就这样把他放进门来了，这扇门，不能让其他人踏进来，除了房东和修理工。

果然,她把"他"放进来了。刚开始"他"只是在夜里出现,藏在门缝后面注视我,现在"他"走进来了,就站在了我的床边。

"我终于找到你了。"他靠在我的耳边,这样对我说话。

没有温热的气息,只是一片冰凉。我把耳边的手机扔了,它掉到了地上,屏幕没有暗下来,只是发出一声嘟囔,以一条裂开的玻璃缝隙来报复我。

在搬家前的一段时间里,我曾经将那张卡丢进了马桶。但事实证明,这是一个完全愚蠢的行为,"他"想让我看到的消息,在这个时代,有一百种方法可以发送到我的眼前。"他"会有无数个面孔,无数张外皮,无数个微信群,无数条语音。

"我会来找你。""他"说。

我把晾衣杆上的衣服全部收进来。白天太阳留下的余温早已被凌晨的凉意荡涤干净,衣服上凉凉的,还有洗衣粉和梁慧的味道。这味道也弥漫在梁慧的卧房里,我把它们都拿了进来,一件一件叠好放进衣柜。这里还留着匆忙起床的主人翻找过的痕迹，那些不在今天登场的衣服显得无足轻重，被翻到了一旁。收拾不过来了，就让它们和这些已经叠好的衣服共处一室。这样比较安全。

但床更乱，我把被子推到了一边，把床单拉平，把那些褶皱一一抚平，我几乎忘记了我正趴在上面，那些粘附我一天的灰尘和颗粒也一一掉落。被子抖好，铺平，盖住了那些掉落的灰尘和颗粒。床看起来整洁多了，拥有它的只会是一个干净的年轻女性。

我用过一次这个床，那天她出差。梁慧回来时，我正坐在地上洗她的床单，它被我弄脏了。她推着行李箱进了门，然后就看到了我手中那块布的花色。有十来秒，我们都没有说话，她和我一样，都在想办法应对这个局面。我打破了那时的尴尬，我向她道歉。我说怎么办，我的生活总是被我弄得一团糟，就像这张床单。

梁慧没说话，她只是盯着我，眼神在闪烁。

你记得"他"吗？他来了。

她见过秋涛，那是大学时候。我想起来了，她曾经带着同样闪烁的目光注视着我和他。她坐在我旁边，老师在上面念着讲稿,她侧过身子看着我说,你也太仓促了,怎么就答应了,我已经听到一些关于你们的议论。

什么议论?梁慧避开了我的追问,转头拿起桌上的手机。我真的不明白你怎么想的,他大了你那么多。她用手机屏幕当作镜子,照了照自己的脸。我说,他很好,他比我们同龄的男生成熟很多。是嘛?她将最后一个字的音调向上扬起。他是挺有故事的样子。午后的公共课上让人昏昏欲睡,我们没有再说下去。

我那时野心勃勃,以为未来会很不一样,他说他想从头再来,他会离开这里。他那时告诉我,一只鹰是无法被笼子关着的。我笑他自恋,竟把自己比作鹰。我那时是真相信他,相信他给我描绘的未来。梁慧问,那后来呢?

后来。地板上细碎的头发丝永远也扫不完,如同人无休无止的欲望。它们总是日积月累地产生,又悄无声息地堆积,永远也不可能偃旗息鼓。如果没有他,我也会想来上海,只是缺少一个更浪漫而干脆的理由。

但我开始想离开了,每个月我都没有办法给自己留下一点积蓄,所有的东西都好像投进了一个无底洞里。我根本没有办法在这里扎根,连个户口也不可能拿到。那几个月,他和我一样,也开始对那个郊区的总是发霉的房子产生了厌倦。但他一点也不想离开,他有工作经验,而我什么也没有。他说或者,可以把这间房子改成店面。什么店面?我问他。他看着我笑了起来。

他是在让我明白,不是这个壳属于我,而是我属于这个壳。回不去的不是他,而是我。那些脏成一团的床单,一张一张,堆在一起。那套房子开始腐烂,生起一层又一层的死皮,然后脱落。那些深夜多像此刻。扫不完,桌下还有,床下还有,都是那些不知被哪里的力卷曲成一团的头发丝,黄色的、黑色的,夹杂在一起。我身上也有,扫不完的。

我没有想让你卷进来。我抬眼看着梁慧。

梁慧如果当时再坚定一些,提出搬离这套公寓,或许不会有今晚。但她说没关系,有什么事情,你可以随时联系我,两个人,总比一个人安全一些。她这么说着,却转头看向了窗外,仿佛在期待那里出现一双眼睛,打开门,迎接他。

我最终是看到他了。在下了地铁后,我看到他站在地铁站附近的拐角处,他穿着黑色的皮衣,融化在所有这座城市里普通的面孔里,可我还是一眼就看到他了。我贴紧了身边的男同事,假装没有看到他,但是他看到了我,还看到了我的动作。他跟在我们身后,一路走过那条亮着暗红色灯的小街,暗红色的店面。我告诉男同事,后面有人在跟踪,那人像是流氓。

男同事便回头看,对着他指指红砖老房,吹了一声戏谑的口哨。但他没有离开,继续跟在身后,我看不到他的眼神,不知道他会不会直接发作。我贴紧身边的男人,他和"他"没什么分别。只是他最终会我面前翻滚、倒退、消失,"他"不会。

那条床单还是不要了。她转身,准备走出卧房。我把那张床单甩开,水滴溅上了我的脸。她又补充着,我是说,如果我出差时,你要睡床的话,可以把你的床单带进来,我不介意的。她还说熬过年底或许就会涨工资了,买一条新床单的钱还是有的。

我终于听到了她埋在下面的那句话。

门

"你什么时候回来？我们还可以再谈谈。"

我看到这条消息时还在地铁上，地铁带着我一同战栗，从地下驶到了地上。窗外漆黑一片，夜是从那时候开始降临的。

出了地铁站，寒意迎面袭来，我裹紧身上的大衣，一路加紧脚步。那条暗红色的街，裸露的女郎坐在玻璃窗里跷着腿玩手机。一个男人站在门口四处观望，他的手里拿着对讲机。还有一个男人趴在窗前向里面张望，他光洁的头皮被映得通红。他转过头，对上了我的视线。我让脚步更快一些。

我给梁慧发了消息。

我想起入学时的夜，那些比人还要清冷的枝桠。梁慧大概是在那时候看见了秋涛。辅导员给我们开完每周的点名会，秋涛逆着走出大楼的人流站着，皮衣衬得他挺拔而沧桑。

我和梁慧道别，然后走向秋涛。他也看到了梁慧，如果我的记忆没有出错,那是他们第一次见面。让你的朋友也一起吃个夜宵?他问我。我摇摇头,她还有事。我回忆梁慧那时的表情,她在打量秋涛。秋涛伸出了大手掌,包住了我的右手。那一刻,我以为我被这个男人捧在了手心。我和梁慧告别,她停在原地。

夜里的枝桠在画着图形,线条曲曲折折,背景是藏青色的天空。夜宵摊子的油烟气直冲而上,绕在这些枝桠左右。后来我们联系渐少,你知道的,毕业季,所有人都自顾不暇,直到梁慧签了工作,颇带着怒气地在微信上问我,为什么不告诉她就去了上海。

那天我正在寻找属于我们的第一个房子。走过长乐路时,我大声念着这个名字,给和它同名的城市回复消息。我说,梁慧,这边有好多梧桐树,叶子一大片大一片的。它们铺满了整个街道,远处是遥不可及的高楼,硬生生插进半空里。这就是秋天的上海。

秋涛走在我前面,他回头看我跟上了没有,他看我在对着手机说话,夺过了手机,扔进了路边的垃圾箱。我已经开始走不动了,这一带没有属于我的窝。我累得蹲在地上,秋涛走近我,我以为他要试图拉我起来,但他只是踹了踹我，如同一个顽固而累赘的包袱。

梁慧最终以为我不过在长乐路漫步，踩着一地的梧桐叶。

那天的最后，我从包里一条裂开的缝隙里，找到了两块钱坐公交车的硬币，我从垃圾箱里翻出了关机的手机。还好有青年旅店，还好有快递站，我沿着凯旋北路拖回了从家里寄来的棉被。拖着棉被的那天傍晚，一位经过的老人好奇地盯着我，似乎下一秒，他会从喉咙里生出小拳头，扬着音调对我说话。我终于意识到，我和流浪汉没有本质的区别，我和秋涛发了消息。

"我在便利店这里。"

我走进二十四小时便利店，买了一袋食物和酒水，结完账，便利店的自动门唱着歌将我送了出去。迎面是梁慧大踏步地走来，我把手机揣在手掌心。晚归的老人在暗路上缓缓散步，四周都很安静。楼里的人们打开碗筷，热腾腾的晚饭香从窗外飘了出来。我想象楼上那些门里，正一片欢声笑语，家家紧闭着门，气氛其乐融融。这本该是团聚的时刻。

伸缩

他就是个奇葩,妥妥的奇葩。

赵友将刚接满的牛奶放到桌上,几滴白色液体溅了出来,滴落到桌布上。李筱静看着它们。它们很快渗透开,并不显眼,赵友把餐盘一推,刚好盖住那几滴奶渍,坐了下来。

"算了,不提他,没意思。"

餐厅的一面墙是观景式的玻璃窗,山峦映入眼帘。赵友将张大的嘴收了收,轻轻咬了一口手中的包子,这一口没有咬到馅,满嘴松软。他端起杯子,咽下一口牛奶,突然想为这温润的清晨流一流泪。

"怎么不继续说了?"李筱静正在剥手中红薯的皮,

一瓣一瓣，像在剥开一朵花，不是为了吃，而是为了看看里面有什么。赵友看着她细长动作着的手指："你希望我说什么？"

他想起前夜的梦。梦里他正在一节拥挤的车厢里，拽着她的手往前跑。周围僵硬的身体挤压着他，他的力气一点一点被抽空，她的手也不知何时被抽走。他努力向前挤，却被前方的一股力量往后推。

倒下前一瞬间，有个身子扶住了他。他以为是她——剧情应该照此发展，在他即将倒在车厢地上的瞬间，她拉住了他的胳膊。抬头，却是王啸然颠倒的脸。王啸然对他露出微笑，在这张颠倒的脸上，薄薄的嘴唇抿成了一条曲线。

他醒在酒店的床上。噩梦，怪梦，他伴着脑海里的感叹声醒来，努力想把那张脸抛出脑海。那张脸已与他无关，至少与今日无关。他揉揉伸在床外的脚，它在空调下吹了一夜。如果李筱静昨晚在这里，会不会替他把被子披上？赵友翻身伸了一个大懒腰，深吸了一口被单上并不清新的气味。

旅馆的枕头有一种潮湿的触感，他假装这里伸出的是李筱静那软软的胳膊,那里是软软的身体。手碰到床头柜,他伸手抓起上面的手机,七点五十九。李筱静在十分钟前发来微信:"我已经在三楼餐厅。快点来吧。"

五分钟前:"昨天前台说的,自助早餐供应在七点半到八点半。"

赵友彻底清醒过来。

踏进餐厅,赵友一眼就看到李筱静,她独自坐在一张圆桌上看手机。

"对不起我起晚了。"看到桌面空空,赵友加快了脚步,"怎么不先吃点东西?"

听到脚步渐渐靠近圆桌,独坐的女孩才按了home键,八点十二分,扬起低着的头。

"等你一起吃。"

"你想吃什么?我给你拿。"赵友半转着身子,示意她不用起身。

"不用,我自己来。"李筱静站起身,勾在耳后的头发掉到了脸边。她迈开了脚步,开始取食物,他确定了她并非不满,或者并非因他的迟到那么不满,松了一口气,拿起餐盘,紧跟在她身后。

"我还以为你又被他困住了。"她夹起红薯。

事实也是如此,可那奇怪的梦就不必说了吧,赵友在心里嘀咕。

"他就是个奇葩,妥妥的奇葩。"

食物同步端上了餐桌,赵友返身再拿了两个肉包和一杯牛奶。

他们已经可以默契地用"他"来对话,而不用多做解释。

数月前,李筱静还会用"你老板"来接过赵友的话头,语气里有些小心翼翼:"你老板这样,有一点过分。"

那时他们刚相识不久,十二小时前,赵友还在安徽的深山里驾车。他一夜未睡,刚刚做完一个野外采集任务,沿着山路开车返回上海。他所带的补习班,又即将在上午八点开课,他一分钟也不能迟到。他一边开车,一边掐着自己的大腿。蜿蜒的山路在眼前变成了计算机上奔跑不止的代码数字,拉长缩短,再拉长缩短。后座上的几个人睡得东倒西歪，后备箱里的动物样本还时不时发出声响。他盯着速度码表，看着那个指针在最高值附近来回摆动。一个模糊的动物影子从车前灯下跑过，一个急刹车，震醒了后座的人。

"怎么了师兄？"

"没事，一只野兔。"

"师兄，你累不累啊，休息一会吧。"后座的师妹徐燕揉了揉眼睛，说这句话时似乎还没清醒。师弟刘巍则被这突来的急刹车震得翻身摔倒，撞到了脑袋，他揉着脑袋，皱着整张脸。赵友没有说话，他连回答的力气也没有了，挂挡，抬起脚刹，车子又慢慢加速，指针像那些代码，像那些公路，继续伸缩不止。

傍晚，赵友结束了补习班的兼职，把车开到了女生公寓楼下。他给李筱静发消息："你现在可以出来了吗？我刚捡回来一条命。"十分钟后，李筱静的脸出现在了车窗上，敲醒了正在打盹的赵友，她打开副驾驶门，仔细看了赵友一眼，决定跨上车。

"我拼死拼活，都为了他。"赵友看向手机。

"记得明天下午一点开会。"手机果然准时亮了起来。周一下午是实验室组会，所有实验室成员汇报各自的工作进度。即便实验室里所有人都已经把组会时间谙熟于心，王啸然仍会准时通知，风雨无阻。

指针开始晃动。"你老板这样，有一点过分，"李筱静挺直上身，似乎安全带有些勒，"你又不是把自己卖给他了。"

这个"卖"字刺痛了赵友。要说卖，也轮不到他。实验室里有十多位学生，他本来是最独立于实验室之外的。从他来上海读书的第一年，他就能在读书之余，每月保持一万左右的收入。他每个周末都去培训机构上课，给上海的高中生做等级考补习，在学生中，如他一样收入的人并不多。他本来应该骄傲的，这收入，能至少让他在请李筱静吃饭时，多着一些底气。

每个工作日，赵友都在实验室呆到最晚。他为每周一次的组会忙碌，为王啸然的项目忙碌，为自己的论文忙碌。他每一天都马不停蹄，没有空隙能停下来喘口气。

他始终记得那次组会。硕士一年级的暑期结束，他刚刚完成了一项工作，连夜赶出一个 ppt。但当他演示完思路后,王啸然却在所有人面前沉默着,迟迟没有开口说话的意思。

他只是在笑,嘴角微微扬起,抿着那薄薄的双唇,身体随着椅子在轻轻晃动,一下,两下,会议室里的空气却随着这晃动渐渐凝固起来。赵友清了清嗓子,试图打破这被凝固起来的空气:"那,其他同学有没有什么问题?"他滑着鼠标往前翻。

"你是把我们都当作高中生?"王啸然终于开口说话。

赵友停住了滑动鼠标的手指。

"这就是你做了两个月的成果?"王啸然继续问,"上周末我和你说的那几个问题,你根本没听进去。"

凝固的空气终于找到了一个缝隙,嘶的一声,如同泄了气的气球。赵友的眼神撞到了徐燕,徐燕侧过了脸,她还握着笔,在笔记上写着什么。

不是这样,他根本没理解我做的东西,你们理解吗?没有人抬头看他,也没有人出声。

"最近钱是赚了不少吧。"王啸然拿起了手旁的杯子,里面有赵友在例会前为他泡好的咖啡,"你不要把我当做高中生。"

"我他妈一个夏天累死累活，居然被他这样讲。"赵友握着方向盘的手在微微发抖，"是他自己根本看不懂我用的软件，我做的表格。你猜不到，他软件还是 excel 的水平。就他这样也配当教授？"

"那，王老师您怎么看？"赵友按着键盘上的退出键。

王啸然把桌上的文件推到了一旁，"我没有看到你的进步，你步子迈太大了，能力跟不上。你们能理解吧？"会议室里响起了几声从喉咙里发出的应答声。"我们之后再聊，你基本要全部重做，按我原来说的做。"房间里响起了椅子拖动的声音，也许是觉得房间太闷，师弟刘巍起身推开了一扇窗户，窗帘迅速鼓了起来。

赵友低头关 ppt，退 U 盘，鼠标的光标在他眼睛晃着，一直点不准。耳边传来的是徐燕的脚步声，赵友直接把 U 盘拔下，余光扫见了徐燕的微笑。他让过位置，听到徐燕开口说话："我做得很粗糙，王老师您可以多批评我。"她刚上研一，本科时也是王啸然的学生。

"随便讲讲。"王啸然用手指轻轻点着桌子，语气仍然平静。

徐燕一说话，房间里的空气似乎才柔和起来。赵友坐回了座位，望着那个被风吹得鼓起的窗帘，空调的冷气和窗外的热风在那里汇集在了一起，如一个特殊的结界，穿过便能抵达另一个世界。

过去两周，除了赵友自己，徐燕也几乎日日不离实验室。她网购了一袋蛋挞，常用实验室的烤箱做饭。有一日中午，实验室里有一股焦味一直没有散去。不久，王啸然就推门进来了。他没有说话，只是穿过这阵焦味，走到冷柜箱里查看了动物样本，后来又走到柜子附近，拿出了一瓶不知道什么时候放着的红酒。经过赵友身旁时，赵友听到他嘴里甚至在哼着小调，酒瓶上面的法文字母龙飞凤舞，在他的指缝里晃悠。

"王老师好！"徐燕乖巧地打了个招呼。"好啊，回去时空调记得关，不要开了一整晚。"王啸然的视线从赵友身上扫过。

在他推门走了以后，赵友对着徐燕说："以后白天尽量少用烤箱吧,我们做什么他都懂。"

"没有啊,王老师人真的很好。"师妹像是没有认真听赵友说话。

"所以你就主动接了那么多活?"车子驶进了商场,右边的李筱静问。"对啊,我摆能力给他看。"喉咙里像丢进了一根烟,一说话就往外冒着热气,赵友声音有点哑。

"你做这么多活,他多补贴你钱了吗?"

赵友抿了抿嘴唇,情绪冷静下来:"他不知道。他装作不知道我为了他做了多少件事,拜托人开那些发票,而这些零头的交通费,他一分也没补给我过。"

"当然,我也不在意这些。"赵友目视前方,"我一个周末就能挣回几倍。"拐进了商场的地下停车场,前方有车正在倒车进车位,他才转过头,深深地看了李筱静一眼,"我只想和你吃顿饭,让你知道我有多累。"

李筱静避开了他的眼神,"快看,没车位了。"

在那只疑似野兔的动物穿过公路后,赵友终于把车开到了长江中下游平原附近。山从视线里淡去了,眼前只剩下一望无际的平坦。四方起了风,荡至耳边是呼啸哀鸣,天地间仿佛只剩下赵友一人,与时间赛跑,与码表赛跑,不知是他在靠近上海,还是上海在朝他奔跑而来。东方渐露鱼肚白,他感觉到一股不知名的力量,正在挣脱他的身体,挣脱安全带,挣脱这辆车,朝着天际线方向奔去。

后座的人们也渐渐清醒起来,坐直了身子。天色越来越亮,在快上高速前,赵友把车停靠到了路边。他打开车门,来不及说句话,就冲到了路边。胃里有东西涌动着,翻滚而出,他终于开了口,发出了呐喊。"呜哇。"污秽物泄进了路旁的绿化带。仿佛出口被冲垮,他吐到身子发颤。不知过了多久,有一双手抚上了他的背,轻轻拍打。是徐燕跟下了车,此刻正站在他身后,递给他一张餐巾纸。他接过纸,闻到了一阵香味。

"你现在还好吗?好好休息一会?"李筱静终于转过了头,看向身旁疲惫的司机。

"没事,这点强度算不了什么。我是铁打的身子,以前干过更苦的活。"赵友扭过头看着后视镜,徐徐地把车倒进了一个空余的车位里。

"你白天也没歇着。"

"没事,只要徐燕能回去告诉他我这一路的经历。"

镜子里是一个蓬松的脑袋,赵友两手先沾湿水,将前额睡乱的头发向上抓了抓,抹上发蜡,将头顶最长的那部分定型,它们乖乖站立,不软不贴。他按了手机,八点五分,用时两分钟。这套动作他练了两年。

好了,刷牙,洗脸,接下来动作要更快一些。

他最初看到王啸然的瞬间,注意到的正是他的头发。那是面试即将开始的中午,他在食堂仓促吃完一碗炸酱面,掀开那一片片厚重的门帘片,预备走去学科大楼。迎面他就撞见一个身影,从食堂二楼踏步而下。

彼时他还不能直接认出,这就是王啸然,只是注意到他时髦的发型。直至赵友走进面试教室,才暗暗察觉到,这中间应当有某种微妙的缘分。果然这人桌前写着"王啸然"三字,那张脸,也和赵友曾在网上搜寻到的照片渐渐重合。

王啸然，男，四十二岁，博士，留学法国，学科青年骨干，研究所实验室负责人。半个多月来，赵友辗转打听着王啸然的电话，拨过几次，但都没有接通。他决定给网站上挂出的邮箱发送一封邮件。在即将点击发送时，赵友有一些惊慌，他初试成绩排名第五，而实验室只收两人。

他几乎毫无优势。大学几年，他并没有投注太多时间在功课上。他常常游离在那所二本院校之外，把大部分的业余时间都送给培训机构。他给那些即将参加中考和高考的孩子补习物理和生物，赚取每小时六十元的课时费。

L城傍晚的街头人流涌动，夕阳扫下一大片光，但没有均匀分布。他透过商店玻璃，看到自己脸上呈块状分布的霞光。每个周末，他都要连上六小时的课，小小的教室挤满了学生。下课后，他夹着讲义站在L城的街头，看高中生们向他挥手告别。他看着他们的走远的背影，那些形态各异的书包，不管是脱了线的，还是崭新干净的，都装满了周末和补习费。

他想起曾经自己也是一样的，每天清晨六点钟，他们在浓雾未散去的操场上跑步,带队老师在前面喊着口号,他在人群里大声喊着那句话:"只要学不死,就往死里学。"

"就往死里学。"每次念到"学"字,赵友都觉得自己吞下了一大口浓雾,浓雾在他身体里翻滚酝酿,再从他指尖下一一荡开,他常常做完一整份卷子,才发现卷面有一些潮湿,有时甚至凝成了一枚枚小水珠。后来寒假回家时,母亲抓着他的手时,发现他会无故手心出汗,她从鸡窝里抓来养了半年的母鸡,给他熬鸡汤。他自己也发现了这奇怪的体质,手心易出汗,脚掌却常冰凉。几个月后就要高考,每天清晨吞下的浓雾,一点一点地累积,在体内徘徊不散。

王啸然回复:"赵同学你好。邮件收到,综合来看,基础一般,科研经验不足。但邮件撰写特别,逻辑思维清晰,有科研潜质。面试不必紧张,把结果看淡。王啸然。"点开邮件时,赵友又摸到了潮湿的鼠标。

面试时间到,赵友走进了房间,他看到王啸然坐在考官位的中间位置——果然是他。赵友的手心又温热起来。王啸然轻轻把身体往后一靠,用手撑着颈部,手掌隔着头发张开。他眯着眼看着赵友,午后的困意似乎正在朝他脸上攀爬。赵友开始自我介绍,这段话他已练习了许多遍,流利到不必经过大脑。他抬头看到了王啸然的笑,那是他第一次与这个笑正面交锋。

"用过 MATLAB 吗?"他打断了赵友。

赵友在脑海里整理思路:"以前听本科老师在课堂上说到过。"他还想补充:"我会在研究生阶段尝试多学习和接触。"王啸然又问:"用来干吗?"

他勉强冷静回答:"不好意思,记不住了。"

王啸然坐直了身体,将垂在脑后的双手放到胸前,拧成一个交叉的形状。其他几位老师开始提问,赵友的思路渐渐模糊起来,只是觉得中间偏左方射来的目光最为刺眼,他无法躲开,甚至发出的每一个字,都在试图与那道目光相汇。

"学习之外还有哪些技能?"他们开始对他的回答渐失兴趣,问题超出专业领域。中间那束目光开始移开,盯向桌面上的材料。赵友察觉,心里有一块名为希望的石头在缓缓下落,两年的等待正在渐渐塌陷。

社会技能算不算?实际上这次是二战。为了补贴这一年的生活开销,他曾帮做生意的远方亲戚拉过两个月的货。开车时他就塞着耳机听英语,在高速路上背诵英语范文。

只大他两岁的远房亲戚曾拍着他肩,半开玩笑说,毕业后回来给他打工。可没有必要为一个老板打工。赵友脸上是憨厚的笑容,行行,不嫌弃侄子就行。

备考的这一年,每次母亲问他钱够不够生活时,他都有些惊慌失措,扬起浸在方便面热气里的头:"够的够的,够吃够住。"可现在却快跌回了原地。明明顶尖的学科、学校和教授正在向他招手,朝他靠近。他即将要转变身份,成为一名名牌大学的研究生,将来他还有机会去国外,拿更高的学历,挤出更宽的那条路。明明就差一点点。

"其他技能……驾龄有四年了。"他看到中间偏左的王啸然,听到这句话后,微微地点了点头。

"说,我们今天除了登山,还有什么计划?"李筱静放下了筷子。

第一次在图书馆看到李筱静,赵友就心头一动。她这样安静,脚步轻柔,抽书时还会把前后倒下的书一一扶正。每隔两小时,她就去一次茶水室,水杯放在桌上,也不发出一点声音。赵友曾凑近了看她的桌面,摊开着一本法国哲学家的著作。

闭馆音乐响起时,赵友等她收拾书包,在散场的人流中靠近她。他们已约会了半年,大多是赵友主动。李筱静身边并不乏追求者,但她也从未拒绝过赵友。他们像朋友一样交流各自的学习生活,有那么几次,表白的冲动已经涌到舌尖,却又被赵友压抑了下来。是时候了,他会找到最合适的一个瞬间,将他们的关系向前推进。

"我查到这里有全国最好的滑翔基地,我带你去。"赵友看到李筱静的眼睛有光闪过,她在展露兴趣。"我今天还把单反相机带上了,等会多拍点照片。"其实赵友从未尝试过滑翔。但没关系,许多未尝试过的东西,将来都可以一一尝试。

"如果他知道你这次瞒着他,会有什么反应?"李筱静低头擦着手,餐桌上放着的毛巾,花纹都印得整齐。

"没事啊,我快毕业了。"明明已经决定好不提他,可是"他"却又从李筱静的嘴巴里蹦出。赵友往嘴里塞下最后一个鸡蛋。

"但不管怎么样,他收了你,推掉了那些985的第一名。"

"是啊,我还得感谢他。"赵友的嘴唇是硬壳,含混不清,像裹着一只翅膀扑扇的小鸡。"他不就是看我有驾驶技术?"

刚看到录取结果时,赵友是意外的,因为他几乎将这希望的石头取出,丢到黄浦江边上的浅滩,但野生动物研究所却衔着石头,又飞回了他的眼前。进的正是王啸然的实验室,六月底就得进去报道。

他在实验室呆了一整个夏天,每一天都像是捡来的,如入梦境。八月的夜,他站在十点钟的实验室门口,磅礴的暴雨突如其来。出门时没有带伞,赵友瞪着眼前的水帘发呆。

"赵友?"有人在喊他。由远及近走来一个人影,是刚从高原返回上海的王啸然。原来他还认得自己,和第一次见面时一样,保持着整洁的发型。赵友盯着他渐渐走近的身影,有点恍惚。

"我来实验室取设备,你刚准备回去?"

"是啊,王老师,我帮师兄把水鸟样本数据录入到电脑里。"赵友没有忍住,把一个肯定句延长。

"没带伞?"

赵友点头。

"那你等我。"王啸然转身加快脚步走回实验室,赵友在门口等了十多分钟。雨势有所减弱,却还是淅淅沥沥,下个不停。王啸然终于走了出来。"下次该在实验室多放两把伞,留个注意下。"

"好,我记住了。"赵友还想接过伞,却被王啸然推开手臂。八月中旬的大学校园里冷冷清清,仿佛四周只剩下他和王啸然两人,伴着头顶哗哗的雨声,一同踏着雨水穿过校园。

"我今晚就住你们公寓后面,刚好同路。"赵友看不见他的表情,只听得见他响在耳边的话语,而这话语搭配着雨声,也显得很不清晰。

"最近累吧?"

"还行。"赵友把手上的高中生物课本往怀里收了收。

"我看你头发乱蓬蓬的,不大精神。"

"我是这样吗?"赵友忍不住把手摸到了头顶,满手都是毛毛的触感。确实乱。

"你师兄们偷懒吧,不要以为我不知道。"他加快了点脚步,"是你比较肯吃苦。"刚进实验室时,赵友也曾听师兄们议论过自己,喜滋滋地从他们口中摘下王啸然曾说过自己的每句话。

"师兄,跟着大牛开心吧?"刚问出口时,赵友觉得自己傻乎乎。实验室里稀稀拉拉响起一阵笑声。"你知道王老师为什么每年夏天要去高原?"

一个师兄在笑声里抛出一句话,"跟着他,认真你就输了。"

"多谢王老师厚爱。"赵友认真地说。

"厚爱什么?我一视同仁。"王啸然把笑意送了回去,赵友还是能听得出这话里的愉快情绪。

"您说得是。"

王啸然将他送进了男生宿舍的楼下,接着便转身离开。赵友看到王啸然平坦的蓝色衬衫上,有被雨打湿的痕迹,竟为自己稍大一些的块头感到有所惭愧。后来赵友想起来，这似乎是唯一一次他们同行。不知为何，王啸然挺直的后背，让他想起理想中的父亲模样，尽管这个模样十几年前就已经记不起来了。

那次雨夜一起漫步后，赵友像打了鸡血。赵友相信王啸然正将目光移向他，相信自己会逐渐进步，使他满意。毕竟他在业内很有影响力，对待学生也并不冷漠。正月时，赵友也曾提早赶回到实验室。大年初三，他拎着一袋家乡特产送到了王啸然家楼下，打过电话后，才知道王啸然并不在上海，而是去了法国。"不用了。你自己拿回去吃吧。"王啸然在跨洋电话里说，语气里听不出惊喜。赵友有些失望，只得一路转了几次地铁，拎着一袋母亲仔细包好的香菇，沿着空无一人的公路走回了实验室。

"那你有没有想过，他的严格是有意的。"李筱静在替王啸然辩护。

赵友轻轻笑出了声："你信他真的在栽培我吗？"

"什么时候，你带我去你实验室玩？"她没理会他这句嘲弄。

"你是不是一直想见见他？"

"也没有。"李筱静不再看他。

"你刚看到他，会被他吸引的。他在小女生面前，和在我面前完全不一样。"

"你为什么这么肯定？我和你又没啥。"李筱静眼神闪烁。

"你这样想啊？"赵友心里一急，"我是想告诉你，那个野外项目，我会发一篇大一区，够博士毕业水平了。"他把语气软下，"等今年暑期你来吧，那时候他去高原了。你可以坐一整天。"

李筱静看着赵友，想起那天在商场里，她曾看着疲惫的赵友，轻轻说过："不用点这么多。"最终赵友一人吃下了他一周的课时费，他在野外饿了两天，却口齿不清地说了这同一句话：

"发一个大的，看他瞧不瞧得起我。"

在看到申请短期交流的项目通知时，赵友的心多跳了一下。但表格到王啸然这里卡住了。

"你现在的水平，达不到出去交流的标准。"王啸然在电话里毫不客气。

"可是，刘巍明明比我小一届。"赵友找刘巍旁敲侧击，确定王啸然曾鼓励刘巍申请去美国。他心跳得飞快，忽略了这句话不合时宜。

"你为什么要和刘巍比？"王啸然问，"你也没有想做学术的念头。"

"可是……"赵友一时不知道该怎么接话。

果然，最终他没能拿到表格，眼睁睁看着申请的截止时间过去。第二天的组会，赵友心不在焉，头上像有千斤重，抬也抬不起来。本以为此事只是私下沟通，但赵友没想到，王啸然却在组会上再次提起，且还用"到学校搞关系"来概括赵友的行动。

信息组的确接到过赵友的交流咨询申请。每一个申请，都绕过了导师王啸然。

赵友沉默不语。

王啸然这一天没抹匀发蜡，有几缕头发垂了下来，挂在他高高的额头上。他看向了赵友，嘴角垂下。"九八年时。"他突然开口说了一段往事。那个年代，互联网只属于屈指可数的一部分人，那时的网络游戏，没有今天的视觉特效。有一个游戏，每个玩家，须通过文字，并且是英文，来描述所见所闻，彼此配合练级、通关。

那一年，他在游戏里结识了一个女玩家。他们通过符号来交流，并不知道对方的长相，但却足以感知默契。大约过了半年，他们决定见一面。那个姑娘大他三岁，他们很快就坠入爱河，不在意学历和家境的差异。但那时他已经学了很久的法语，考虑申请国外的学校，继续学业。姑娘想留下他，为此辞职来了上海。

他面临抉择，决定一个人去帕米尔高原旅行。下决心只在一瞬间，在高原上，他看到了一群盘羊，排着队站在朱红色的土地上，它们眼睛通红，注视着风尘仆仆的他。

赵友想起师兄曾经问过他的问题。这个故事，王啸然应该不是第一次说过。或许那天在高原上，并不是只有他一个人。他曾在学校贴吧里搜索过"王啸然帕米尔高原"，也看到有人讲过这段遗憾的感情。后来王啸然结过婚，也离过婚。羊群始终高于爱情，王啸然似乎已攀爬上更高的峰顶，那个聊天室对面的女孩，早已经消失在信息公路的彼端。这个故事并不让赵友感动，王啸然的身影似乎与那眼睛通红的盘羊融为一体。赵友只是打了一个寒战。

会后，王啸然留住了赵友："你周末的补习班可以停止了。另外，实验室租的车也要及时还，不要老是开出去和女孩子约会。"几天前，王啸然还曾给赵友的培训机构打过电话，他委婉地提醒培训机构，在校学生的兼职时长已经超标。经过协商，赵友可以继续在机构上课，但只剩下周日晚上的一个班。

"好。"赵友收拾了桌上的文件，没有道别，直接走出了实验室。还完租车，联系完保险，赵友疲惫地走回实验室，打开冰箱，想要拿出里面的碳酸饮料。他看到那袋被精心包好的香菇，正静悄悄地躺在冰箱深处里。它到底在冰箱里呆了多久？赵友把那袋香菇掏了出来，走出实验室，扔进了走廊的垃圾桶里。

回到实验室，赵友将桌上的课本和讲义全部塞进抽屉。呆坐在椅子上，他抬头看实验室天花板上的灯管，听着它发出的轻微声音。刺刺刺，不知道是灯管里面接触不良，还是有哪些不开窍的飞虫，发出的碰撞。

"看来餐厅也没那么准时,二十八分了,也没见有人来收。"李筱静抬头看看四周,那些优雅的中年人、碟里的食物、清扫垃圾的服务员,确实像潮水一样,在一层层褪去。餐厅里渐渐只剩下零星几人,除了他们,还有一对中年夫妻坐在窗边,像是在享受春日的阳光。窗外的阳光越来越清晰,赵友拿起桌上的餐巾纸擦了擦嘴角。

"旅馆一向没有那么准时,但是滑翔基地我们迟去,人就多了。"

他想从口袋掏出手机看时间,握住的是一团空气。出门太过匆忙,手机没有带进餐厅。"我们回去收拾一下,四十五分出发?"

李筱静穿着一件连衣裙,妆容完整,洗过的头发还散发着清香,她关了手机屏幕,抬头看向窗外,这一日正在窗外徐徐展开。"没问题啊。"她接过了赵友的话。

四十五分没有准时出发。

赵友拿着手机的手在微微发抖,屏幕最上面是一条短信:"你撒了谎,拿走实验室的设备。请今日之内赶回实验室。"往下滑，桌面上是多个未接来电，一个接着一个，都是同一个号码。

直到看到了母亲的号码，夹在一堆"王啸然"之中，他才真正反应过来，这未带手机的二十分钟里究竟发生了什么。脚掌心有一股痒意，自下往上蔓延到身体里，他坐在了床边，弯下腰脱了鞋子，寻找痒意的来源。他可以想象得到那个画面，母亲惊慌失措地按着手机屏幕，举到耳边，听到话筒那边传来没有尽头的嘟嘟声，就在这个清晨。

临走出实验室前，徐燕曾喊住了他。"师兄，"她喊，"后天是我的生日，我约分子实验室的师兄师姐一起玩，和王老师打过招呼了。"在听到这个突如其来的邀请时，赵友第一反应是退缩。他没有直面徐燕明亮的眼睛，而是低头掏出手机看了一下时刻。"真不巧啊，我家里出了点事，参加不了。"他把手机塞回口袋，把向下滑的包带往肩膀上提了提。"你们好好玩，有事联系。"

他察觉徐燕的目光扫到了门边的仪器柜，又补充了一句："师兄回来补给你和魏弟礼物，顺便欢送魏弟赴美，祝你生日快乐。"他匆匆跨出了实验室的门，背对着徐燕挥了挥手。网约车快要到了，他脚步越来越快，最终是逃也似的离开了大楼。一路的花草被风吹得摇摆作响，他一步并作两步，穿过大楼边的花圃，感觉到一种解脱的畅快。

叩门声终于把赵友惊醒。他低头穿上袜子，将脚塞进鞋里，脚步不稳地起身，跑向门。门外是已经准备好了的李筱静，她把连衣裙换成了衬衫和牛仔裤，把长发向上扎起，她一脸困惑地看着赵友，盯着他没有穿好的运动鞋。

"现在可以出发了吗？"李筱静问。

赵友扶着门，脸上的表情有点疲惫。"对不起，我想和你说一件事。"小腿发力，他把将发凉的脚掌塞进那双带有泥斑的鞋里。"我改签了车票。"

"今天中午就回去吧。"

搭伙

踩着机械的女声,祝玗走向车厢后面的座位。

汇集了十多分钟的热气,在她一进车门的瞬间,就被冷气扎破。热,真热,凉意被衣摆接着,一点点向上攀爬,与头顶径直冲下的冷气交汇。祝玗坐稳,身体已是冷热交锋的战场,冷热两边都让她感到不适。

郊区是规整的棋盘,一枚棋子在午后的上海前行。它嘶鸣着穿过笔直的公路,绕过交汇的十字路口。拨开蓝色的质感粗糙的窗帘,祝玗的眼前是一片刺眼的空旷。沿途是新修的绿化,在烈日下褪了一层颜色,有些无精打采。路边尽是低楼,远处有两根大烟囱若隐若现,小吃店和水果店都有些怃,只有连锁便利店还有点活力。

棋子停下了。穿衬衫的男人走出了便利店，打开一瓶汽水仰头往下灌。一位背着书包的妈妈，一边收着太阳伞，一边把一个胖孩子推上车。这个时间，这对母子一定正在去暑期补习班的路上，而下午的这个补习班，一定只是无数补习班中的一个。一个黑瘦的身影抢先一步，从胖孩子左侧滑进了车门。胖孩子踉跄了一下，差点带着妈妈身子向后倒。公交车里很空，黑瘦身影三步并作两步，蹿到了最后一排，祝玧的身后。

棋子上了桥，开始加速。黄浦江在脚底下穿过，远方庞大的机器在运作着，不规则，通向更远的方向，化在刺眼的日光里。棋子铆足了劲向上冲，途高路坦，轰轰向前，微微拐弯，浦东正在一点点靠近。祝玧松了窗帘。

"姐，大概几点到咯，我和小旭说好去接你。"祝红芳习惯靠着话筒发语音，嘴唇贴着手机，像要随时吻上去，生怕话筒对面的小人听不清。每个音节都紧戳祝玧的耳骨，音量只能调小，再调小。祝玧同她说过几次，请她小声一点，稳重一点，她从未听进去。

"行啦行啦,马上就到。"后面的人在发语音,生怕全车的人都听不清。

祝珩手指按得飞快,找了一个表情包:"算过了,五点二十准时到。"

"你到到到了半天,到哪个鬼地方啦。"后面的人仍在公放语音,手机里刺出了尖锐的女声。

"跟你说快上地铁!"后面的人迅速回复,"蠢货!靠。"

祝珩抱着包,身体往前挪了挪。

"我这边还有很多人,还怕他了。靠。"后面的人像是把手机往旁一甩,一只脚架上了椅背。

祝珩假装看向窗外,头向后倾斜了角度,余光却仍捉不到后面人的身影。跟随车子摇晃了半天,终点站到了。悠扬的音乐声里,那对母子仍留在原位,祝珩也还未起身。她看着那个黑瘦的身影从后排跳起,如上车一样,他依然横冲直撞下了车。祝珩决定起身,给胖男孩和妈妈侧了身,让他们先下。走出车门,她试图跟上那人身影。她发现他正踩着一双拖鞋,一边走路,一边左顾右盼,脖子上有一圈弧线,隔开了两种肤色。他身子摇摇晃晃，像还走在一辆行驶的车上，没注意后面的眼光。

"没救。"祝珩慢下了脚步，对着那个即将消失的身影，吐出了两个字。

祝红芳的眼光也同样没救。"来，包安检一下。"头顶风扇哗哗作响，乘务员穿着长袖长裤，一遍一遍地拦下乘客，"包安检一下，谢谢配合。"祝珩脱下包随手一放，乘务员提起包，调了个头，放得整齐，送向自动履带，如同机器人。祝珩看了一眼这位乘务员，猜测他大概和祝红芳同龄，心里便想，找个这样的也好。

到达省城车站，祝珩看了时间，已五点三刻多，比约定时间迟到近二十分钟。一出车站，祝珩的心脏就加速跳动。人群混乱，她撑着眼睛，扫视着四周成双成对的男女。每一对都像他们，但每一对也都不是。祝珩想起，很多年前，她曾经去另一个城市找过一个男同学。那一路她都想象着，出站后她就能看到他的身影，而他们并肩一起行走时，他会突然牵起她的手。但那一天她在出站口站了两个小时，正月里的寒风刮过她的脸，皮肤有如毛刺扎过。事实上，她只要把行李往里面拖一拖，就不必这样吹风。但她似乎双脚凝成石柱，一动也不想动。她只是面向着站外，看着来来往往的行人，看着灰白色的天空，相信下一秒他就会出现在视线里。

"在这里！"祝红芳的身影终于在人群里浮现，她衣着轻薄，两条细直的白腿分外惹眼。祝珩咧开嘴角，却笑得僵硬，瞥见她身后还有个身影。祝红芳向后使了个眼色，后面的身影才慢慢走近。"姐，包给我背。"

一声"姐"让她想起了祝涛。小旭长着一张不讨人厌的脸，因为脸黑，眼睛反而显得有些亮。头发特地打理过，斜斜地梳了一个三七，背有些驼，身材精瘦。祝珩的目光抛出又收回，嘴上只客气拒绝了小旭伸出的手："不用不用，不重。""那，我先去拦个的士。"小旭脚步加快，三步并作了两步。

拦到车子，小旭先打开后座门："姐，你先进来。"手掌扶上车顶，示意祝珩先上。祝珩只得先往车门里钻，一只手刚想扶住连衣裙摆，就打到了小旭的胳膊。怕后面的两人在太阳下晒，也怕的士司机会催，祝珩动作加快，一时觉得自己狼狈而古怪。

三人终于都坐稳，司机便问："去哪儿咯？"祝珩听到了久违的口音。"卢林新村北巷33号。"小旭对着司机报了地名。祝珩这才记起手里还捏着个东西。一张动车票，没地方扔，只好重新塞回包里。前些年她攒下了不少车票，一张一张夹进册子里，但某一天整理时，发现自己不过是在几个地方打转。去找那位男同学时，她幻想过有人可以陪伴旅行，但幻想破灭后，她对待出行也不再有期待。

　　车子开动，祝红芳低头刷起手机，不时发出轻笑，和她在家里的状态一样。祝珩侧脸看身旁的祝红芳，长长睫毛刷得卷翘，仿佛已替她弹开了烦恼。还是小旭先打破沉默："姐，先送你到家里放行李，晚上到万达去吃顿大餐。"

　　"别叫姐。"

　　"哦，那应该叫什么？"

　　"叫她祝翠芳。"祝红芳在一旁插嘴。像是被弹了一记脑门，祝珩反手拧祝红芳的胳膊："谁叫这个名字？"

　　"你啊。"祝红芳没有示弱。祝珩想揍她几拳，手掌刚伸出，便收了回来。

车子驶进了一片居民区，停靠在一排旧楼旁边。"就住这里？"祝珩抬着头看，泛黑的老公寓房子，台阶入口浅浅，躲在锈了一半的铁门旁边。小旭拿钥匙开铁门："我们住顶楼，视野很好。""住得惯？"祝珩问还在看手机的祝红芳。"快两年，早就习惯了。"祝红芳回答得漫不经心。

房间只摆得下一张床和一张桌，一个小门通往天台。小旭抽了张纸，擦着额上的汗："姐，晚上你和红芳一起睡，我去楼下睡。"祝珩问："楼下还有房间？"小旭答："不，我同事也住楼下。"祝红芳正拎着水壶，突发奇想："要不，晚上叫章子一起吃饭，顺便认识一下。""别乱说了，章子哪里配？"

小旭正在捋床，床单上印满英文单词"爱"，祝珩只觉扎眼。屋里站得尴尬，她从侧门走上天台。天台大得令人惊讶，与房间形成鲜明反差。地上到围栏，延展着满满的植物。一杆落地生根，插在一个砍掉一半的矿泉水瓶里。祝红芳正蹲在地上，压着肚子，给几盆植物浇水。一整个白天的余温还挂在叶子上，手摸上去，还有几分温热，似乎带着生命的体温。

祝珩一巴掌拍上了她的腿,掌心沾上一团血迹。"穿这么短的裤子,快回去,换条长裤,晚上才能出门。"祝珩命令她。祝红芳挠挠腿,印子变红了,抬头冲她吐舌,最后才走回了房间。

天色垂垂,祝珩把身子向外探,感受着迎面吹来的凉风。傍晚的省城正沐浴在夕阳光下,一片旧楼正向远处的新区涌去。祝珩闭上眼,想象这群楼房就是老家的麦浪,向远处绵延,人钻入其中,就如沙沉入沙漠。它们的生命永远是有限的,今日还在,明日就会消失。它们平常寂静无声,但只要一阵风吹过,就能倒成波浪形状,绵延到看不见的地方。

一只白蚕蠕动在祝红芳的手指间。

"姐,你看。"

"给我拿开。"祝翠芳的手里还端着饭碗,推开那些张开的小足。白蚕像是听懂人话,安静了,身体一缩一缩。祝红芳抚摸着它的背,将它放回硬纸盒。她说自己要一辈子养蚕,让它们一窝一窝生长下去,织成一团一团的蚕丝。开一个丝厂,她做老板娘。

"白日做梦。"祝翠芳收拾碗筷放进水池,几滴油腻的水花溅起。桌上剩着一只馒头,祝翠芳瞧了几眼,顺手拿起防蝇罩,轻轻一挥,把馒头拿出,装进了塑料袋。祝涛的睡裤还挂在椅子上,脏得像刚从泔水池里捞出。

祝红芳也瞥见了裤子。"这裤子他到底要不要?挂这好久了,不要我拿来垫盒子。"她把裤子拨下,一层灰荡起,在午后的空气里飞散,门口的黄狗又开始嗷嗷乱叫,尾巴上绕着几只不肯飞开的苍蝇。门槛边一点点斜光,差一点照到屋内的两人。祝翠芳把裤子抢过,走进里屋,丢回祝涛的床上。

保温杯里倒进了有些凉的米饭,再现炒了一碟鸡蛋,取出碗柜里还没撕开的榨菜,祝翠芳走向了正在装修的新屋。祝国安和李美新正在里屋说话,说话声压低了,像是听见了屋外的脚步声。水泥味扑面而来,毛竹的清香被阳光晒得干瘪,暗红色的纸袋在李美新身后若隐若现。

祝翠芳递过保温杯,露出手指上压出的一条痕迹。"你等下去哪?"米饭就着榨菜,祝国安开始狼吞虎咽,炒蛋被他拨得成了碎块。"去奶家。"祝翠芳伸手向口袋摸,那只馒头,比刚才硬了一些。"三天两头就往你奶家跑。"李美新也在拨着炒蛋,只剩下几块碎渣,"早点回来,明早去镇里赶圩。"

"好。"祝翠芳盯着保温杯,心想,下次该打四个蛋。

第二日。又是暗红色的纸袋,李美新去哪都带着它。狭小的街道上,人群摩肩接踵,踩着一地的脏物,留下一个个重叠的痕迹。一排排一摞摞地放在箱子里,一个老人抬头盯着路过的母女:"过来看看,全是新鲜的家鸡蛋。"

"妈,给我提,你手上东西太重了。"祝翠芳试探,作势要接过她右手的纸袋。果然,李美新只松开一袋鸭,右手扔捏牢纸袋。她蹲下身子,拿起一枚鸡蛋细看:"这蛋壳颜色浅,我怎么知道是不是饲料鸡?"老人露出没牙的笑容:"全部是家鸡,喂白米饭。"她把笑容转向祝翠芳:"给孩子买点吧。"

祝翠芳也蹲下,把手上的重量往脚边一放,举起结实而浑圆的胳膊,摸了摸箱子里的鸡蛋。她想起,清晨起时，祝红芳的箱子里已经结了好多个蚕茧。祝红芳手舞足蹈，把箱子搬到了床边。祝翠芳正吃力地睁着眼睛："这些蛋，之后会破开吧？""会破开，破茧成蝶听过吧。"祝红芳嘴里难得蹦出了一个成语。祝翠芳讥讽地笑："笨，那是说蝴蝶，不是说蚕。"李美新已在前屋喊她，她不再同祝红芳继续闲扯，爬起床，套上了祝国安的衣服，等待着出门。

听着老人的搭讪，李美新侧头看看祝翠芳，说："她今年考进启航，她很会读书。"

"多吃点鸡蛋，书读好，考大学。"

"就是贵了点，你卖便宜点？"

老人不肯松嘴，李美新拉着祝翠芳起了身。沿着菜场走到尽头，李美新四处张望，仿佛在想些什么，抬脚走进一家新开的服装店。"妈，你要买什么？"祝翠芳看着塑料模特身上的连衣裙，腰间贴着反光的鳞片。李美新挑挑拣拣，取出一件粉色胸罩，贴上了祝翠芳的胸前。

又一次。又一次在清晨被吵醒，屋内有东西砸向了地面。祝翠芳捂住了耳朵，想继续睡下去，声音却越来越大。她坐起身，拿出衣柜里的衣服飞速换上，冲出房间。初升的阳光正照着她，肩上盛着这束光，她一直向前跑，跑过了田埂，跑过了还架着毛竹的新房子，跑过了水泥路，跑向奶家。

奶已经摇着蒲扇坐到了门口，黄狗的崽子蹲在她身旁。祝翠芳低下身子摸了摸小崽的脑袋，跑进房里，躺在竹席上发呆，头上的灯泡也在看着她发呆。灯泡里的线条像蚯蚓，也像蚊子的腿，这腿到了夜里竟会自己发光。她想爬起身按钮，却觉得力气被抽干，许多条腿在眼前跳着舞，许多只灯泡，许多束光交织成网。

被摇醒时她还没想起来自己究竟在哪，睁开眼看到的是一张干枯的脸："快去劝架，他们已经打起来了。"

"婶姨，我劝不住！"祝翠芳摸着脸上的印子，一道一道，沾着草席清凉的味道。

"你是老大，你不去谁去！"干枯的脸在催她，摇着她的身子。永远是她，她是老大，她不去谁去。祝翠芳临出门，又看到奶和狗仔，奶仍摇着蒲扇，盯着她，小狗仔睁着水汪汪的眼睛，也在看着她。她接过了这两束目光，头顶是烈日，她的脑袋在渐渐发烫。

他们还未消停。李美新被踢了一脚，捂着肚子，祝国安被打了一掌，抚着脸颊。永远也离不开钱，几十块？几百块？因为祝国安偷偷藏起几百块钱？李美新曾说，每笔钱都应该点得清清楚楚。她扯着嗓子喊，祝国安你穷鬼附身，当初一点钱都不肯给，现在还偷藏私房钱。旧账也开始翻，骂到祝家的祖父辈，说自己嫁过来没过过几天好日子，几十斤水泥钱也是自己垫的。祝国安大概也气极，嚷回去，那些都是自己的血汗辛苦钱。嚷不过李美新，他就迸出刺耳脏字，把气装着，扔了回去。

祝翠芳不关心他们争论的焦点，原因无穷无尽，永远和钱有关。她只确定，眼前的这两个人再不分开，就要闹出更大的动静。李美新的手已经举高，祝翠芳拦到了中间，啪，那一掌落到了她的肩上，她站不稳，往后退了几步。

"死丫头，所有事情都往你奶家说。"

祝翠芳终于忍不住，鼻子一酸，嘴角朝下，哭了起来。她的眼睛像泄了洪的堤，眼泪淹了整间房。祝红芳和祝涛两人，一人抱着一个枕头站在房间门口，看着大姐哭得鼻涕流淌。祝翠芳自己也不知道，她哭的是李美新这一掌，还是祝红芳和祝涛惊慌失措的眼光。祝涛在学校里被人打，她第一个冲上前去帮忙，被几个小孩打伤时都没有这样哭。她和祝红芳抢靠外床铺，李美新要她让着时也没这么哭。上次这么哭时，是姨奶去世，她比奶哭得还要伤心。她哭的是有一天奶也会躺着那里，怎么喊也喊不醒。

似乎被祝翠芳的哭所震慑，李美新和祝国安终于消停了，祝国安一声不吭，走回了房间。"我……我什么也没有和奶说。"祝翠芳在哭声里拨出了一句话。她知道李美新总是看不惯她去奶家，私底下嘟囔她，觉得她和哪家都好。每次她从奶家回来，李美新的眼神就会变，像在看一个外人。再往前倒几十年的事情，祝翠芳不清楚。她只知道，李美新常常念叨着，自家装修新房时，奶没有伸出援手。祝翠芳收敛了哭声，还想说些什么，最终只是从房间里走出来。

祝珩终于不叫祝翠芳。祝珩决定重新给自己取个名。翠芳翠芳，高中里已经有人开始嘲笑："这是大名？"就像所有见过祝红芳的人都会问她："这你妹？不太像啊？"问的人再仔细看看两人的脸，带着点侵犯的快感："仔细看才有点像。"祝玿自嘲："我基因突变，到我妹这里才正常，所以她好看。"问的人也就笑笑，一般不会再说话。

高考后，她来了上海。"玿"就像"闵行"，一开始念的总错，念习惯了，没人会再犯错。祝玿开始在笔记本上一遍遍练习这两个字，直到写下时不再经过大脑。本科毕业，她接着读硕士。她一步一步读上去了，李美新和祝国安也没拦着。

上次离家还是李美新来送她，她在窗口取完票，看到李美新一人站在来来往往的人流中，身子瘦小，头发凌乱。她守着女儿的行李箱，腿边放着她清晨烙好的一袋鸡蛋饼，说是要祝玿带着路上吃。祝玿捏着身份证和动车票，看到李美新的眼神从涣散瞬间有了焦点。祝玿接过箱子和鸡蛋饼，让李美新打车回去，掏出手机要给她叫车，她却摆摆手。她要看着祝玿进站。

"还要多久毕业？"祝国安在电话里又问了这问题。

"快了快了，再过一年。""可不可以留校做教授？"祝国安又问。"不行，得读博士。""那就继续读，你比他俩有出息。"祝国安不大说违心的话，"学费我出，"末了他又加了一句，"不要让你妈知道我这么说。"

祝珩心里一热，继而又一凉。她看向窗外的黄浦江，在夜色里泛着闪闪的光。那密集的灯光在远方不规则地闪动着，一点亮，一点暗，一点亮了又暗，一点暗了又亮。祝珩知道，她去念大学，祝红芳去念中专，祝国安就搬去腾出的那屋里睡了。这几年他们仍然三不五时闹些矛盾，有时严重起来，她就成了两人的传话筒。李美新常常给她打电话，一打就是半小时，念叨着数不尽的烦心事，嚷嚷着要她帮忙想法子。

看她终于挂了电话，身旁的同学不再好奇问话，只是捅了捅她的胳膊："你看窗外，我每次坐这趟车都喜欢这一段，很畅快。""是啊是啊。"祝珩用力点头。但事实上，她并不喜欢这段路，每次乘坐公交车，她就觉得自己像只蚂蚁，被装在一枚棋子里，缓缓穿过黄浦江。

"哪个珩?"小旭问。

"一个王，一个行。"祝珩在桌上用手指写着这个字。

小旭用手指比划着，也在桌上写着这字，像个刚上语文课的学生："这个字不念'行'，行不行的'行'吗？这字是什么意思？"祝珩笑笑，"没事，很多中文系也不认得这字，没什么了不起。"

服务员递来两份菜单。祝红芳和小旭将肩靠在了一起，一页一页翻起菜单。"不准喝酒！"见祝红芳翻到酒水那页，小旭伸手盖过。祝红芳撅了嘴，靠在小旭的肩上胡乱地笑："姐，多点点，或者我帮你点。"祝珩埋头看菜单，点了几道比较便宜的菜。见菜点够，小旭收了菜单，喊来服务员。

原先想好的那些措辞，祝珩一时不知道应该从何说起。一家精心装修过的淮扬菜馆，这种其乐融融的气氛，容不下半点破坏的话语。她于是就只是笑，埋头夹着菜，和小旭一起塞到祝红芳的碗里。

"够了够了，在喂猪吗？"祝红芳孩子气地回夹到祝珩碗里，顾不上卫生不卫生。

"你身体里还有个拖油瓶,你多吃点。"祝珩还在夹,筷子头生硬地戳着盘里的菜。

对面的两人终于惶惶然了一些,身子僵了起来。该来的还是得来,祝珩为他们的手足无措感到几分愉快。

这件事,祝红芳拖了一个多月才说,那时已经怀上两个多月。事实上,这也不是第一次,第一次是一年前,发现没多久,她就主动去了医院。而这一次,她同样意外而慌张,却有了新的想法。她先在微信上说,发了一条语音,含含糊糊。祝珩迅速挂了电话过去,电话响了很久,那头都无人应答。又过了一晚,祝红芳发来一句道歉的语句,终于接了电话。她说,没办法,只能让祝珩去开口,替她去联系李美新。

"你是故意的。"祝珩的声音有一些颤抖。

"真的没想到,这是意外。"祝红芳在电话里抽泣。

他们已同居多年。祝珩气得浑身发抖,她不是气这个突然而至的孩子,而是气祝红芳从来只想着自己。她又成了受罪羊,所有和小旭有关的事,都得由祝珩来传达。所有的劝慰、说服和训斥都得由她来完成。她要两头被责怪。谁叫她是老大。生米第二次煮成熟饭,他们态度强硬，想要组成家庭。

李美新在电话里对着祝珩吼，仿佛电话这头就是那对情侣。电话里，小旭是一个肮脏的地痞，骗清白女子的流氓。祝红芳也心有不满："姐你读这么多年书，不应该，你怎么和她一个样？"这次不过是相似的场景，而这样的场景早已上演过千次百次。祝珩早该游刃有余，可她仍然不知道如何面对。她握着手机，悄悄流了几滴眼泪，声音还在应和着李美新："他们贫贱夫妻百事哀。"祝珩早已在脑海里勾勒过那间小屋的形状，也想象出祝红芳腹里的形状。它就像一株植物，叫落地生根，生在矿泉水瓶里，长在天台上。

"你口气不要弱下来，一万也不要让，讲二十万就是二十万。"李美新在电话里反复叮嘱祝珩。"那我值多少万，你说说看？"挂电话前，祝珩差点脱口而出。话到嘴边，想到李美新还在气头上，她最终把话都咽了回去。

"祝珩，姐，二十万我们家真的拿不出来，你再劝劝她妈。"小旭果然比祝珩先开口。他盯着祝珩，眼睛里反射着玻璃灯的光亮。祝珩收回眼神，把眼睛藏在厚厚的眼镜片里，低头夹起一块狮子头，汁水滴在碗筷上。一个巴掌拍不响，一个意外能发生两次？"我是站在你们这边的，小妹也知道。"狮子头在筷子间沉甸甸，不知道所谓爱情值几斤几两，反正她从没尝过。"但是你想想，你没多付出一些，她怎么敢把小妹交给你？你站在我们角度想。"

祝红芳放下筷子："丧气，是我结婚还是她结婚？我想不明白。"

"那笔钱，最后会还给你们。"祝珩瞪了她一眼。她猜想，李美新之所以这么强硬，是要把这笔钱留给祝涛，将来做他的彩礼。但也可能，可能只是因为在气头上，不想丢了女方家的面子。"现在给彩礼，没以前那么严格，她现在是为了讨回尊严。"

"真的？你确定？"祝红芳将信将疑，但声音里已经少了刚才的低落。"我不确定。"祝珩冷冷地，一句话又塞了回去。

小旭盯着祝珩："姐，你在大城市这么多年，应该知道，这些都是老封建。"祝珩冷笑，可这些都不是重点，关键点不在这。祝珩心里想，活该祝红芳太糊涂，以为自己是个现代人,可歌可泣追求真爱?

"我一定尽力,就可能只能凑到十五万。"或许是看到祝珩讥诮的表情,小旭以此结尾,他的表情里有些无奈。"吃吧吃吧,"祝珩举起了筷子,"一桌的菜,不吃就浪费了。"

阳台上的落地生根,比前一日长出了一截。祝珩低头看叶子的纹路,却瞧见一只青色的小虫。她伸手想把虫子挑开,却看到虫子越来越大,越来越白,一晃眼,好像是那群躲在一个大纸盒里的蚕,细细嚼着桑叶。

花盆间是阳台塌下的一块块砖石,透过砖石间隙,祝珩看到了省城的晨景,自行车的铃被一只手掌拨得叮叮作响,早餐叫卖像被一根绳子拉着升上了顶楼。祝珩踮着脚,楼下这景却丝毫看不到石库门、老上海的气息,这不是在上海。却有一辆沪牌汽车驶过,停下,车内钻出了一对年轻夫妻,丈夫扶着妻子的肩膀,妻子肚子有若隐若现的形状。进门前,丈夫抬头往上望,好像看到了祝珩。

祝珩心头一颤。"当心身后。"身后有人提醒,她的脚步还是趔趄了一下，踩到了地上破碎的那块砖石。小旭在身后扶她，抱歉地说："她太粗心，没把这里清理干净。"他蹲下身急急忙忙地捡起砖石。祝珩刚想开口，小旭又说："不太安全，容易摔倒，我收拾一下。"

他不敢抬眼看她，仿佛她是会吃人的巫婆。祝珩为他的反应感到委屈，转身找起扫把，想帮一帮他。地上的碎屑越扫越多。"可是我明明比你小。"她听到自己压低声音说了这句话，话出口时自己也吓了一跳。小旭还是听到了，抬头看看祝珩，眼神仍然清亮。

两只小鸟啼叫着飞过两人的头顶，声音清脆。自白一样，小旭开始讲起自己的经历。三年前，他转到省城送货，第一眼看到祝红芳，眼睛就移不开了。那时祝红芳还是个导购员，白白胖胖，笑起来很有感染力。他主动要来了她的手机号码，来商场送了几次货，搭了几次话，两人就在一起了。

"你们还真是顺利。"祝珩话里有点讽刺，"祝红芳那时候图你什么？"

"两人搭伙一起过呗。"小旭初中毕业就没读书了，起初干过一些修理活，后来跑了几年快递，下一步的计划是合伙包下一个驿站。祝红芳没有旁心，眼里看到小旭，就没大看过别人了。她似乎就这么随遇而安，相信小旭可以给她带来更好的生活。

可李美新不这么认为。祝珩记得，还在读书时，就有人托她给祝红芳递过情书，她上大学回家，常常看到有人往家里提亲。进家门的人为的都是祝红芳，而非她。二十出头，还有机会，祝红芳得等等。在上海这几年，祝珩看到所有人都在审时度势，把资源码成牌，一张一张出牌。找谁不是找，当然得找到一个更好的。可惜祝红芳太单纯，早早收了牌。

"我看你，八成是找不到条件比她更好的女孩子了吧？能抓住一个是一个。"祝珩语气尖刻。

小旭没再应答了，似乎不知道该如何接话。他眼睛的光亮开始闪烁，像一只坏掉的灯泡，暗亮交错。他握住了祝珩的手，低下头，想要替她擦掉手里的灰。

鼻腔里都是陌生男性的气息。气息年轻，融着蒸发的汗味，混合着洗衣粉的味道。祝珩终于睁开了双眼。祝红芳正扯着大嗓门在叫，说祝翠芳再不起，祝涛和她就会把饭全部吃掉。祝珩看到自己正对着一只枕头，枕头裹着她的脸。终于醒了,陌生床上的一夜。

"昨晚睡得好吗?"祝红芳穿着睡衣,饱满的身体一颤一颤。"嗯。"祝珩的喉咙被一宿的梦境塞着,发不出声音。很多年前,她也是这样被祝红芳摇醒,硬要她看纸盒里的生物。那一年,她替祝红芳去摘桑叶,翻过山,爬过树,一叠一叠放进纸盒。祝红芳没能养活第二个纸箱的蚕宝宝。很快,养蚕的潮流也就过去了,是李美新把两个纸箱都丢了出去。

祝珩没有提过的是,某一天,是她偷偷在桑叶里夹了几片苦皮藤。是她和李美新合伙,掐断了祝红芳的养蚕梦。

临出门前,祝珩到阳台上站了会。落地生根果然长长了一截,虎口比着杆,食指要伸得老长。祝红芳在门口喊她,祝珩伸出身子往楼下看,看到小旭已经骑着一辆电动车,停在了楼下。小旭把车停好,头盔却没有摘下。

"姐,出来吧,小旭送你去车站。"祝红芳在身后喊了一句。

祝珩把双肩包背上,出门前,她回头看了一眼房间，看了看那张双人床，孕育了一个新生命的床。"上车，头盔记得戴上。"小旭这次没有喊着别扭的"姐"，也没叫名字，只是把头盔递给祝珩。祝珩握着头盔，为前夜的梦感到恍惚。

祝红芳往祝珩的怀里塞了几袋东西，看包装精美，价格应该不便宜。祝珩想要推回，小旭坐在车上说："这是我们送给姐的一点心意。""你们这是做什么？"祝珩皱眉。祝红芳推回祝珩的胳膊，声音有些别扭，也似乎有些难为情："姐，这是我和小旭合买给你，你一定要收。"

祝珩无奈，只得同意收下。祝红芳继续忙前忙后，把袋子在车上放好，让祝珩的腿往前收收。祝珩看着她那没有抹粉的脸，皮肤白皙透明，微微张开的毛孔，在阳光下竟也带着柔光。她是要做母亲的人了。"太阳晒，衣服穿好来，"她伸出手帮祝珩头上的帽子扶正，把她肩上滑下去的防晒衣也向上拉了拉，"我们搬了新家你再来啊，跟祝涛一起啊。"小旭发动了车，祝红芳的身影就这样慢慢地，慢慢地往后倒退。

"她还小，你要保护她。"祝珩转过了头，小旭的背离她只有五公分。

"你也还小,你比我还小一岁。"红灯亮时,小旭刹了车。祝珩的身体不得不与他轻轻碰在了一起。"她天天说自己的姐有多优秀,"小旭盯着远处逐渐减少的数字,"她说你是全家的骄傲。"

祝珩挪了挪僵硬的身体:"你怎么知道我比你小一岁?她还说我什么?"

"她说的都是夸奖,当然也有坏话。"小旭脚下的轮子又开始滚动起来,他轻轻笑了一下,车子驶进一条小巷子里,车速越来越快。

"东西我还是不收了,你拿回去吧。"祝珩在语气里拉开了距离,"吃了你们两天。"

"客气什么?"小旭握紧把手,手臂抬高,像个正在航行的舵手,"姐,说实话,我一直觉得,你是向着我,向着我们的。"

"我们是谁?"祝珩觉得上面的日头越来越烈,她忽然想起了什么。"将来都是一家人,搭伙过日子。"眼前的风景疾速向后退,祝珩听到这句话,被风刮了去,散在即将到达上海的某个角落里。风呼呼地刮,她听到了李美新大闹一场后的啜泣。

抽丝

一年前，对面还是废墟啊。

废墟？红毛问。反应还是慢了一点，罗先生想。红毛把推车推到他身后，手抚着上面的黑色篷盖，像是呆了一会，才把长柄剪子拿起。罗先生饶有兴味地多看了他两眼，从镜子上方。"废墟"二字显然还没有进入红毛的大脑。他只是曲着脊背，低着头，手指湿润，盯着眼前条缕清晰的头发，寻找角度。手法是娴熟的，他记得前一天罗先生的要求。两耳上方剃少一些，中间一定要留着，中分开，染棕色，就是这种。罗先生掏出手机，打开相册，划出几张图片给红毛看。一位不到二十岁的当红男星。上一年他通过一档网络选秀节目成名，微博粉丝数千万——这个数字足够惊人，且还在增长。

　　罗先生在等待。正常的反应，他猜，红毛应该对着自己掌心那张白灿灿的脸，山羊一样卷曲的毛发，露出惊讶的表情：先生，这不大适合你吧。但红毛不是这样，他的表情没有变化，只是顺手拿来一本美发册子。哪一种棕色？册子上面布满各式女郎的笑脸。罗先生只能对着照片看，从五彩斑斓的头发里选出一缕。红毛又细看罗先生一眼，建议他眉毛也要染。

　　两天以前，罗先生都快记不起理发店的气味。前一天刚踏进这家店，扑鼻而来的，是洗发水、烫染精、保湿液混杂在一起的味道，这让他有些不适。推拉门的力很足，罗先生手一松，就迅速自动关上。只有这位满头红发的青年是空档。他的头发很有层次，是认真打理过的造型，穿着一件白色的衬衫，但年纪不小，应该超过二十五。几句话下来，罗先生判断红毛是一个反应迟钝的人。这倒也不算缺点，对从事手艺活工作的人来说。这样的人脸上都有种特别的神色，他人的注视对他们来说，是一种压力。他们的眉眼总是紧着的，不够放松，因而表情变化的幅度小。你说的话丢进他们脑海里，不会长出复杂的触角，而是静悄悄地沉下去。你说话要是绕着点，他们可能就不明白了，你需要解释，把谈话的重心拎出来。和这样的人可能缺少交流的快感，但他们却是忠实的听众。是可靠型用户，成长型用户，不会流失，但可能沉睡。

这一天，罗先生吃了午饭就步行来了，理发店刚刚开门。店里气息慵懒、疲惫，如同这条街道。这里几乎属于浦东新区的边缘，罗先生曾经半开玩笑地，在微信群里对着学妹们讲，欢迎来看我的海景房。海景房是打上引号的。事实上，这里往东还要走五公里，才到达长江三角洲的边界。

家西南边那片地，一年前确实是废墟。罗先生在家里阳台上，看不到海，倒是看到一座三层商场拔地而起。商场外面气魄恢弘，里面却还有些空荡，不少店面还空着，大约是装修气息还未散去，逛的人也不多。商场隔条马路的这条街，存在则有段时间了，起码早于罗先生搬过来。理发店左手是奶茶店，右手是韩料店，再往右边数过去，居酒屋、煲仔饭、花店、兰州拉面、黄焖鸡，再往里，几家店铺招牌显得敷衍，望进去黑黢黢的。比如三味粥铺和萨野轻食，这几家店并不堂食，主攻外卖。再往右走就是尽头了，石砖后面开着一团惹眼的油菜花。

看起来，红毛不大爱聊天。这样的人要主动聊天，大约会做一番心理斗争，就像那些显少会评论的用户。这也是罗先生选择这家店的原因之一，省钱。那些花里胡哨的理发店，他懒得去和他们就办不办卡的问题纠缠半天。

是盖得太快，吓死人了。

回应罗先生的是一位邻座老太太，头还用毛巾包着，热气从头顶散出。

名字都换了好几个，本来叫正达，现在又要改了。替她擦头发的理发师是一位平头。他的身型比瘦弱的红毛壮一些，但也瘦，做这行的似乎都瘦。

现在叫什么？老太太问。

谁有钱就叫什么名。正达最近形势不好嘛，撤资了，谁有钱谁就是爸爸。平头的话明显比红毛多了不少。或许是工作日的白天比较清闲，空调开得足，店里的几人都放松着,听到在谈对面那商城,倒也都有话可以说。

羊毛出在羊身上,羊却没了名字。罗先生在自嘲,不知有没有人能听出来。

今天工作日,你不上班啊?邻座老太太在问罗先生。红毛正在修剪他额头前的刘海,这一片头发,他留了好久。罗先生眯着眼睛。我啊,工作在家也可以做,时间比较灵活。

现在什么工作这么自由?做微商?问话的是平头。屋子里的视线都落在罗先生身上了,没法落的,僵直着脖子不能动的也在瞥他,或把耳朵往他这里伸。

姑且也算微商吧,不过,卖的不是实物,是点子。

点子。红毛轻声默念,像重读一遍生词的学生。也就是策划,罗先生补充,比方那家商场要推广,吸引大家去购物,我提供点子。说白了,就是做媒体,以前是记者。

记者啊。蛮厉害的。有人在感叹。

成家了吧?老太太问了。

阿姨给我介绍一个?罗先生反问。这可是所有老太太热衷的事情，藏在基因里的，她们关心此事，关心落单的男女，关心这世上所有有关配对的事。她们觉得人就是一撇一捺，组合起来的。这时她应该继续抛问题，声音激动起来，问一问罗先生的年龄。罗先生就可以继续回答，这个年刚过，三十三了。问家乡，罗先生就可以说，福建。问择偶标准，罗先生就会说，喜欢单纯温柔一些的女孩子。

但这位老太太什么也没有问，只是说，现在年轻人感觉都不大着急啊。

这里面会有很多原因。比方这位老太太，不大热衷这件事。她口音听着，不像上海本地人。或许因为子女在上海工作，在这买了房，她才过来，帮着带带孩子。她日日关在公寓高层里，可能在阳台晾衣服的间隙，望望外头的施工进度。也可能是因为，此刻罗先生的头发、身子都被潮湿的东西包裹着，看不出形状。

这里面有很多原因。罗先生的语气轻了下来，之前有个女朋友，谈了一段时间，最近人给丢掉了。

原来低着头玩手机的人，这下也抬起头了。红毛把拿吹风机的手往里缩了缩。

上个月就联系不上了。

外头是还未消融的寒意,理发店里,空调暖气开得很足。这暖气像隔开了外头的世界,令坐着的人都松弛了下来。柜台后的楼梯上走下一个女人,一头金发,厚而重的平刘海,她坐上了摇椅,也看着罗先生。染头发是要时间的,不知几个钟头。罗先生的声音,几近要盖过吹风机的轰鸣,从中造出点新的声势。

罗先生说自己也是白手起家,扎扎实实在上海生活了十年。

十年是一个什么概念,大多数人的一辈子,也就是这个倍数。研究生三年,工作七年,进媒体行业外加自己创业,罗先生说是这么个十年。

其实我们认识也有好几年了吧,从网上认识开始算。罗先生闭着眼睛停了几秒。哎,好像还不到一年。

罗先生说那是他正式交往过的第八个姑娘,叫春天。有人有了反应,罗先生就补充,事实上,从第一位姑娘开始,他每一次都是认认真真,毫不马虎,朝着婚姻的码头开去的。

第一位姑娘个头不高,在七十人规模的文科班里,和罗先生做过一段时间同桌。她长相不起眼却耐看,皮肤有些黝黑,留着不加打理的短发,坐在罗先生(那时还是罗同学)身旁,安安静静,一声不吭。那时的罗同学穿着一身干净的校服,声音细细,不像同年级的男生,汗流浃背,五大三粗。

高考前,压力如山倒。一同晚自习了一个月,两人都未说过话,彼此都只能听到耳边水笔与纸面摩擦的声音。有一次,罗同学偶然瞥到了她的侧脸,那样近的距离,他能看到她脸颊的茸毛和卷翘的睫毛。他那被一个个句子填满的脑袋,蓦地闪进了一道光。他发现了一种可能,但又无法解释这种可能。他试图尝试和她诉说这种可能。

诶。他刚开口,她就向他的方向转来了。那是一张准备认真倾听的脸。他说,我觉得,后门的老师像巴甫洛夫实验里的狗,会条件反射,比如我们现在同时往后转,他就会站起身来。

他问她,要不要试一下?

于是,他们约定好,一起从题海里探出了头。这是罗先生第一次发现了，他能够抓住她的注意力，他知道她眼睛下每一次流转过的波光，暗含着哪一种需求的情绪。每一次，他都能接到那份情绪，也本能一样地作出反应。他们从暗示到确定关系，每一步都走得顺畅，就像他一挥起指挥棒，节奏就随之而来。

只是他们的高考分数差了接近三十分。他们约定好，各自在成绩范围内报最好的学校，她留在省内，他去了浙江。在大学里，她摘掉了眼镜，留长了头发。恋情继续维持一年多，她就向他提出了分手。原因是，他不再对她的所有情绪及时做出反应。那年冬天，他们走在满地的鞭炮碎渣上，她的鞋跟正发出咔咔声响。她在对着他说话，而他已经需要抬头才能望到她的眼睛。他知道，这就是最真实的理由。他们中间开始相隔光缆，电子信号是连接他们的唯一途径。他再也看不清她脸上的茸毛，更别谈睫毛的颤动和眼底光波的变化。他抬头，看到她眼底里有一抹蓝，想不起她黑眼珠本来的半径。

空气里有刺鼻的味道，他知道自己已经丢失那一晚降临的可能。

毕竟一同成长，他们还是朋友。几年后，罗先生还参加了她的婚礼。在婚礼上，新娘频频回头看他。他举着一台巨大的单反相机，正记录下婚礼的每个细节。婚礼结束后，他制作了视频合集，作为礼物送给了新娘。

每一段恋爱都戛然而止，好像都败给了某种捉摸不透、快速更迭的交流方式。罗先生也想不明白其中原委。恋爱终止时，他大醉过一场，按着通讯录上的顺序一个一个拨打电话，打到前女友时，他开口就讲了一个故事，故事也只有一句话，巴甫洛夫如果养了一只猫，他会怎么办？他会把铃铛敲碎。罗先生说，那时年轻，他不会让自己拥有空窗期，告别前一个姑娘，他也不过一场大醉。参加婚礼的那个季节，他带着他的学生团队回到他的家乡，第五位姑娘正是学生社团的主编，也是他研究生学校的学妹。

再往前推两年，学妹还像一个未熟的柿子，冷冷清清，隐约还有一些涩。他所经营的这个社团，每一年都有想要把自己文字印成铅字的学妹加入。在媒体行业，他已经小有名气，发过不少稿件。作为总编，他只负责校园杂志的定版工作。学妹貌不惊人，几乎不曾引起过他的注意。第一次听说她的名字，还是当时的学生主编向他抱怨，说她在几次终审之前，还要回了稿子，重新改到深夜，整个团队也得陪她等到深夜。她当时还说，没过自己这一关，她不会将稿子交给总编。

后来她决定竞选主编，站在讲台上，她低着头，将稿子念完，全程没有看台下一眼。罗先生在台下看她，她这样瘦，衣服都只是宽松地罩在她身上。后来罗先生才知道，那些罩着她的衣服，都在衣柜里蒙尘多年。它们在等待，等她长到姐姐的年纪，才被她的父亲从老家寄到上海。她身上似有若无的涩，似乎也来自于此。

他把票投给了她，当着全社人的面夸了她。他说，竞选结束后，他想找她单独聊一聊。她应邀到他在教学楼借的教室，背着个双肩包，齐刘海有些长，眼睛不敢朝上看，不知道是害羞，还是怕被头发刺着眼睛。他和她说新媒体的未来，教她做第一篇推送。在十一点半的教室里，她用食指在手机屏幕上推拉，划过一段段她改了十多遍的文字和图片。推到了尾端时，她向他抬头，绽出了一个微笑。她那缺乏血色的嘴唇松开，露出了两排细密的牙齿。他满意地看着她，你看，一个推的动作，一个送的动作，这是一种新的传播形态。

当上主编，学妹几乎把自己所有的时间都给了他。她每天都带着本子，记下策划方案，安排推送任务。她背着沉重的电脑去上课，在课堂上打字、排版。你的速度太慢了，罗先生提醒她，不用精，要快。标题也太沉闷了，想想什么句子能刺激人的感官。

每天推送后，她都握着手机，反复点开链接，把所有字的排列组合都瞧得明明白白，手指拖着页面直至最尾，一次一次打开，看左下角数字的变化。

她只收获了零零碎碎的一点掌声。粉丝增加的速度，远不如她体重下降的速度。她害怕看到错字、看到没有对齐的行距，也害怕看到质疑，看到举报。每一次，她都想删除重做，罗先生拦住了她。没有关系，放轻松。可是，那些错误就留下来了啊，连同我的名字。她说那些错误就像爬虫，会一点一点进入她的大脑，闯进她的梦境，啃食她的心绪。字里行间所有笃定的观点，所有加工过的故事，逐渐让她心悸。

她知道，总会有一双眼睛，会看到错误，会产生怀疑。他于是确认了，她在逐渐倦怠新媒体的游戏，但是她再怎么怀疑，也挡不住一次又一次就发生在他们眼前的奇迹。他们的同行，每一天都在进步，一篇又一篇十万加，一篇又一篇上头条。

直到有一天，学妹对他说，我想辞职，对不起。他们聊了一整晚，看着天在教学楼上亮了起来。他最终没有同意，只有她同意了，同意做他的恋人。天亮时，她靠在他肩膀上睡着了。

她仍然是主编，没有人有异议。他也决定放慢脚步，陪着她毕业。她说她不会进入媒体行业，不会做他的同行。她只想呆在学校，做一个本分的老师。全家对她的期望也是，找一个稳定而体面的工作。唯一需要她犹豫的，是留在上海，还是回到家乡。

他反复承诺，从此她就好好教书育人，不要再陪他熬夜想选题。那一年秋招前，罗先生努力在这座城市振臂一呼，抖落所有能够帮助她的资源。他帮她寻找实习机会，替她收集面试经验。他几乎想铺好一条路，扶着她轻轻地踩上去。她在快要落脚的时候，却说，等一下。她收回了脚。在这里，我想停一停。

她犹豫了，犹豫让她变得沉默。和他说话时，她又习惯把眼睛垂下，两道眉毛彼此靠近。他知道这是不好的信号，她每天都要和家人打上半小时的电话，挂上电话，身体里又有一股涩味，汨汨散出。罗先生想，决定权在她自己，但他也声色不动，把她带回他的家乡。

他带着学妹走在他的城市里。初夏时节，他看到路边在卖粽叶，空气里揉着似有若无的粽叶味，有些陌生的清新。学妹穿着一双小白鞋，走一步停一步，像是担心踩到路上的积水。他停下脚步，在路边给她买了一袋酸枣糕。她客客气气地伸出食指和拇指，从塑料袋里取出枣红色的小方块。咬下时，她的眉头皱了起来，仿佛没有料到这样酸，皱眉的瞬间她还把头移开。这个转头的动作让罗先生感到陌生，也有些困惑。他也咬下一个小方块，同她一样，他也皱起了眉，这也才意识到，上海的甜味已经侵袭了他的舌头。

他们走走停停，路很短，一旦快走，就到尽头了。在上海，他每天步履不停，因为从来就看不到路的尽头。

走到路转角，他和她看到了那家音乐餐厅，除了他们俩，社团的其他人都已经到达就位。一进门，他就看到墙上一个醒目的阿拉伯数字，三十。圆圈如白色的洞，矗立在他的视线前方。学妹停留脚步，目不转睛地看着这个数字。罗先生只觉自己的脊背麻麻酥酥，一时没有余地分辨是紧张还是尴尬。

前一晚他们建了一个小群，讨论他该怎么度过三十岁的生日。首先要让他惊喜，主题是老大的庆生狂欢。他必须假装什么也不知道，指着这个巨大的阿拉伯数字，向他们大骂几句。罗先生的骂声也是温柔的，数字应该是二十九，而非三十，福建人才不过整十的寿诞。罗先生也确实不愿承认，只觉得自己前一夜还趴在窗台，看楼下行走过的人群，猜测他们脚步的终点，转眼就到而立之年。有几个社员面面相觑，以为他真的发怒。还是学妹上来圆场，开起她不擅长的玩笑。音乐餐厅复又热闹起来，年轻人的热情容易找到燃点，他们七嘴八舌，请工作人员放歌，菜单被抽走，已有一大盘烤鱼放在长桌中央，热气腾腾，香气扑鼻。一个腼腆男生被推到话筒前，另一位女生远远呼喊，是周杰伦还是五月天？一首《新贵妃醉酒》响起，男生竟唱得还颇有些舞台风范，只是一声婉转长音，拖到一半泄了气，破了音。

学妹咧嘴大笑,粉色的牙龈在她指缝间晃动。

按照计划,大家先是热热闹闹打了牙祭。没有等人怂恿,学妹就以酒代茶,和所有人都碰了杯。她还自告奋勇上场唱歌,点了一首《故乡的云》,只是嗓子没有开,喉咙仍然憋着,话筒也收不进她的声音,像朵云在飘来飘去。大家也安安静静听着,使唤着眼神要罗先生做好准备。罗先生走在她身旁,手臂一伸关住了她的肩膀,她把话筒便往他的手里一塞。

我不唱了不唱了,太难听。

大厅的灯光突然暗了下来,有人推着蛋糕走出来。这一次才真是意外,罗先生也未料到,自己的母亲也会来到这家音乐餐厅。但现场仿佛除了罗先生和学妹,其余人都知道她的到来。这并非是个好主意。他看到学妹的眼神发生了变化,她眼睛垂下来了,身子在向后退。

生日乐曲从头顶滑了下来,他的母亲走向学妹,想拉她一起点蜡烛。罗先生刚和她的眼神交汇,来不及看那里的信号变动,音乐又变了,转为了《月亮代表我的心》,蓝色的灯光在餐厅里浮动,工作人员也抿着嘴在偷笑。

学妹一步一步向后退。

没有,不是。罗先生想伸手拉她,但已经来不及,她的表情,连同她整个人,都在向后躲闪。你别说啊,别说!她这句话一出,所有人的欢笑声像被拔去了电源。除了音乐,大家都停下了。

不是求婚。罗先生还来不及说出这句话。

有人已经打开手机镜头,有人在使眼色,还有一人举着手,对着点歌屏幕,点也不是,不点也不是。罗先生的母亲没有说话,只是叹了口气。这是一个信号,眼色交叠,那人也就切掉了音乐。大厅安静了两秒,又响起了生日乐曲。欢乐的旋律仍然不合时宜,学妹伸出了手,众目睽睽,蹲下来捂脸哭泣。她累积许久的情绪,好像都要在此时冲出栅栏,泄个干净。

罗先生明白了她在为何哭泣。没事了,都是小插曲。他看着这个小他八岁的小女孩,轻声哄了哄她。罗先生的母亲摇了摇头,走出了餐厅。

是不是要插蜡烛啦?有人问。对呀,老大,许愿吹蜡烛吧。罗先生接过蜡烛,自己插上,手在微微发抖,他一把抓起几根，数也没有数。

潦草吃完蛋糕，大家也就陆续散了。音乐餐厅外有一处正在施工的坑，听说此处要建起一个商场，马路向下凹陷，露出一个让人不敢向下看的黑洞，洞上有一个黑点，细看才能看清是一个人头。欢笑声还在耳边，不知道那个人听不听得到。

罗先生和学妹相伴而行。学妹对罗先生说，看，那个人头在动。

罗先生说，是啊，在动。

我确定了，还是回家工作。县实验小学。

你会是一个很好的老师。

你不问我为什么吗？两年的时光在她的眼睛里滚动。

没什么好问的，我尊重你的选择，你回家会更有安全感，也有更多人能照顾你。罗先生清了清嗓子，走向前方，没有回头再看她一眼。学妹慢下脚步，夜色比她想象中来得更迟，灯火此刻才一点一点亮起，星星点点，看得到尽头。他们一起走路，打量这座比上海更陌生的城市。罗先生想，她最终应该会再说些什么，但她继续沉默，大约因为城市的灯光已经说出了一切。

这就，算丢了？

红毛伸手取下架子上的材料，开始给罗先生涂软化的药水。柜台边的摇椅安安静静，楼梯的方向飘来了一阵香气，铁铲碰锅，油滋啦啦作响。罗先生的头顶开始发热的时候，红毛用一条湿毛巾擦手，向收银台走去。平头也收了手，走到摇椅附近。

这个点吃午饭？罗先生问他。

做我们这行，胃都不好，弄一半，也不能丢下客人先去吃饭。红毛抬起头，细细的胳膊举起，撑着脖子，放松脊背，看天花板上一道黑色的痕迹。

罗先生听到身后的机器做了提示。从镜子里，他看到自己头上生出了曲折缠绕的电线，像一只怪异的章鱼，打量着海底。

丢的也不是她。

罗先生说，那后来的半年，反倒是她偶尔会突然打来一个电话，说说回家后的生活，讲讲自己的相亲对象。这大概已经是她的习惯，就像她过去一样。她从没说自己现在幸不幸福，只是话里还有些情绪，罗先生一追逐，就漏了出来。

她工作后的第二年，罗先生在上海买了一套房子。当他把这个事情告诉了她后，有近一年时间，罗先生没有再接到过她的电话。

好像人一旦过了某个临界点，就进入了一个新的阶段。罗先生说那时他也过了三十岁了，偶尔他也会和前面某个姑娘，做一个约定，每年在几个特别的日子，比如上海下第一场雪的那天，或是雾霾最重的一天，约上一晚。但在这么大一个城市生活，结婚并不容易，人与人相隔的，何止一道光缆？但越不容易，越使人渴望，越使人渴望，又越成为奢望。学妹回乡的那一年，上海就没有落雪，从年头到年尾，万物干燥。咬牙买了房，罗先生一度就觉得，春天快成为最遥远的辰光。

因此，当交友平台把春天推荐给他时，他本没有什么期望。

那段时间，他平均一周会加一位平台推荐的姑娘。加完后，罗先生便介绍自己，观察对方的反应，基本能总结出一些规律。以前是人做媒，现在是机器，是在某个时间恰好的点击。花些钱，只要提供足够具体、真实的信息，罗先生每一周都能找到聊天对象。机器可比人聪明，它甚至猜得出罗先生喜欢什么类型的女孩。

只是春天的信息也不全，一行字浓缩了她的所有信息：学美术，刚来上海工作，养猫。照片上看着，这个姑娘好像在发呆，一只雪白的猫躺在她的手臂上，和她一样睁着一双迷茫的眼睛。四只圆圆的眼睛都对着镜头看，仿佛都不明白镜头那边是什么，这使得一人一猫，看上去都有一些呆滞。

不过，这张照片，包括这张脸蛋，还是令罗先生产生了好奇。他决定把她作为这一周的任务，要问问这个自称春天的女孩，是谁给她拍下照片。最好也再见一见她本人，看看她开口说话时，是什么神情。

罗先生给她发送好友申请后，开始擦起自己新装好的橱柜。当他把所有橱柜都抹过一遍后，再拿起手机，春天已经通过好友申请。

春天的朋友圈有无数只猫，但仔细看，都是同一只雪白的猫。罗先生不养猫，看不出当一只猫以不同姿势面对镜头时，其中的差别有哪些。爱猫的女人大多温柔,罗先生这样判断,但很快,罗先生又推翻了这个观点。他看到了一张漆黑的照片,春天蜷缩在照片的一个角落,白猫在另一个角落。罗先生存下这张照片,在手机上调亮,再仔细观察,看到了被子的一角。她的手正抓着猫的身体,手指关节鼓起,似在用力,而同时,白猫的身子微糊,像在晃动,在挣脱。她把自己和猫一同盖在逼仄、漆黑的被子里,拍下照片。

但这也判断不出什么。罗先生手指向右一滑,退出了春天的朋友圈。春天在发呆,在凝视他,页面一片空白。罗先生也一声不吭,先沉默。直至春天没有沉默,先发来了消息:

——你好,罗先生,你也是在浦东新区工作?

——是的,幸会。

——幸会,我也在临港这边工作,你也做教育培训?

——确切说,是企业培训,用户画像。

——你是福建人?

——我是。

——年收入?

春天比罗先生想象得更主动,她不像大多数女孩,一开始总是矜持着，沉默着，甚至退缩着。一开口，她就要将罗先生的情况打听得清清楚楚，比资料更详细，更透明。

——主业加上副业，五十万左右。

——有兴趣这周见一面？

春天第一次迈步向他走来的样子，罗先生还记得很清晰。她穿着一件短上衣和宽松的黑长裤，一条细腰若隐若现，摇曳而动。罗先生正坐在咖啡馆里，隔着玻璃观察她。她看起来比她实际的年龄还要小几岁。过马路，她时不时把手放在衣摆下方，或手指勾着腰带处。看起来，她并不享受于性感这件事，至少她不擅长，但她偏要在第一次见面时如此打扮。

最近几年，罗先生每次都会将约会地点放在这家咖啡馆。因为这扇落地窗能看得到街道，五十米开外就是地铁站的一个出口，他可以从容地坐在这里，等他的约会对象从出口，迈步走向他。他在暗处，而她在明处，这能让他一开始能有更多的主动权。

春天落座后，先往窗外看了几眼，再看了看罗先生。她的桌上已有罗先生点好的拿铁，卡其色液体上方浮着一朵桃心。她端起杯子，大概手的力气不足，那一朵心被晃动了一下，落下了几滴。她像是渴了，也像是有些疲倦，喝下了一大口拿铁，上唇留下一圈白泡泡，给她年轻的脸庞又增了一些童颜。罗先生神色未动，但心头一动。

她开口说话了，音调像唱歌，尾音在往上扬。不好意思，上午刚刚上完课。她举起上衣袖口，露出一点斑驳的颜料痕迹，一层叠着一层，倒像是精心画上去的装饰。

他们聊了一下午，罗先生久违地感觉到，自己的脊梁紧绷着。而春天的手机，也一直安安静静地呆在她的包里。春天的表情与照片里一模一样，她望着前方，前方却好像不在她眼前。看上去，她好像没有认真在听，但事实上，她的反应很快。她有一条自己的思路，正引着罗先生往这条思路上走。她似乎很警惕，不想让罗先生占据上风，总是打断罗先生。但罗先生判断，她还是不如自己，归根到底，话题的牵引人还是罗先生。如同弈棋，罗先生绷直了脊梁，先说自己的优势，当然不是明着说，而是配合着春天的话头说。他讲述自己在上海这十来年，积攒了许多故事。他说自己这一路就像打怪升级，完成一个又一个任务。他也有能力讲得引人入胜，讲得戳中一个二十多岁女孩的心。但是春天的眼睛一直很空旷，这让罗先生有点失神。

直到回家后，罗先生才想起春天的眼神像什么。罗先生按亮了客厅刚装上的吊灯，椭圆形的灯里收着几双翅膀，按开就会被放出笼外。翅膀旋转成圈，越转越快，最终模糊，形成一个漩涡。那天，罗先生望着这个漩涡，突然就想起灯塔上的人。每天看着一望无际的空间的人，才会有春天这样的眼神。

春天也住在临港，离罗先生不远。那天罗先生把她送到楼下，隔着月色，能看到远处的田野。她说来上海以后，就住在这里。大多数姑娘一来上海，都去市区几个区，铆足劲想感受大上海的繁华。但春天把工作和租房都放在这里，罗先生问她原因，她只说这里租房便宜，工作也找在这里，住下来就没搬，太折腾。

手机静悄悄，罗先生揉揉脖颈，感觉到了疲惫。他想，还是先不着急发消息给春天。即便两人聊得愉快，也要忍忍,让对方先着急。在这座城市,她除了年轻,没有其他优势,而他恰好相反。他们多少还算势均力敌。这段时间足以让他们彼此猜测,暗自较劲。

最终是春天先发来了消息。罗先生这才决定关了灯,走进卧室。

——今天聊得开心,就是后面有点累了。

——我应该比你更累,如果按话量来算。

——你的发量没有我多。

——那我现在是不是该这样笑:发发发发发。

心照不宣,春天给了第一次约会一个积极的句号。她在拉近距离,他也是。接下来,罗先生应该适时地给她暗示,寻找新的熟悉机会,切入新的聊天入口。他应该摆动春天的话头,让春天自然倾吐,他们开始聊那只雪白的猫。

春天说猫的名字叫四月,因为她在四月来到她家,它的主人刚离开了上海,它无处可归,只能寄她篱下。她欣然接受,从此生存压力变大。它本来应该也叫春天,可这样显得她们是同一物种。实际并非。四月有一堆臭毛病,小便失禁,性情狂躁。

——你的头像是谁拍的？

——怎么了？我自己拍的，看着不像？

——你和四月长得真像。

聊到这只猫，春天有了更多的话，但只围绕它的吃喝拉撒。罗先生并不关心一只猫的种种怪癖，更没有一张张点开她发来的照片。他看得出她爱它，除此之外，他什么也看不出来。

直到有一天深夜，春天给罗先生打来电话，声音里带着哭腔。她说四月又尿床了，几床被子都被它尿遍，现在是最后一床，她就着凉水洗了一小时被子。被子干不了，味道散不走，她已经受够了。

罗先生说，那今晚来我这睡吧，别冻坏了。

电话那头，春天吸了下鼻子，好。

屋里调好二十三度，春天进门时鼻尖红红，像是真的哭过一场，也像是被寒风冻过一场。罗先生换了一床新的被子和床单，把自己的毛毯移到地上。他说，隔壁房间很久没收拾，就在一间房里凑合一晚吧？

屋里有些安静，呼吸声轻微可闻。春天语气不大自然，可以借一下卫生间，洗个热水澡？

可以可以。罗先生特地选了一个圆形浴缸，一个淋浴房，卫生间的空间已经足够奢侈。

踏出卫生间时，春天的神情里已有感谢，空旷的大海上有海鸥在摆动翅膀。罗先生一把扶住了她的手腕，提醒她小心瓷砖滑，实际是看她反应。她有一点惊，手臂轻微晃动，之后就一动不动，罗先生就势牵住了她的手。

她没有迎合，也没有抗拒，刚被热水清洗过的身体，毛孔张开，肤色绯红。罗先生熟悉这种反应，敞开胸膛，抱住了她轻柔的身体，此时无需说话，只要听从身体的声音。他从接吻开始，听到春天发出胆怯又舒服的呢喃，继而是轻抚，一寸一寸地推进。罗先生向来兢兢业业，毫不马虎，一点一点将夜晚推至满足的巅峰。只是在最顶点的刹那，他好像听到了一声猫叫，在耳畔一闪而过，罗先生睁开眼睛，昏暗的房间里，留下的只是两人的喘息。他想起了那只被春天丢在家里的白猫，睁着明亮的眼睛，它可能正蜷缩在一间出租屋的角落里。

一夜结束。春天说惦记四月，上午就离开了。之后两人沉默了几天，似乎觉得语言尚不能为那一晚赋形，索性先逃避。罗先生猜想，也可能这才是最紧张的对峙时刻。春天在用自己的自由，等待罗先生的反应。谁更在意两人的关系，谁就应该打破沉默，首先开口。

沉默了近一周。罗先生说自己不大争气，无数次，他想要先开口说话。可先开口，对于罗先生来说，又是一件足够危险的事情，从此春天有了把柄，从此天平就会向她倾斜。在那几天，罗先生一躺到自己的床上，就会开始想她。从身体开始思念，之后转移至大脑。久违的心动，被一层一层的心绪裹着，又被一层一层的猜想剥开。这么多天未联系，她能够沉默这么久，春天分明比他想象得更坚硬。

在某一天清晨醒来，罗先生重新开始翻她的照片，打开网页，打开微博，在上面寻找她的信息。她的真名太过普通，无所收获，如他对她一样。他决定给她发信息。

——四月现在怎么样了？

他把文字一枚一枚打了出来。

春天回复了。她说刚刚带四月去做了绝育手术，它很好。她说她找到一个新的兼职工作，能够在雇主出差时，登堂入室，帮忙养猫。她说新年快到了，她不打算回家，就在这里兼职赚钱。她说那一晚，她睡得并不好，老想着四月会不会冻着。春天絮絮叨叨地说话，只是没有一句与罗先生有关。罗先生话里就有些哀求了，你带四月过来，来我家，让我看看它吧？

一周后，春天带着四月过来了。四月比罗先生想象得更肥一些，或许春天从没有亏待过它，也或许，猫成长的速度始终比人更快。春天把它抱在怀里，手臂有力，不再是上次没有力气的样子。它蜷在春天的怀里，睁着眼睛打量罗先生。罗先生的手刚伸过去，它就躲开了。罗先生只能把手收回。他说，你考虑过吗？可以拍一些短视频，四月可以做明星，现在城市里的人，都喜欢隔着屏幕看猫。

春天就笑了，我可没有这个本事，它也没有。她说她看到过那些视频，但她做不来。罗先生说，你试试看，我可以给你布置一个房间，隔壁房间一直空着，怎么布置，你来安排。春天低头问，房租多少？罗先生干笑几声，不便宜，怎么也比你坏了空调的房间贵一些。

春天就抬起头，看着罗先生没有说话。罗先生说，决定权在你。

像是下定了决心，春天说，可以，那你现在带我去逛宜家。罗先生说，同意了？是有些意有所指了。春天没有低头，说，我只是不想四月比我过得还不好。两人安顿好那猫，就一同坐了地铁，进了市区。在巨大的商场里，春天一件一件寻觅理想家具，眼睛里有浮船摇晃。他们脚步交错，胳膊肘相碰，春天的棉衣有一股清新的味道，能让罗先生想起故乡。在收银处付了款，罗先生抱着箱子走向快递处，觉得自己像在冒险，披荆斩棘，披波斩浪。春天兴致也好，一直在说话，正是她的兴致，转化成了罗先生的燃料。

在春天正式到来之前，春天就住进了罗先生的家。

午后街道的阳光从推拉门的玻璃上滑进来了一片，有几束掉进了罗先生面前的镜子里。罗先生的身上裹着一层尼龙防尘罩，他动弹不得，只有前面的视线属于他，但镜子都多赠送了他另外一百八十度的视线。透过镜子，他看到染发的老太太恢复了一头黑发，脸上泛起了笑容，平刘海的女人低着头剪指甲，亮晶晶的指甲盖盛着一点光。红毛低着头调染发膏，小黑碗里盛着浅色的糨糊。

罗先生说，你们养猫吗？我从没有接触过猫，那时候是头一回。罗先生说他一直以为，自己年长，猫也好，女孩也好，都能在前头帮他们带带路。但后来他才慢慢发现，年长一些的，吃过苦头的，总是喜欢在后来人的兴致面前，显露出老成的姿态，这姿态，一方面是想指点他们，一方面可能，还带着一点嫉妒。其实，你又怎么知道，他们这天真，不是某种伪装呢？

春天在罗先生家住满三个月，其间还经历了新年。春天说，刚来上海，新年就不回家了。罗先生也和母亲说，新年陪女朋友，不回去了。他们的新年过得很平淡，春天每天忙碌，不是拍猫，就是喂猫。罗先生也在忙碌，接了几个项目，忙着赚钱。到了夜里，她会把自己拍好的照片和视频发给罗先生看，却从不上传到网上。

有一天清晨，她说要去一个预约好的客户家喂猫，早早就出门，直到深夜都没有回来。罗先生那天也在加班，从普陀跑到青浦，再从青浦回来。春天一天都没有给他发消息，他也没有留意，奔波了整个白天。直到回家后，春天和四月都不在，四月的碗里还盛着凉了的牛肉。春天的行李没了，光缆那一头被切断，罗先生耳朵里只剩下无止尽的忙音。

第二天，春天发了一条朋友圈，是四月的照片，是罗先生的房间。恍惚间，罗先生以为她还在屋子里，但想起照片他曾经见过，春天拿给他看，说过这张她最满意。但春天仍然没有回复他的消息，一个字也没有。她或许并未失踪，只是和最初那一晚结束一样。屏幕里都是猫，只剩下猫，猫的脸，猫的身子，猫的姿态，春天仿佛要钻进猫的身体里，与猫融为一体。

此刻罗先生感觉到了痛苦，爱人结婚时，学妹归乡时，他的身体里都不会涌起这样的苦痛。这苦痛来自于，他一点也看不到春天的内心，一点也猜不到她的思想，一点也想不通她的考量。她从未承诺过，无数次可以敞开的瞬间，她都迅速回避。罗先生曾经以为自己已经成功，能够隔着屏幕去猜测人心，但此刻似乎才得到了答案。同处一屋时，他都猜不到，更何况隔着屏幕，隔着万千电缆。她或许什么也没有想？风平浪静,她的眼睛里只有一片空旷。

罗先生曾有冲动,想去她之前租房的楼下守株待兔,但后来便觉这个念头可笑,自行掐灭了。在忙碌的间隙,罗先生重新翻了一次春天的朋友圈,这一次他有了一些收获。春天曾经分享过一首音乐,《All the Pretty Girl》。她分享时,罗先生还未认识她。之前翻她朋友圈时,罗先生本没有留意,音乐对他来说不是必需品。他重新点开了音乐软件,搜索到这首歌,歌词里看不出什么信息。他一条一条看下面的评论,这首歌并不流行,评论者像一群偷尝美食的人,躲在这里窃窃私语。

几分钟后,罗先生翻到了春天分享音乐的时间,并注意到了一条留言。他注意的并非是内容,而是头像。头像是一只黑猫,并非四月,但拍照的风格,罗先生只觉得眼熟。他将头像点开,看到了一角肩膀,女人的锁骨和肩膀。用户的名字是一串自由组合的字母,像是某些单词的缩写。尚不能判断这就是春天。但罗先生已经抑制不住有些兴奋,音乐软件是和微博相关联的,他在微博上搜索这一串字母,果然找到了一个相关用户。

头像同样是那只黑猫,眼神凶悍,最近的一次更新就是春天离开那天。这个微博用户写,我就是这样了,死鸭子嘴硬,破罐子破摔。

再往下翻,是一些零零散散,未成体系的转发。这个用户转发了一个婴儿的视频,转发了一个新闻惨案,转发了营养早餐的制作视频。那只黑猫,它正在照片里一闪而过,就像一个幽灵。在春天第一次在罗先生家过夜的那天,这个微博用户写,七月离开一周年。

罗先生说,自己就是通过这样的方式,找到了她的社交账号,找到了她。

即便她想要从他的世界消失,比如,从某一天起,春天把自己的朋友圈关闭,拒绝接受他的消息,他都有办法再去观察她,再找到和她有联系的通道。他闭口不提微博,不提他知道什么,他知道有多少默契的同事、亲密的爱人,都绝口不提自己的社交账号,自己的隐私小号,他也知道每一个人的隐私小号后面,都有几双暗暗窥探的眼睛,眼睛里有好奇,有仰慕,有嫉妒,有一切人无法抑制的窥探的欲望。罗先生只是后悔,自己看到的时间太迟,如果再早一些,他或许就能明白更多。

明白春天并非只有他一个男人。在那个微博帐号里，春天曾经三次给另一个微博用户点过赞。那是一个男人，微博里的内容更丰富。一条一条往前翻，罗先生跟着他的状态时光倒转。春天消失的前一天，男人转发了一首重金属的摇滚音乐，刚点了播放，罗先生就听到了嘶吼声。往前翻，春节期间，男人发过一张自拍照，看场景是在滴水湖。他写，幽灵出没。往前翻，春天搬到罗先生家的那天，男人写，来不及了，来不及了，配了一大串的句号。再往前翻，春天第一次在罗先生家过夜那天，男人发了一张照片，照片里是一地的烟头。

罗先生直接打开了他的相册。相册里大部分是男人的自拍，露着四分之一的脸。那张脸有着弧度不错的下颌线。罗先生自己在大学毕业以后，下颌线就消失在记忆里了。罗先生一直往前翻，直至翻到了一只黑猫，时间已是两年前。这是春天的拍照风格，色调昏暗，这显得黑猫如幽灵。那张被春天用作头像的照片，就藏在这一堆照片里。

打开同一个时间段春天的微博，罗先生发现他们有好几处重合。他们听同一首歌，养同一只猫，住同一个城市。不是上海，而是福州，他们共同的省会城市。她在一所大专学美术，他似乎已经在工作，工作地点似乎是一家音响店。

中间两人最同步的是一个车站。春天写，七月走了，断了断了，新开始。男人写，走了，去上海。似乎是某些原因，促使两人决定一同去上海。

罗先生点开了春天那条微博下的评论，有人评论："你还真走啊。"春天说："走啊，不然投降吗？"那人回："至于吗？这么怕回家。"春天回："你懂个p，直接论斤卖。"那人再回："这样就去魔都哦。"春天回："先逃票再说。"

罗先生说，自己当时还不明白，春天说的"逃票"是什么意思。后来他想起春天曾说过，他们那里，像她这个年龄的女孩，从高中就开始相亲。她赌气一样说，我相亲的次数不一定比你少。罗先生大笑，你二十来岁，你还敢和我比。春天抬起头，怎么不敢，我以前一天看过七个男人，您有吗？罗先生继续笑，就没看到合适的？春天说，十八岁值一百来万，没被买走，现在年纪大了，已经跌价。

罗先生怎么就没听出她话里的讥诮。他对春天的家乡有所耳闻，知道那里以做生意闻名，一户带着一户到全国各地做生意，那里大部分都是相亲组成的婚姻关系，女性并不外嫁。春天说话音调像唱歌，总是发不准普通话里的后鼻音。可那时的罗先生只以为，春天在开玩笑，在暗示着什么。这是一个好信号，难得他们可以讨论到有关结婚的话题，罗先生因此有些兴致勃勃。

他说了一句他后来无比后悔的话，那你说说看，你现在值多少万？我去看看账户。

握着手机，罗先生终于想起春天听到这话的表情。她正看着罗先生，鼻翼张开又缩紧。

罗先生说他终于明白了，那时春天看着他，是不是在想，原来一切逃无可逃？可能在那一瞬间，她对罗先生也感到了失望。可是，她为什么不说出口？或许从一开始，罗先生就不应该把得失分得那样清楚，他以为自己遇到的是没有经验的新手，却不会想到，春天早就熟悉了这一切。她早已是老手，甚至出过局，寻找新赛场。

他给春天的微博发了私信，他想和春天说，他都明白了,请回复我,我们敞开谈。

第一次想试验她是否会看,他只发了一句话:"十元钱买粉,十万粉丝。"他看到自己发出的消息旁有了"已读"标志,但没有回复。

第二次他直接发了两个字:"春天"。他看到她已读,仍然没有回复。

第三次罗先生发了一句话:"四月还好吧?"那一头的"未读"二字再也没有转为"已读"。

哥们儿。红毛在叫罗先生,你还好吧?

现在微博取消这个功能了。罗先生听到了红毛的呼唤,但他没有中断,仿佛要把结尾一气呵成。也就是,你向任何人发了消息,都不会知道对方究竟看了没有。当时那个功能还在,对方一直"未读",要么就是不再用这个账号了,要么就是用账号的人消失了。

罗先生说春天和那个男人都消失了,直到现在,两个微博都没有更新。他曾经继续寻找,给那个评论过她的人发过私信,对方很快就回复,但却是在问罗先生:"春天是谁?"罗先生说了她的原名。那人回:"哦,她去上海后，就没怎么联系了。"罗先生继续问："你不主动联系她，也不担心她吗？"那人说："担心也没用，大部分以前的朋友，都变成网络上的一个ID。何况她从不参加集体活动。"

但是所有数据都留着。很多人以为做什么事都没有痕迹，什么痕迹都可以被抹去，但其实每个人手指划过的痕迹，都还留着。罗先生说他今年过年时候回老家，看到老家单元房楼道里的墙，上面没撕干净的小广告的印子，十几年前写的办证的手机号码，楼上住着个漂亮的女孩，有人在墙上写过她的名字，罗先生当时喜欢看金庸小说，还刻过"独孤九剑"，有一次上学时，他拿着钥匙沿着墙刮了一道线。它们都留着，只要认真找，就能找得到。

此刻理发店里的其他人，都各自忙碌了起来，早有新的对话开始了，陌生人之间的生意沟通，讨价还价。罗先生知道，听众只剩下红毛了。红毛让罗先生起身，去水池旁边。罗先生起身时，红毛扶了他一把，动作轻柔，像是怕他下一秒要摔倒。罗先生轻轻说了声谢谢。洗掉染发膏时，红毛用了更轻的力度。会刺痛对吧，洗掉就好些了。头两天记得不要穿白色的衣服，会染色，也不要洗头，会掉色。要注意，颜色都会慢慢掉的，还有发质肯定受损了，可以考虑买一瓶精油。

罗先生盯着天花板上的黑色线条，没有说话。

红毛说，哥们儿，不要紧，她可能就回家了，或者傍到一个大老板。

罗先生问，什么？

红毛说，没什么，我瞎猜的。我之前在工厂，每个月也包吃包住，配零件，三班倒，做了几个月，现在回来，店里四个人，一百块钱，可以吃一个礼拜，还是赚不到钱啊。这种女人我也认识，很野的。红毛的手指正在往罗先生后脑勺深处伸，末了，两个拇指压着，余下的手指一同画圈圈。

这种女人，她傍不了你一辈子。罗先生终于听到了红毛的评论。

从理发店出来时，罗先生看到天还没暗。女孩已经在街头等着了，手里捧着一杯奶茶，两颊被毛衣的高领托着。看到罗先生时她笑了起来，嘴里呵出了一口气。老大，她喊了出来，你现在就是一坨小鲜肉啊，我都快认不出你了。她的目光自上而下，像机关枪一样扫射着罗先生。罗先生缩了缩脖子。一坨？或许我明天该戴一顶帽子出门。

别嘛，这不是新的策划吗？女孩笑得爽朗。保证有效果，我已经把我们的会议总结都做好了，这次大家都有很多想法，不少点子都很有创意，只要你面对镜头能放得开，台本我们都写好了，包括在哪个地方停顿，在哪些地方抖机灵。女孩还在笑，眼睛没有从他身上移开。

好，肚子饿了吧？找个店我们聊。罗先生抿着嘴朝前走，耳畔，女孩开始了抱怨。从学校过来，这也太远了，我下了地铁，还看到了摩的。女孩特地夸张地加重了摩的二字。

四周仍然空旷，但已经有了更多人声。好，打车费报销。罗先生领着女孩往右方拐，等待红绿灯，走向那个新开的商场。年轻人正三三两两行走着，不时仰起头，二楼的巨型电子屏幕正在调试，几片广告滚动而过。夜幕已经逐渐降临了，没有人回头看。远处的那条街上，唯一鲜艳的色彩只有远处的一抹油菜花，它们孤独地立在春天的傍晚里，等着风来，轻轻摇晃。

后 记

　　冬天是一年中夜晚逐渐拉长的阶段。在这样的时刻，身边那些细碎的声音，反而听得清晰。2019 年夏天以前，我住在一个上海一间不到十平米背阴的小房间，常常躺在房间的床上，听着这座城市的声音。那不全是上海的声音，事实上，这里离市中心还有二十多公里。我听得到外卖员由远至近，与时间赛跑的电话；听得到野猫，近乎带有乞求的哀鸣声；听得到晚归的实习生，细细碎碎的聊天声。

　　也听得到公寓门口的叫卖声，每隔五秒钟，就有一声扯着嗓子的"吟唱"："水果一袋，二十块钱卖咯——"落音悠长，像某种民间小调，一遍一遍，消散在冬日的平原。直到某日，这个声音消失了，连同那辆停留在公寓门口的卡车。到了春天来临，我再也没有听到那一声声重复的小调。一个城市的角落里失去了某个声音，好像并不足以成为某个值得关注的事情。但我偶尔会回忆，曾经擦肩而过的那张迎着风裹得严实的脸，想象他与他的车，及他的声音又徘徊到城市的哪个角落。

2019年夏天，我离开了那间公寓。其间搬了几次家，如多数在上海工作的外地青年人一样，租过市区的"老破小"，也租过郊区的"远大新"。是的，你常常能听到这些被市民们发明出来的词语，它们背后都有与居住空间相关的，无限的信息与话题。在这样一座城市，住宅是一个计算过的结果，是一个等式后的答案。在等号的前方，又排列着一连串的词汇，经过周密计算，住宅又将你安放在你所属的位置。在这个街区，你与和你相似的人群匆匆相遇，又匆匆分离。到了下个街区，你与他人的交集或许为零。

住在郊区的公租房里，每天赶着上班打卡，我为那不长不短的五公里绞尽脑汁。有几次快迟到了，我狠下心打了车，有一次，竟也意外地，与一位湖南的专车司机聊了一路。他说自己刚来上海一个月,住在山东水饺、沙县小吃、金陵早点的后面,独居室,月租和我差不多。他说这车是租的,绿牌,他现在全职开"快车"。开了一段时间车,什么人都碰得到,年老的,年少的,讲道理的,没素质的。他都碰到过。

到问及开车的收入,他却平静地吐了两个字,"等死。"

"那为什么来上海?""老家有两个孩子。"说起老家,他似乎有些话往外涌了。"我这人爱交朋友,老家朋友很多。在家里面的日子和上海完全不一样,舒坦多了。"问及在老家的职业,他说自己是一名道士。我一度以为自己听错了。但他继续说:"主业做道士,给人超度。副业我还和朋友组乐队,吹萨克斯。"等红灯间隙,他手指一滑,用手机给我放了一段小视频。视频里,他在一块红色的地毯上,手里握着萨克斯,投入地吹着,听起来还不赖。他随手又放了一段视频,一条青色书法卷轴,背景是笛子声音。他说笛子是他吹的,字也是他写的。

看起来,他在家乡生活得蛮有情调。

"但赚不到什么钱,乐队一般也是朋友结婚或者葬礼什么的才有表演,才拿到一点钱。"他说,但这件事,是他喜欢做的。他喜欢吹萨克斯,有时候到公园里,能吹一整天,音乐好像能抚平内心的浮躁。对于他这样的表述,我点头同意。可是,最终他还是选择来了上海。

下车时,他问我迟到了是否要紧。我正匆忙用手机定位上班打卡,还来不及回应他,就踏下了车。后来也并不知道,我们还会在哪个街区相遇。我所在的街区,来来往往,皆是迁徙中的人群。我们在机器的流水线和传送带上相遇,却看不清传送带的全貌,也因此,我们只是生活在某个环节及某个结果中。这就是城市,人与声音,与故事的相遇,都是掐头去尾,碎片式的。你永远在出其不意的时刻相遇,也在未准备好的时候别离。

如你所见,这是一本暂时还如浮萍一般的小说集。它是某些年,冬日平原上的一声声呼喊,而这声"吟唱"浮在文本水面上,暂无严格的师承;当它凝结成团,在汪洋的文本海洋里,大约也就"随风东西流",书各有命。

当然,还有一个层面是,里面的人物,大多也如浮萍。"一池萍碎"的"萍","青萍一点微微发"的"萍"。那些让我愿意去着笔的人,在现在看来也还很年轻——他们甚至还未完全步入中年。

尽管最初,我更想书写的,是一群并不这样年轻的人。他们的声音有着力量,而听力,也尤其灵敏。由于职业的关系,他们能深入这座城市的内部,感受城市多音部的心跳。但我很快就察觉到,我与我关心的群体并不亲近。我拒绝自己通过想象,或者高高在上的观察,去自以为是地为他们撰写故事。

2016年我到上海读书,说起来颇有意味,我所在的地方是上海的郊区农村——直至近十年,这里才开始城市化。此后的生活与上海相关,又不相关。最初的惊惶来自交通,上海的交通之复杂,从那个缠绕的地铁线路图就可以看得出来,所以在《连枝苑》里,它成了一面掌纹,被托于手掌上。当然,对于在郊区念书的学生而言,要想享受这座城市丰富的资源,就必须自愿成为这缠绕线团中的一只蚂蚁,兜兜转转。一直到2019年毕业前,我都以一个漫游者的身份,摇摇晃晃在这座城市中行走与观察。那时我并不坚持要留在这座城市生活,只是每一次行驶在延安、中环及虹梅高架上,望向窗外,夜幕一片漆黑,而脚下有万家灯火,如满天繁星,那一刻,心头有无数故事在等待涌出。

《门打了一个嗝》《伸缩》《搭伙》与《连枝苑》,就诞生于那个阶段。在那些摇摇晃晃的时刻里,我意识到这些与我几乎同龄的青年人,与我最初所关注的人群,本质上是一样的。2017年的冬天,我在写,"他们"就是"我们",某些力量已经坠于笔端。漂泊如同某种宿命,向远方去,向更广阔的世界去,向有新鲜机遇的城市去。寻找着某些可能性,也甘愿为此厮杀。落脚与出局,本身并不应成为胜负的结局,却仿佛成为行动内在的逻辑。本质上,他们都不明确自己该往何处去,只是惯性一样,沿着某条轨迹向前走去。

但这些轨迹彼此并不平行,它们必然要交错。这些交错的瞬间,才是故事真正发生的瞬间。人与人之间微妙的拉扯和干预,在生活表面上,我们并不能直接望得到,也正是文学,仿佛给了我们一个显微镜,能让我们看到这些不可言说的,埋于生活之下的"真相"。那些互相缠绕的线条,如何在某个特定的瞬间,裂开了一个缝隙，又如何，缝隙间生长出修补的纤维，又如何，某一瞬间，这个线条会彻底绷断。再比如，面对"同居者""启蒙者"这样的角色，一个个体是如何完成自己身份的转变。我一直都对师生关系充满好奇，并不是猎奇视角的好奇，而是好奇这种都市背景下介于"导师与门徒""老板与员工""前辈与后辈"之间的奇妙联结，或用更时髦的话来说，我好奇"前浪"与"后浪"如何彼此注视。再比如，年轻人在网络（如社交平台）上留下的诸多踪迹，在没有被技术抹去之前，是否藏着与现代人有关的秘密、线索与密码？种种我无法回答的问题，构筑起这本书的基础。

必须承认，这里面的不少篇目，在技术上还有着各种缺陷。它们中的许多篇完成于我的学生时代，如今看是文学上并不成熟的时期。陆续能得以发表，主要来自前辈善意的赏识，和师长诚挚的鼓励。所谓写作者，大多都一丝不挂了，不够诚实不足以担此任，内心不够强大也不足以担此任。文学创作的道路并非好走。文字可以曲意逢迎，可以虚与委蛇，可以铺就通往名利的桥梁，也可以凿出滑向深渊的隧道。幸好文学世界始终丰富又多解，前人早已挂起珠玉串串，后人也可以蚌病成珠。我始终如此坚信着。

2019年，我结束了学生生涯，投身至自己笔下的世界，抱着这些长长短短的文字，一步一步迈回了格子间，姿态并不比理查德·耶茨《自讨苦吃》里的角色好看多少。在这之后，我的写作反倒谨慎起来，因为对技术的要求，会让人不再那么痛快地动笔。我时常怀念着书写它们的那些日夜，怀念那群与我一样，在城市角落里游荡过的年轻人。

于是我愿意结集出版，让它们与大家相见。它们将继续着我未完成的路程。如今已经被荒草掩埋的矿山是它的起点站，它们从这里坐上了那班出山的大巴车，在县城的火车站登上一辆火车，缓慢移动着，经过田野和村落，经过一座座城市的边缘，等待着下一个抵达的站点。我有一些并不现实的希望，比如希望有一天，它们的邻座就是那位准备去上海开"快车"的道士。他们可以互相打声招呼，一起出发。

2021年9月　上海

图书在版编目（CIP）数据

连枝苑 / 叶杨莉著. -- 上海：上海文艺出版社,2023
（有趣书系）
ISBN 978-7-5321-8563-4

Ⅰ.①连… Ⅱ.①叶… Ⅲ.①短篇小说－小说集－中国－当代 Ⅳ.①I247.7
中国版本图书馆CIP数据核字(2023)第030207号

本书为上海文化发展基金会资助项目

发 行 人：毕　胜
责任编辑：乔晓华　徐晓倩
封面设计：人马艺术设计·储平

书　　名：连枝苑
作　　者：叶杨莉
出　　版：上海世纪出版集团　上海文艺出版社
地　　址：上海市闵行区号景路159弄A座2楼 201101
发　　行：上海文艺出版社发行中心
　　　　　上海市闵行区号景路159弄A座2楼206室　201101　www.ewen.co
印　　刷：上海盛通时代印刷有限公司
开　　本：787×1092　1/32
印　　张：10.75
插　　页：2
字　　数：157,000
印　　次：2023年3月第1版　2023年3月第1次印刷
Ｉ Ｓ Ｂ Ｎ：978-7-5321-8563-4/I.6747
定　　价：55.00元
告 读 者：如发现本书有质量问题请与印刷厂质量科联系　T: 021-37910000